多元多彩 各美其美

走进中国少数民族文学

Duoyuanduocai Gemeiqimei

Zoujin Zhongguo Shaoshuminzu Wenxue

邹华◎编著

知识产权出版社

图书在版编目（CIP）数据

多元多彩　各美其美：走进中国少数民族文学/邹华编著．—北京：知识产权出版社，2016.1

ISBN 978－7－5130－4012－9

Ⅰ.①多…　Ⅱ.①邹…　Ⅲ.①少数民族文学—文学研究—中国　Ⅳ.①I207.9

中国版本图书馆 CIP 数据核字（2015）第 320824 号

责任编辑：石红华　　**责任校对：**董志英

封面设计：春天书装　　**责任出版：**刘译文

多元多彩　各美其美

——走进中国少数民族文学

邹　华　编著

出版发行：	知识产权出版社有限责任公司	**网　　址：**	http://www.ipph.cn
社　　址：	北京市海淀区马甸南村 1 号	**天猫旗舰店：**	http://zscqcbs.tmall.com
责编电话：	010－82000860 转 8130	**责编邮箱：**	shihonghua@sina.com
发行电话：	010－82000860 转 8101/8102	**发行传真：**	010－82000893/82005070/82000270
印　　刷：	北京嘉恒彩色印刷有限责任公司	**经　　销：**	各大网上书店、新华书店及相关专业书店
开　　本：	787mm×1092mm　1/16	**印　　张：**	16.5
版　　次：	2016 年 1 月第 1 版	**印　　次：**	2016 年 1 月第 1 次印刷
字　　数：	270 千字	**定　　价：**	48.00 元

ISBN 978-7-5130-4012-9

前　言

我们伟大的祖国，拥有辽阔的土地。冬天，东北白山黑水间的广大地区，冰天雪地，是一片玉树银花的世界，气温低达摄氏零下三四十度，而在西南的海南岛，则满目青翠，依然绿树红花，有时气温竟高达摄氏三十八九度。春天，北方仍为一片白雪所笼罩，南方则已是草长莺飞，春意盎然。祖国的西部是雄奇险峻的高山深谷，东部则是极目无涯的江河湖海。从北国到江南，从极西至极东，山水交相辉映，构成了种种奇境，美不胜收。我们的祖国就是这样宽广、壮丽而多姿多彩。

我们伟大的中华民族，就是繁衍栖息在这片广袤而多彩的土地上，拥有着悠久的历史，已然不知经历了多少世纪沧桑。在这漫长的历史发展过程中，我们各民族创造了辉煌灿烂的中华文化，也创造了瑰丽多姿的民族文学。今天，居住在全国各地的56个民族，仍然以共同的劳动，开发和创造着整个国家丰富的物质财富，并肩保卫着民族的利益和国家的安全，共同继承和开创着我们伟大祖国的新文化，并肩努力实现着我们共同的中国梦。

在文学这个百花园，每个民族都有自己的重大贡献，都有自己的独特创造。除汉族历史悠久，伟大作家辈出，优秀作品灿若繁星之外，其余55个少数民族的杰出作家和民间文学作品也同样不可胜数，他们的艺术创造也同样令人赞叹不已，神话、史诗、长篇叙事诗等和汉族文学相比都更为发达和丰富。例如，各少数民族的长篇叙事诗翻译成汉语，已为大家熟悉的著名作品就有彝族的《阿诗玛》、蒙古族的《嘎达梅林》、傣族的《娥并与桑洛》、苗族的《仰阿莎》、裕固族的《黄黛琛》等，特别值得提出的是傣族的长篇叙事诗蕴藏极为丰富，艺术成就也非常突出。其次，各少数民族在各自的文学发展中，还创造和发展了本民族特有的艺术形式。除了已为大家所熟知的回族、东乡族、撒拉族的“花儿”，壮族的“勒脚歌”、“欢”，蒙古族、藏族的“祝词”和“赞词”，藏族的“鲁体”和“谐体”民歌，白族、彝族的

“打歌”等之外，还有不为大家所熟悉的，如水族的“双歌”、土家族的“打闹歌”、瑶族的“挖地歌”、仡佬族的“古条”、赫哲族的“伊玛堪”，等等。“双歌”是一种很优美、很讲究的对歌，意思寓于一则寓言中，既有说白又有歌吟，不但内容要对得恰当，形式要形成一对，歌的格律也很讲究。“打闹歌”是集体生产劳动中的一种集体歌唱。众人劳动，领唱的和敲锣的在一旁，一人领唱，众人合唱，热火朝天，鼓舞干劲。因为歌词谐谑，所以取名“打闹”。“打闹歌”的谐谑，不仅为了娱乐，而且具有讥讽的意义和作用。“挖地歌”也用于配合生产，鼓舞劳动热情，内容全是歌唱爱情或与爱情有关的，用情歌去鼓舞劳动。“古条”是一种故事歌谣，以歌谣的形式唱故事，内容则是民间流行的历史故事、神话和传说等，一般是合十五首至三十首歌谣为一条，即唱一个故事。“伊玛堪”是一种以唱为主的说唱，但不是一般意义的说唱，而是诗的一种。傣族还有一部诗歌理论——《论傣族诗歌》，它用讲述民间故事和唱的形式系统阐述诗歌的产生、发展、做法和理论，其中对诗歌的起源及原始人类的思维提出了值得重视的论点和论据。第三，各少数民族文学内容丰富，风格多样，异彩纷呈。有的尽显北方民族的豪迈奔放，有的一展南方民族的婀娜多情，有的弥漫着来自西部雪域高原、沙漠绿洲中的神秘，有的幻化出东方烟水迷离之处的缥缈。我国各少数民族的文学之花就是这样多姿多彩，各美其美，绽放在姹紫嫣红的百花园中。

各少数民族的书面文学有几种情况。文化悠久，早就有民族文字和作家的，如藏族、蒙古族、维吾尔族、哈萨克族等，都有丰富的文学遗产和不少古代优秀作家。维吾尔人在历史上采用过多种文字，最早的是古突厥文，这是九世纪以前广泛采用的文字，以这种文字书写的文献流传下来的多是碑铭；使用时间较长和范围较广的是回鹘文，这种文字从八世纪至十三世纪，最迟至十六世纪在新疆和中亚地区广泛使用；十九世纪中叶，维吾尔人信奉伊斯兰教之后，阿拉伯文字逐渐成为他们的民族文字，所以，自十世纪以来保留至今的大部分文学典籍，都是用阿拉伯文书写的。维吾尔族书面文学源远流长：如十一世纪中叶，由维吾尔诗人玉素甫·哈斯·哈吉甫创作的长篇训诫诗《福乐智慧》，十五世纪维吾尔文学中的大型作品之一，由洛特菲创作的叙事长诗《古丽与努如孜》，十九世纪由阿不都热合木·纳扎尔创作的著名长诗集《爱情之歌》等。纳西族也是很早就有了自己的文字，并留下了著名宗教经籍《东巴经》，其中也保留了许多文学的内容。东巴文类似图画，也是世界上少有的一种象形文字。此外，彝族、满族、柯尔克孜族也是较早就有了文字并有自己的书面文学遗产的少数民族。有些民族，虽然历史悠久，在各方面也为中华民族作出了重大贡献，但因没有自己的文字，也没有或缺乏用自己语言创作的书面文学遗产。有些民族，在古代就有不少能熟练运用汉字进行创作的文人，写出了许多优秀的文学作品，如元代有满族著名杂剧作家李直夫、维吾尔族著名散曲作家贯云石，明代有蒙古族著名杂剧作家杨纳，清代有满族杰出词人纳兰性德等。这些作家为整个中国文学的发展都作出了自己的重大贡献。

中华人民共和国成立后，中国少数民族文学也进入了一个崭新的发展阶段，各民族都涌现出了专业作家或作者，他们用本民族语言、文字或汉字创作了许多具有本民族特色的优秀作品。在体裁方面，不仅有诗歌、短篇小说、散文，而且中长篇小说、戏剧剧本、影视文学剧本也都相继出现，甚至网络文学作品也开始出现，一代代文学新人也不断涌现。文学这个百花园更加姹紫嫣红，多姿多彩，各色鲜花美丽着它们的美丽，绽放着属于它们各自的精彩。

《多元多彩 各美其美——走进中国少数民族文学》的编写旨在宏观介绍我国 50 多个少数民族的文学，尤其是侧重其民间文学的基本情况，是一部介绍性的书籍。它既不是少数民族文学史，也不是文学理论，我们只想让读者在较短时间内能够比较全面、具体地感受各少数民族光彩四射的文学创作成就，领略各民族优美的民间文学作品的独特魅力，以达到普及的目的，因而原则是突出作品。大多数作品只能介绍梗概，精彩的作品例举片段，少量的摘录全文。由于篇幅有限，恐难做到都例举全文，更多的作品也只能扼要列出民族和题目备查。本书的编写好似为少数民族文学开了一个小型花卉博览会，奇花异卉陈列给观赏者，请读者们自己欣赏。这部书所介绍的更多的自然应该是各少数民族的民间文学。所谓“少数民族民间文学”，我们的理解是：第一，各少数民族民众集体创作、口头流传的作品；第二，各少数民族作家或汉族作家根据民间作品整理、改编的具有各少数民族民族特色或反映其民族生活的作品。

这部小书既然不是少数民族文学史，也不侧重理论，因此就不探索、清理和描述文学发展的线索和规律，也就不进行具体的理论分析和探讨，本书所介绍的作品都是以思想性和艺术性很好或较好为标准，本着这一原则，对提到的作品，一般只讲优点，不足之处就从略了。为了在有限的篇幅内，尽量做到较全面、系统地介绍各少数民族丰富的文学珍品，把它们陈列给欣赏者，本书在体例方面主要以少数民族文学的体裁分类进行编排。每一种文学体裁以具有代表性的少数民族的创作为主体，兼简要介绍其他少数民族民间文学的相关成果，通过点面结合的方式，较全面地介绍我国各少数民族文学的概貌。提出要求轻而易举，付诸实践困难就很多，所以其中的缺陷和不完备，甚至错误肯定在所难免，恳请各兄弟民族朋友和诸家多多指正。

本书在对我国少数民族文学体裁进行分类和概念释义时，主要引用、参考了钟敬文先生主编的《民间文学概论》、陶立珊先生著的《民族民间文学理论基础》、段宝林先生著的《中国民间文学概要》和毕桪先生主编的《民间文学教程》等四部书，书中均未能一一作注，在此一并进行说明。谨向四位先生表示深深的谢意与敬意！

民间文学和作家文学不同，它不仅有可以捧在手上阅读的书面作品形式，还有更生动的口头讲述、流传形式。不仅有在各地区、各民族中流传的无数活态作品，而且还有在悠久的历史长河中保存下来的大量优秀的固态艺术精品。它们不仅在平原、山区、沿海的偏僻村庄流传，也在热闹繁华的都市传播。在城市里，笑话与民谣最为活跃，说唱、传说、故事、谚语、谜语、歇后语等也都在市民生活里占有一席之地。本书所选取的民间文学作品，更多的是各少数民族民间文学中比较古老的经典作品，而新产生的众多优秀作品未能列入其中。大家在欣赏和领略民间文学作品的魅力，惊叹民众在文学创作和表演方面的智慧和才能时，一定要注意民间文学独特、鲜明的属性，唯其如此，方能真正懂得与享受它的美。民间文学具有双重属性，它首先是一种文艺现象，是区别于作家文学的一种独特的文学样式，具有文学的美学特点，同时又具有表演性。其次，它又是一种民俗文化现象。它是民众生活的有机组成部分，是各族民众共同享有和传承的生活文化；它在生活的自然状态下发生，本身就是社会日常生活的内容之一。比如民歌，有为表达爱情而唱的，有为协调劳动节奏、增加劳动兴致而唱的，有在祭祀和巫术活动中为交通神灵或施行法术而唱的，也有在节日及庆典活动中出于礼俗或仪式需要而唱的。这些民歌都既有实际的用途，也不脱离相关的活动，甚至就是相关活动的一部分。所以，民间文学文本要放在它产生和传播的生活环境中，并联系民众生活进行立体性的考察才更能领悟它的魅力和生生不息的生命力。

当然，独立的文本本身也同样具有艺术的美感，也有助于我们更好地了解民众生活和社会文化，从一个角度把握社会的脉搏。

在体裁上，各少数民族民间文学可分为三大类：第一类为散文作品，包括神话、传说、民间故事、歇后语等；第二类为韵文作品，包括民歌、民间长诗、谚语、谜语、绕口令等；第三类为说唱作品，包括民间曲艺、民间戏剧等。本书选取其中的神话、传说、民间故事、民歌、史诗、民间叙事长诗、戏剧等七类进行介绍，以期读者能对我国少数民族文学的面貌有个大体印象，丰富对我们伟大祖国绚丽多姿文学和悠久灿烂文化的了解与认识，以便继承和弘扬我们的民族文化，为我们多姿多彩的祖国而骄傲，而喝彩。

目　录

第一章　童年时代天真瑰丽的想象世界

——中国少数民族神话

第一节　神　话

神话是最古老的口头创作之一，产生于人类远古时期的神话是民间文学宝库中一颗绚丽的宝石，在世界各民族的民间文学中占有十分重要的位置，被认为是散体文学的源头。每一个民族，都在其历史发展的一定阶段上产生过大量的神话，从而揭开了人类文化史上光辉的一页。我国少数民族的神话，丰富多彩，怪诞离奇，蔚为大观。调查资料表明，我国五十余个少数民族，都保留着自己独具特色的神话。各少数民族的神话得以较完整地流传下来，除了解放前各少数民族都不同程度地保留着神话赖以产生和流传的社会条件以外，一个重要的原因，就是各少数民族在神话的基础上形成了史诗，它起到了固定和系统保存各族神话的作用。

神话是人类史前时期最早的文化载体和艺术形式。“神话”一词，是“五四”前后才传入我国的。在英文中“神话”叫“Myth”，这个词汇渊源于希腊语的“Mythos”，它的原意是原始时代关于神奇的事物或受神支配的自然事物的故事。古代汉语里未见有“神话”这个词。现代汉语的“神话”一词最初是由英语翻译成日语的，二十世纪初，中国学者从日语借用了这个词。日语的“神”一词与汉语相同；日语的“话”有“物语”即“故事”之意。因此，日语“神话”的原意为“神们的故事”。二十世纪初，梁启超首次在汉语里使用了“神话”这个词。随着神话研究的深入，“神话”这个词的含义已经远远超出了其语源上的意义。

什么是神话？历来众说纷纭，自它产生以来，后人对它作过许许多多的解释。马克思主义的产生，为我们正确理解神话提供了历史唯物主义的指导思想和辩证法的方法论。马克思说“任何神话都是用想象和借助想象以征服自然力，支配自然力，把自然力加以形象化”，神话“是已经通过人民的幻想加工过的自然和社会形式本身”。马克思的这段话，揭示了神话的本质。它说明：神话是想象的产物；它始终不脱离自然和它产生的社会形态；神话是原始人对自然和社会形态进行的不自觉的艺术加工；原始人创造神话的目的，在于借助想象以征服自然力，支配自然力。

神话正是各族原始先民在与大自然的斗争中产生的，而且是以神话思维为其心理背景的。它的产生须具备特定的社会条件，呈现出比较复杂的现象。在神话产生的时代，各种社会意识还不能从相互的紧密联系中分离出来，神话便成了原始人类一种特殊的、统一的思想文化体系。我们阅读、理解神话时，应充分注意这一点。

第二节　各少数民族的神话

中国各少数民族神话丰富多彩，奇伟瑰丽，至今口头流传和保存着许多古老而奇特的神话。这些神话和世界各国流传的神话，包括希腊神话、北欧神话、巴比伦神话、埃及神话、印度神话等相比都毫不逊色，和汉族神话相比，更是丰富多彩。迄今为止，已搜集到的我国各少数民族神话，数量相当可观。这些神话大致来源于各族民众的口头传承、各民族现存的经典和各民族的史志记载。从形式看，有韵文体神话和散文体神话两大部分，有些神话同时以韵文体和散文体并存流传。从内容看，更是包罗万象，大凡开天辟地、人类起源、自然起源、民族族源等，都在神话中得到形象生动的阐释。我们结合各少数民族神话的内容和特点，分以下七类进行介绍。

一、开天辟地神话

开天辟地神话是原始人类所想象的关于客观生活环境如何形成的神话。在我国各少数民族中，关于宇宙开辟的神话是很多的。各族原始先民在探索大自然的奥秘时，围绕着天地的起源创作了许多神奇瑰丽而又富于特色的神话。我国各少数民族的开天辟地神话，在内容上有许多共同之处，大多是说宇宙开辟之前，天地混沌一片，分不出黑夜和白天。之后，巨人出世，开天辟地。关于万物起源，许多神话都说是由巨人或巨兽尸体的各部分变成的。

蒙古族的开天辟地神话讲道：在混沌世界，有一恶魔在漫游，后来天神将他打败并掷入海中，便渐渐变成了大地，后来又用他的三只脚把大地支撑起来。拉祜族创世神话中说，天神厄莎搓下脚手汗，做了四棵柱子和四条大鱼，将柱子放在鱼背上，天和地才分开了。厄莎又用脚手汗，揉成了泥巴团，做成天罗地网，天才像罩子，地才像一块木板，终于造成了天和地。流传在西双版纳布朗族中的神话说：天地原来是混沌的，到处是一团黑沉沉飘来飘去的云雾，经过一次大的火山爆发，天和地分开来。宇宙分为三层，帕亚英住在天空，帕亚捧住在海面，帕亚那住在海底。流传在红河地区布朗族的神话说：神巨人顾米亚和他的十二个孩子，用犀牛皮做天，犀牛肉做地，犀牛骨变成石头，犀牛血化为江河，犀牛眼变为星星，犀牛的四条腿撑住天，鳌鱼托住地，鳌鱼抬头便发生了地震。苗族古歌神话中说，开天辟地之前，先生下一批开天辟地的巨人，然后才生下天地，天地生下来是重叠在一起的，这时有一个叫剖帕的巨人，举斧猛砍，将天地分开。巨人往吾用一口大锅将天和地煮得圆圆的，然后巨人府方把天顶起来。

哈尼族创世神话《奥色密色》中说：很久很久以前，宇宙间茫茫一片，没有天和地，分不清黑夜和白天，没有草木禽兽，没有山峦河川，没有人烟。天王派来九个人造地，三个人造天，他们杀翻了一头龙牛，用牛皮绷天，拿牛腿做撑地的柱子，牛骨做地梁地椽。左眼做太阳，右眼做月亮，肋骨造梯田，牛牙做星星，牛肉做土地，牛角做打雷工具，牛毛做树木花草，牛舌做闪电，牛血做河川，牛肠做下雨的水管，牛肚做龙潭，牛肝做彩霞，牛尾做水坝，牛肺做雾露，牛心做地心：

天造好了，
龙牛死了，
龙牛的喘息变成风声，
龙牛的眼泪变成雨水。

天造好了，
留下两个巴掌的空隙，
一个是太阳的过道，

一个是月亮的过道。

地造好了，
留下三个脚掌的空隙，
那宽宽的空隙，
是热风、凉风、冷风的过道。

（作品选自《奥色密色》：刘辉豪、白章福搜集整理，《山茶》，1980年第2期）

阿昌族神话《遮帕麻与遮米麻》中说：在远古的时候，既没有天，也没有地，只有“混沌”。混沌中无明无暗，无上无下，无依无托，无边无际，虚无缥缈，记不清是哪年哪月，混沌中忽然闪出一道白光。有了白光，也就有了明暗，有了阴阳。阴阳相生诞生了天公遮帕麻和地母遮米麻。天公遮帕麻生下来，没有穿衣服，腰上系一条神奇的“赶山鞭”，胸前吊着两只山一样的大乳房。他造了天，造了太阳、月亮和星星，但将天造小了。地母遮米麻生下来，裸露着身体，头发和脸毛很长，长长的脖子上长了一个芒果般大的喉结。遮米麻摘下喉头当梭子，拔下脸毛织大地，大地织好了，比簸箕还要平，遮米麻脸上流下的鲜血，变成了大海，大海淹没了大地，遮米麻用她的肉托起了大地。但是地织大了，遮米麻抽出三根地线，将地缩小，使天边盖住了地缘。

有的时候各类神话也不是截然分开的，宇宙起源、人类起源及万物起源等可能融合在一起讲述。如哈萨克族关于宇宙起源的神话，就认为世界是迦萨甘创造的。在这以前，“天只有圆镜子那么大”，“地只有银元那么大”，迦萨甘把天和地拉成现在那么大，并且把天地做成三层，地下层、地面层和天空层。为了固定地的位置，用高山做它的钉子，把地钉在巨牛的一个角上。巨牛在摇头赶苍蝇或把地从一个角换到一个角上时，就发生地震。迦萨甘用黄泥先做出人的模型，然后用火烧制，向腹内打气，并给予生命，这就开始有了人。其中男的叫阿娲阿塔，女的叫阿娲阿娜。由于魔鬼阻挠他们的婚配，他俩飞上天空，但是在途中失散了，阿娲阿塔成了太阳，阿娲阿娜成了月亮。他们一个出现在白天，一个出现在黑夜，至今还在互相追寻而不能见面。天上的星星则是阿娲阿娜身上的“蒙尼恰克”（哈萨克族妇女服饰上镶嵌的珠宝的通称）。由于他俩找遍宇宙而不能见面，因此有时会痛哭流涕，这就是天上落下的雨和雪。迦萨甘见魔鬼作恶，就用自己叫作“加扎依勒”的弓箭去射魔鬼。雷声就是射箭的声音，闪电就是弓箭喷出的火光，陨石就是弓箭的箭簇。天上的彩虹，则是阿娲阿娜挤羊奶的“霍萨克”（哈萨克妇女挤奶时用来固定奶羊位置的弧形绳圈）。又如基诺族神话《阿嫫腰白造天地》中既讲述了创世女神阿嫫腰白和天地的起源，也讲述了万物和人类的起源以及洪水之后人类的再生。

《阿嫫腰白造天地》（基诺族）

很久很久以前，宇宙间全是茫茫的大水，水不停地流啊流。一天，在水中突然出现了一个庞然大物，这个庞然大物黑黑的，有一双非常明亮的眼睛，眼睛里闪出光和热。它在水中漂浮着，不知过了多久。一天这个庞然大物突然裂开了，从里边出来了一个力大无比的女人，她就是阿嫫腰白。

阿嫫腰白出来后，把那个庞然大物一半踩在脚下，一半用手撑起。这样，上方的一半成了天，下方的一半成了地。但是，阿嫫腰白不能总这样撑着天和地，她还要腾出手来创造世上的万物，于是她想让天地合拢，像蛋壳一样扣在一起，成为不用支撑的整体。但是，天大地小，合不拢。阿嫫腰白就把水上漂浮着的一块块物体凑拢起来，接在地的边缘，把地变宽。然后，她又试着把天地合拢，但地又宽多了。阿嫫腰白把地抓起来抖了一下，大地起了皱，形成了高山峡谷、平原江河，天和地就差不多一样大了。阿嫫腰白终于把天地合拢了。

天地合拢后，形成了一个空间，但庞然大物的那双又热又亮的眼睛一直朝着地上。阿嫫腰白想，这双眼睛成天对着下方晒，下方的东西受不了。于是，她把其中的一只用自己的汗水抹了一下，这只眼睛就凉了下来。于是，热的一只眼睛成了太阳，凉的一只眼睛成了月亮。阿嫫腰白又想，一天之内两只眼睛同时出来不好，应该让太阳先出来，月亮跟着太阳走。但是，天上只有太阳和月亮，也太冷清了，她就用手指头往天上按了几下，手印成了星星。基诺族至今仍把星星叫作“布之”，意思就是手指头印。

阿嫫腰白安排好了天上的东西，往下方一看，黄褐色的大地上一样生灵也没有，到处死气沉沉，一片荒凉。怎么安排地上的东西呢？阿嫫腰白一边想一边搓手，搓出了手上的污垢，她把污垢往地下一洒，地上就长出了青草，大地顿时一片葱绿。阿嫫腰白一高兴，照着大地吹了一口气，气顿时变成了风。阿嫫腰白乘着风下到地面上，但地上的荆棘和茅草丛生，根本无法走得通。阿嫫腰白又飞到天空中，她又搓搓手，把搓出的污垢再次撒向大地，大地上长出了树木，遍地蔓延的杂草被控制住了。阿嫫腰白把口水往地上的树木吐去，口水变成了雨水，雨水滋润着大地。

地上有了植物，但仍然静静的，没有动物，阿嫫腰白又搓下自己身上的污垢，做出了人和动物。于是天上有了飞禽，地下有了走兽，水中有了游鱼。由于所造的东西都是阿嫫腰白身上的污垢变的，都带有灵气，都会说话。人去砍树，大树就哀求人不要砍它。老虎豹子饿了，就会呼唤人，人应声而来就被它们吃掉。大地一片混乱，大家都得不到安宁。于是，阿嫫腰白造了七个太阳，准备把一切都晒死，然后重新安排。

七个太阳把大地晒得冒火，植物都被晒死了，庄稼、野果全没有了，人类没有吃的，动物也没有吃的。地上的人吃动物，动物吃人，世界更加混乱。阿嫫腰白就决定发大水把剩余的万物全部淹死。为了留下人种，她做了一个大鼓，把一对双胞胎兄妹玛黑和玛妞放在鼓里躲起来，然后又在鼓里放上两团糯米饭、一对铜铃、一把带鞘的小刀、一对贝壳。她对两兄妹说，铜铃不响，不准出来。

阿嫫腰白安排好玛黑玛妞两兄妹以后，叫来一只大螃蟹和一只大虾，让他们把大地的落水洞堵起来，然后就呼风唤雨，足足下了七天七夜的倾盆大雨，洪水淹没了大地。玛黑玛妞在大木鼓里随着洪水漂浮，一直到洪水过后，大鼓才落到地上。鼓里的铜铃碰响了，玛黑玛妞用小刀把鼓皮划开看了看，地上的水已经退了，他们走出了大鼓，把这个地方称为“司杰卓米”（即基诺祖先最早居住之地）。

玛黑玛妞在“司杰卓米”安了家，阿嫫腰白给了他们九颗葫芦籽，并叫他们分三窝种下。玛黑玛妞照着阿嫫腰白的话把葫芦籽种下，几天过后三窝葫芦只活了一窝，而这一窝中也只活了两颗，其中一颗越长越长，爬过了九座山、九条箐，开完花后结了一个大葫芦。这个大葫芦越长越大，就像小窝棚一样。玛黑玛妞两兄妹每天都去看，看它熟了没有。一天，玛黑听到葫芦里有声音，他实在忍不住了，就去拉葫芦藤，葫芦藤断了，玛黑又去拉葫芦柄，葫芦就落了下来。葫芦裂成三块，一块顺着山坡滚下去，山坡上长出了青草和树木，最先出来的是草和小树，所以山顶上都是小树和草，最后出来的是大树，大树一般长在坡底的箐沟边。第二块顺着山坡往下滚，先跑出了四只脚的动物，滚到半山时出来了蛇，最后滚到箐沟里的变成了鱼虾在水中游。第三块变成了鸟类，最先飞出的是鸽子，飞出来就走了，最后出来的是鸡，鸡就围着兄妹俩转，所以鸡成了最早的家禽。玛黑、玛妞兄妹成了亲，生下七个儿女，老大被蜂吃了，老二到老七，六个子女中三个儿子，三个姑娘，他们又分别成了亲，繁衍了人，形成了基诺族乌尤、阿哈、阿西三个胞族。

（作品选自刘怡整理，刘怡、陈平编：《基诺族民间文学集成》，昆明，云南人民出版社，1989）

西双版纳傣族关于开天辟地的神话说，最初的世界是一片混沌，没有天地，只有水和气，后来水和气上升凝结起来，变成了创造天和地的大神“因叭”。因叭的本领很大，他创造了十六层天空，接着又造了大地，不久，他发现地面很不稳定，终日摇摇摆摆，于是他就从身上搓下一些汗泥，捏成六根柱子和一只大象，将六根柱子放在象背上，又将地面放在六根柱子上，于是地面就稳定了。但他感到天和地应该有所区别，于是又用泥捏成狮子、黄牛、大象等动物，将它们分别放在天极四方，头顶巨石撑住天，将天和地区别开来。这时因叭太劳累，汗水如大雨般流下来，泛滥成灾，淹没了大地和天空。因叭用勺把地面的水舀了几瓢倒在天上，水位就降低了，水退后，出现了陆地和海洋。因叭又用汗泥往地面一撒，遍地都长满了花草树木。

在珞巴族神话中，有关于原始天体观念的反映。如《九个太阳》中叙述：最初，天地不分，混沌一团。后来，天从中间鼓了起来，逐渐离开了地，但周围还是和地连在一起。天和地结了婚，不久，大地生了九个太阳。有七个太阳兄弟住在天和地相连的金日冬日那个地方。那里有一根顶天立地的大石柱，大地上的水都集中到大石柱那里。七个太阳成天把大石柱烘烤得火烫烫的，汇集到那里去的水就立刻被烘烤干了，所以，大地上的水才不至于倒流回去，泛滥成灾。另外两个太阳兄弟住在天父的怀抱里，像天父的两只眼睛一样，整天看着大地母亲。有一次，太阳的同胞、大地的孩子——动物和虫豸们正在摘桃子。虫子穷究底乌带着自己的孩子也和大伙儿在一起摘桃子。谁知住在天父怀抱里的一个太阳兄弟把穷究底乌的孩子晒死了。穷究底乌大怒，拔出箭就朝这个太阳兄弟射去，一箭射穿了这个太阳兄弟的眼睛。这个太阳兄弟再不能发出光芒来，眼睫毛落到大地上变成了鸡。从此，天父的怀抱里只剩下一个继续发着光芒的太阳。大地上的人们和牲畜，要给剩下的这个继续发出光芒的太阳支差，所以白天活动。山林中的野兽和地下的老鼠，不给这个继续发出光芒的太阳支差，所以晚上活动。

我国各少数民族的开天辟地神话反映了原始初民对宇宙生成的认识和他们的宇宙观，这些关于宇宙及万物生成的解释，完全符合原始初民的思维特征。从各民族神话关于天地开辟史的生动描绘中，我们看到了各族先民对天地万物的起源保持着一种坚忍不拔的探索精神。

二、人类起源神话

人类起源神话是原始人类所想象的关于人最初是怎样生成、来自何处的神话。原始人类不但对宇宙的起源非常感兴趣，而且也极其关注人类自身的起源，人类起源神话往往与宇宙起源神话交织在一起，因而，许多学者也将其归为开天辟地神话。在探索人类自身起源的过程中，各族原始先民同样创造了不少瑰丽的神话，其中包含着人对自身价值的认识。在我国各少数民族的神话中，对于人类的起源，有着种种不同的解释，大体可以概括为以下几种类型：

（一）卵生说

哈尼族神话说：当洪荒时代过去之后，地上长出了茅草，茅草里出现了一个大蛋，经过鹌鹑鸟孵化变成了哈尼族的祖先“措木遇”。苗族古歌中说，人类是由枫树生成的。枫树的“树干生妹媄，树心生妹留”，“妹媄”，苗语即母亲；“妹留”，苗语即蝴蝶。“妹媄妹留”，又即“蝴蝶妈妈”。妹媄妹留相传是人、兽、神的共同母亲。她与无生物水泡沫结合，生了十二个蛋，后孵出雷公、人、虎、豹、麀等十二兄弟，即人类和其他生物。云南丽江纳西族的神话，也有类似的说法：人类是从天孵抱的蛋里出来的，人类是从地孵抱的蛋里出来的。

侗族的人类起源神话《龟婆孵蛋》说得更加形象：

四个龟婆在脚坡，
它们各孵一个蛋。
三个寡蛋丢去了，
剩个好蛋孵出壳。
孵出一个男孩叫松恩，
聪明又灵活。

四个龟婆在寨脚，
它们又孵四个蛋。
三个寡蛋丢去了，
剩个好蛋孵出壳。
孵出一个姑娘叫松桑。
美丽如花朵。
就从那时起，
人才世上落，
松恩松桑传后代，
世上的人儿渐渐多。

（作品选自毛星主编：《中国少数民族文学（中）》，长沙，湖南人民出版社，1983）

（二）泥土造人说

众多的少数民族神话都讲到最初的人类是天神用泥土做成的，在傣族、独龙族、彝族支系阿细人以及壮、苗等民族的神话中，都说人是由天神用泥土造出来的。类似用泥土造人的神话，在各民族中也很多。这些与汉族“女娲抟黄土造人”的情节基本相似。许多学者认为用泥土造人的神话，与原始社会的制陶有密切关系。

独龙族《创世纪》神话中说，远古时代是没有人类的，是天神嘎美和嘎莎用手搓出泥土，用泥土揉成泥团，再用泥团捏成男人“普”和女人“姆”。他们不会呼吸，没有血液，天神便在他们身上吹了口气，于是他们便会呼吸，也有血液了。

彝族神话《天地的来源》中说，人是托罗神和沙罗神造的。他们拿黄土做人的身子，用黑炭和白泥造人的眼睛，造好之后，放在太阳下整整晒了七天，才变成活人。两位天神还使造成的人会呼吸，会说话，会唱歌。

鄂温克族中关于泥土造人流传着这样一则神话：很久很久以前，有个保鲁恨巴格西，他每日每时都在专心致志地用泥土造人和万物。捏来捏去，身边的泥土全用光了。正在发愁，发现在阿尔腾雨雅尔神龟的肚子底下还积压着大量的泥土，只是由于他心地慈善，怎么也不忍去伤害它。佛师正在为难，就见有一位骑着白马、身背弓箭的英武天神，正从太阳升起的方向飞奔而来，他就是智勇超凡的尼桑萨满。保鲁恨巴格西天神请求尼桑萨满助他一臂之力，尼桑萨满应下了。他摘下背后的弓箭，对准神龟的颈项，一下子便射中了。阿尔腾雨雅尔颤动着身子离开了它伏卧的地方，仰面朝天昏晕过去了。从此，神龟就用它的四只脚当支柱，牢牢撑住了苍天。只是时间隔久了，压得它困惫不堪时，不得不晃动一下身子，这就是世间不时发生的地震。从那以后，保鲁恨巴格西天神得到了无尽的泥土，使他那抟土造人、造万物的伟业，也久久地持续下去了。

（三）葫芦出人说

在我国南方苗、瑶、壮、彝、傈僳等民族关于人的起源和再生的神话中，造人材料多是葫芦或葫芦同类的瓜。除上述民族之外，傣族、拉祜族、佤族以及白、纳西、怒、高山、布朗、布依、侗、水、黎、畲、仡佬、德昂、基诺等民族也有此种神话。在汉族神话中也有关于葫芦或瓜为伏羲女娲本身的说法。

在布朗族的神话中，硕大的金葫芦是神奇的物什，无处不在。有一则神话说，过去有一只大葫芦，里面装着很多人，但葫芦口是封闭着的。一天，飞来一只大天鹅，啄开了葫芦口，人们才得以走出来，分散到各个地方去建立寨子。之后，人间才有了许多寨子，才有了布朗族、傣族等。

佤族《达惹嘎木造人的故事》中说，人的首领受神的旨意，与母牛婚配，产一拳头大的葫芦籽，种下这颗葫芦籽，结出像小山一样大小的葫芦，达惹嘎木举刀劈开葫芦，人便从葫芦里走了出来。

德昂族神话说，很久很久以前，人是从葫芦里出来的，但从葫芦里出来的男人都是一个模样，分不出你我。妇女出了葫芦口就满天飞。后来，一位仙人把男女的面貌给区别开了。男子们又想出办法，用藤篾做成腰箍套在妇女身上，这样，妇女才与男子生活在一起。

（四）岩洞出人说

佤族神话《我们是怎样生存到现在的》中说，人是从地洞里出来的，这个出人的地洞叫养贺。佤族神话《西冈里》的“西冈”，西盟一带的佤族说是“石洞”的意思，沧源、澜沧一带的佤族说是“葫芦”的意思。总之，“西冈”这个地方被认为是佤族的发祥地。《西冈里》神话说，利吉神和路安神创造了天和地，创造了太阳和月亮，创造了动物和植物，创造了人，把人放在石洞里。后来木依吉神让小米雀啄开石洞，人才从石洞里出来。刚出来时，人不会说话，也不会种地，与各种动物为伍，到处奔跑。后来，人离开了石洞，到了永邦、阿维。在阿维河，人们用河水洗了手和脸，从此就会说话了。

（五）猴子变人说

珞巴族有许多关于人类起源的神话，其中有一则《人和猴子为什么不一样》是这样说的：起初有两种猴子，一种是白毛长尾巴的，一种是红毛短尾巴的。有一天，红毛短尾巴的猴子们跑到一座大山上，都把自己身上的毛拔下来，放在一块大岩石上，然后各自拿着一块石头狠劲地敲，结果敲出了火。有了火，这些短尾巴的猴子就把弄来的东西烤熟了吃。从此，他们再也不吃生东西了，身上也不再长毛，变成了人。起初，人还有点尾巴，但越来越短，到后来就一点都没有了。

藏族中则流传着猕猴演化成人的神话：从前，在西藏雅隆河谷的琼洁地方的山上，有一只猕猴与岩魔女同居，生了六只小猴。老猴便把它们送到果实多的树林中去生活。过了三年，老猴去看时，它们已经繁衍到五百只猴子。由于吃食不够，猴子们互相争夺，彼此厮打，抓破了脸，揪掉了耳朵，乱作一团。见父猴前来，便围着呼号：“拿什么给我们吃?”举手相问，情状可怜。老猴见了不忍，又领它们到一处长满野生谷类的山坡，指给猴群，命令道：“就吃这个吧！”从此，众猴就吃不用耕种的野生谷物，身上的毛逐渐变短，尾巴也慢慢消失。以后渐渐又会说话，演变成人，吃野谷树叶生活。

（六）其他物质生人说

大、小凉山和楚雄彝族神话说，人是由天神撒下的雪变成的；德昂族神话讲人是由一棵巨树上落下的一百片叶子变成的；满族神话里说，人类起源于柳叶；布朗族神话则讲人是由神巨人用牛脑做成的；拉祜族神话《扎努扎别》中说，人类是天神厄莎用身上的垢腻创造的；蒙古族神话里说，最初的男女两个人是在花瓣里孕育的；台湾泰雅族神话里说，自己的祖先是从岩石里迸裂出来的。

在高山族中，关于人类起源的神话有不同的说法，其中雅美人的一则是这样讲的：古时，在拍布特山的高处，有一块巨大的岩石。一天，岩石突然一声巨响，裂成两半，里头出现了一个神人。接着，又是大海咆哮，波浪滔天，一个海浪打到鲁鲁塞克海岸的茂盛竹丛里，一根大竹裂开，又走出来一个神人，两人都是男神，互相结为朋友。一天，两人并枕而卧，膝头相擦，不觉一神右膝生一男孩，另一神左膝生一女孩，男女二人后来繁殖，即为人类。

独龙族的神话说：在未有人类之初，大地上除了森林之外，什么也没有。一天，一棵大树变成了一个人，名叫美嘎朋。后来，天神姆朋将他的女儿嫁给美嘎朋做妻子，大地上便有了人类。

瑶族神话《密洛陀》中说，密洛陀最初用泥土来造人，没有造成，后来又用芭蕉叶、南瓜、红薯造人，也没有造成，最后用蜂蜜造成了人。

三、洪水神话

洪水神话是讲述人类在遭受洪水灾害的毁灭性打击之后重新繁衍生息的故事。这类神话也有怎样创造人类的内容，但不是讲人类最早的起源，而是讲人类在遭遇特大洪水濒临灭绝的情况下怎样再造人类的过程。在世界各民族中都广泛流传着洪水神话，它比人类起源神话更为丰富。有些学者认为，洪水神话实为人类起源神话之一种，它讲述了人类的第二次起源，所表现的是人类和世界的再创造。

我国南方各省的少数民族，流传着关于一对兄妹配偶或一个男子到天国找仙女做配偶的洪水遗民再造人类的神话。各民族关于兄妹配偶型洪水神话的中心情节大致是说，洪水之后，只有一对兄妹得以幸免，因为世上仅剩下了两兄妹，他们只得结婚。后来，他们生下了几兄妹，成了各族的祖先。湖南、广西、贵州等地的苗族、壮族、瑶族、布依族的洪水神话，都讲到在洪水泛滥之前，两兄妹的父亲与发洪水的雷公的斗争。在云南省的彝族、白族、哈尼族、拉祜族、独龙族、景颇族等的洪水神话中，又都讲到洪水前由于两兄妹得到神的启示，洪水滔天时才得以幸免。兄妹结婚时，常以兄妹各在两座山上分别让两扇磨盘滚下合在一起，作为兄妹可以结婚的托词。流传于滇西北纳西族、普米族及大、小凉山彝族中的洪水神话则讲，洪水后人间只剩下一男子，后来他到天国找一仙女做配偶。在天界，这位男子经历了种种难题考验之后，才得以同仙女返回人间，再生人类，遂成为始祖。

各民族的洪水神话既各具特点，大多又都有一些相似的情节，其中兄妹二人得以成婚的理由就各有不同。在一些神话中还有以下各种说法：从两个地方滚簸箕和筛子，如果二者合在一起就结婚；从两个山头或河的两岸抛掷针线，如果一边的线能穿进另一边的针眼里就结婚；从相隔较远的地方分别烧火或烧香，如果两处冒出的烟合在一起就结婚；将一棵竹子劈断，如果还能合拢如初就结婚等等。下面我们完整地选录一则彝族的洪水神话：

《阿霹刹、洪水和人的祖先》（彝族）

古时候，有一家人家，三个兄弟带着一个小妹妹过日子。有一年春天，他们出去开荒，遇到了一件奇怪的事情：明明是他们头天犁过的地，第二天老是会复原。他们商量了一会，以为一定是有什么坏人存心捣蛋，就决定半夜里拿着棍子到地里去看守，准备把那坏人揍一顿。果然，这天夜里，有一个模样十分威严的老头子，拄着拐杖来到他们白天犁过的地里。他只要用拐杖指一指，犁起来的草皮就会自动翻转来，回到原地去。大哥和二哥看见这种情形，便跳起来要打这个老头，三弟赶上去拦住他们，说："不应该打老人家，还是先问问他为什么要这样做吧！"

老头子听见三弟的话，就说："你是个又聪明又心善的娃娃，你一辈子都会有福的。"接着他又说："你们知道我是谁？我就是雷神阿霹刹。你们听我的话，莫要开荒了，世上就要发大水了。"

大哥和二哥听说要发大水，感到很害怕，就央求阿霹刹救他们。阿霹刹笑了笑，回答说："我当然要救你们，可是，真正能救你们的还是你们自己。好吧，我给你们三只箱子，一只是金的，一只是银的，一只是木头的，你们躲在箱子里；箱子只有三只，可是你们还有一个小妹妹，你们当中，谁愿意带着小妹妹？"

大哥低头想了想，说："我不愿意带她。"

二哥低头想了想，说："我不愿意带她。"

三弟想都没有想，说："我愿意带她。"

说罢，阿霹刹便用拐杖在地上顿了三下，立刻，就出现了三只大箱子，一只是金的，一只是银的，一只是木头的。

大哥贪心，他要了那只金的。二哥贪心，他要了那只银的。三弟和他的小妹妹，一句话也没有说，要了那只木头的。

阿霹刹又一人给了一个鸡蛋，叫他们夹在胳肢窝里。嘱咐他们说："什么时候听见小鸡叫，什么时候揭开箱子盖。"说完，叫他们躲进箱子，又替他们一一关上箱子盖，洪水也立刻就来了。

过了七天七夜，大哥胳肢窝里的蛋壳破了，小鸡在叫，他便把金箱子的盖揭开，洪水灌进去，他和箱子一起沉到水底去了。

过了七天七夜，二哥胳肢窝里的蛋壳也破了，小鸡在叫，他便把银箱子的盖揭开，洪水灌进去，他和箱子一起沉到水底去了。

过了七天七夜，三弟和小妹妹胳肢窝里的蛋壳也都破了，小鸡在叫，他们便把木头箱子的盖揭开，洪水灌进去，他们把水舀干净，箱子就浮起来。

他们在水上漂呀漂的，漂到了一座石山顶上。山上生着一丛野毛竹，几株青㭎树。他们便攀着野毛竹和青㭎树，带着小鸡，在那里住下来。这时，洪水渐渐退了，三弟和小妹妹便对着野毛竹和青㭎树说："多谢你们搭救了我兄妹两个，我们世世代代都会把你们当神主来供。"这一场洪水，把世上的人全都淹死了。谷种没有了，菜籽没有了，牛也没有了。三弟和小妹妹哭起来，简直活不下去了。

忽然，阿霹刹又来到了他们面前，给了他们谷种、菜籽，又给了他们一把黄豆、一把青豆。他说："要黄牛就撒黄豆，要水牛就撒青豆。"三弟把黄豆一撒，果然就变成一群黄牛；小妹妹把青豆一撒，果然就变成了一群水牛。

鸡有了，谷种有了，菜籽有了，黄牛、水牛都有了，三弟就对小妹妹说："让我们成个家吧。"小妹妹不答应，说："问问老天爷的意思吧。"于是小妹妹拿起一根针，三弟拿起一股线，对着老天爷说："如果世上还有旁的男人女人，线就不要穿针眼，要说穿进针眼，我们兄妹便成亲了。"他们把针和线向天上抛去，结果，线穿进了针眼。

小妹妹想了一下，又说："再问问老天爷的意思吧。"于是她爬上一个山坡，把磨盘的下扇推下山去；她哥哥爬上另一个山坡，把磨盘的上扇推下山去。他们对着老天爷说："如果世上还有旁的男人女人，磨盘就不要合到一起，要说合在一起，我们兄妹便成亲了。"结果，是合到了一起。

兄妹两个便结了婚。过了三年，小妹妹怀孕了，生下来一大团血肉。他们两人难过得很，心想，怕是老天爷不愿我们成亲吧。他们便把这一大团血肉剁成好多块，挂在树上。过了几天，再去一看，那些血肉都变成了青年男子和青年女子，成双成对，有说有笑，在树上吃果子。

从此，世上的人就一天比一天多起来了。

（作品选自王伟搜集整理，李德君、陶学良编：《彝族民间故事选》，上海，上海文艺出版社，1981）

羌族的洪水神话《黄水潮天的故事》讲：很早以前，有个猴子爬到一棵很高的马桑树上，顺着树尖到了天上。它在天上东翻翻西搞搞。天神叫它不要动金盆，因为金盆的水打翻了会把地上的人全部淹死的，它却偏偏要去翻弄。结果，把金盆搞翻了，水倒了出来，地上起了洪水。姐弟俩见势不妙，慌忙钻进一个大黄桶，随波漂流。他们一下子被风浪涌到云头，一下子又随洪水冲进高山峡谷。不知过了多少天，洪水渐渐退去，他俩也随着黄桶停在一座山上。出来一看，村寨房子都没有了，只剩下他们姐弟俩。弟弟难过地说："爹爹妈妈没有了，哥哥妹妹没有了，只剩下我们两人，咋个办嘛！"姐姐对弟弟说："弟弟，光着急也没用，要想办法把人口繁衍起来。我们各背一扇手磨，你背上扇，我背下扇，你爬那边山，我爬这边山，到了山顶上，把两扇磨子滚下来，如果两扇磨子合在一起了，我们两人就配成一家。"弟弟答应了。他俩背上磨子爬上高山，打了一声"呵嗬"，同时把各自的半扇磨子滚下山去，等下到河坝一看，两扇磨子合到一起了。从此，他俩就配成了一家。不久，姐姐生了个肉坨坨，弟弟把它割成很多小坨坨，分别挂在梨树、桃树、核桃树、白杨树、李树上面，百种树上都挂满了。第二天，弟弟起得很早，一出门就看到四面八方的树林里都在冒烟。走过去一看，每棵树下都有一家人。桃树底下那家人姓陶，李树底下那家人姓李，核桃树底下那家人姓郝，白杨树底下的那家人姓白……弟弟高兴地回来说："姐姐，起先只有我们两个人，百种树上挂了肉坨坨后，现在有百家人了。"

可见，各地区、各民族中流传的洪水神话大同小异，基本情节是：特大洪水毁灭了世界，只有一对兄妹因为对某个神灵有善心或帮助了某个神或心怀善意，因而得到神的报答或恩惠，在洪水到来之前事先得到神的预示，躲在葫芦或其他容器里得以逃生。洪水过后，只有兄妹俩活了下来，为了延续人种，两人又在神的帮助下成婚，最终繁衍了人类。洪水神话反映了原始社会民众的生活状况，也反映了初民对无法控制的自然力的恐惧和崇拜心理。

四、自然神话

自然神话是指原始人类按照自己的理解和幻想，对天地间各种自然现象的成因与来历作出解释的神话。开天辟地神话中，关于宇宙和万物生成的神话，已包含了一部分关于自然物和自然现象的解释，但还很不完全。各少数民族的自然神话最为丰富，在我们面前展开了更为广阔的五彩缤纷的世界。大自然中的山川河流、日月星辰、风云雷电和自然万物是怎样形成的呢？它们具有什么神奇的力量？这在各民族的神话里都有不同的解释。除了布朗族的《顾米亚》、哈尼族的《奥色密色》、阿昌族的《遮帕麻与遮米麻》、白族的《开天辟地的传说》、瑶族的《密洛陀》纳西族的《创世纪》，还有彝族的《阿细的先基》、《梅葛》、《查姆》、《勒俄特依》和拉祜族的《牡帕密帕》此外，还可以举出很多。如普米族的《捉马鹿故事》也是叙述天地及万物起源的神话。传说天神给了巨人简剑祖一只红狗、一只白狗、一只金狗、一只银狗、一只铜狗、一只铁狗。这六只狗帮助简剑祖寻找到了马鹿，简剑祖便一箭把它射死，割下马鹿的头，头变成了天，两只眼睛变成了太阳和月亮，牙齿变成了星星，淌出的血变成了海子；又剥下马鹿的皮，皮变成了大地，皮上的毛变成了草木；他又挖出马鹿的心、肝、肺，心变成了山，肝、肺变成了湖泊；掏出马鹿的肠子，大肠变成了江河，小肠变成了道路……。

门巴族解释自然现象的神话《那嘎湖》中叙述说：很早以前，勒布区麻妈被群山环抱，山势上抵天庭，下植地府，周围缝连，形成桶状。四面八方的水都流向这里，于是有了那嘎湖。湖水越积越多，湖面越来越高，威胁着天庭地府。有一天，空行母吉巴萨布让来到这里，用他的拐杖劈开了东面的乌坚学山，又向南挑出了一条深沟，把湖水引向了南方，从此，那嘎湖不见了，变成了由东转向南奔腾呼啸的江水，这就是今天的娘江曲。

珞巴族神话《三个神牛》中是这样来解释山脉、河流、森林以及动物、昆虫的来源的：大地母生了三个神牛；老大叫普苏索布，是火神牛；老二叫拉玛索布，是铁神牛；老三叫铁仁索布，是土神牛。三个兄弟性格各不相同，矛盾也很大。有一次，普苏索布和拉玛索布斗了起来。老大普苏索布把老二拉玛索布一下子就吞到肚里去了。拉玛索布死了以后，它的毛变成了树木和百草，骨头变成了石头和山脉，血液变成了河流，内脏化成了有血肉的动物和虫豸。

在鄂温克族的先人看来，地、水、火、风、云、雨、雷、电等自然现象和自然界都是由诸神主宰的。如《风神》中讲述：地球的边沿有个老太婆，她手中有个大簸箕，每逢她扇动一下，地面上就刮风。雷和雨又是怎么来的呢？据说，天庭有个老头子，他执掌一面神鼓，只要一敲打，天空便响起隆隆的雷声。落雨，原来是神龙鳞片上洒下的水滴。龙身上的每个鳞片，都盛有一百担水，它身上有数不尽的鳞片，因此，降落的雨量就很大，它滋润的土地面积也很广阔。类似的观念在其他少数民族神话中也有，侗族神话《捉雷公》中讲，谁要是有过失，或是糟蹋五谷，天王老子就派雷公下到人间来惩罚他。畲族神话《雷公雷婆》中讲，雷公和雷婆一人使铁凿，一人拖舂臼槌，一样的性情刚直，爱打抱不平，看见人间有不平事，就“哇啦啦”大喊，要打坏人，或者有时雷公禁不住一眨眼，就是一次闪电。彝族神话也讲，英雄支格阿龙打败了雷公，逼迫雷公答应以后只打树，不打人。傈僳族有一则神话说，发动大洪水的神灵路帕有一个长得很美丽的独生女，她一身金红色的麟，腰上一圈水藻，大大的眼睛像星星一样明亮，方方的嘴有血红唇，黑黑的牙齿像刚嚼过的槟榔。她对人很有同情心，主动帮助人，把鱼扔上岸，又帮人建造房屋。

在各少数民族的自然神话中，最为壮观的是日月神话。民众赋予日月自由神奇的幻想色彩和民间生活的浓郁情味，认为日月也有人的性别、感情、家庭关系和像人一样的生活。达斡尔族神话说：太阳是男性，所以光焰强烈，威力无比，他每天从东边出来，一天就能走到大地的尽头。月亮是女性，所以文弱淡雅，走得也慢，一个月才能走完太阳一天的路程。云南独龙族神话《独龙人创世》说，天空有两个太阳，一个男太阳，一个女太阳，一个猎人射落了男太阳，男太阳瞎了眼就变成了月亮。黎族神话说太阳和月亮是亲生姐妹，太阳能干而不美，月亮虽美却懒惰，她俩都与大地相爱，最后大地选太阳做了妻子。彝族神话《勒乌特衣》中《喊日月》一章讲道：最热心于创世的斯兹底尼神，派阿吕举兹神去喊太阳和月亮。阿吕举兹神走到土尔山腰去，在那里修了一座竹木房，杀了白阉鸡祭天，喊了九天九夜，喊出了六个太阳和七个月亮。他又到土尔山山顶修了一座铜铁房，用白阉羊的内脏祭天，喊了七天七夜，喊出了萨业七星（北斗星）和萨苦六星（六姊妹星）。他又到土尔山的山脚下修了一座木房，杀了白阉鸡祭天，喊了三天三夜，喊出了三排星和四仙星。从此，天上每夜星斗灿烂，美丽异常。

高山族神话中流传的一则《射日神话》认为天空中的太阳是由人间的松明火把演变成的，显现了与民间生活的密切关系。神话里说：古时，天地没有日月，四季暗淡无光，人们只能点燃松明过日。一天，狂风骤起，有两个手拿松明的人被刮上了天，化为两个太阳，强光照射，昼夜不分，异常炎热，人们陆续被灼死，大家聚在一起共商对策。突然，有父子二人挺身而出，愿往西方射日。于是，他们便手拿弓箭，耳插盛粟竹管，一路种下蜜柑，向西迈进。经过数十年，到了太阳升起的地方。一个太阳出来了，他们弯弓射中，只见鲜血迸出，飞向天空化为星星，落在地上的化为石头。被射中的太阳，强光减弱，就变为月亮。父子俩见任务完成，就动身回家，在归途中，他们见到以前种的蜜柑，均已结实，便一路以柑充饥，平安归来。这类射日神话在各少数民族中大多都有，许多民族同时还有射月神话。神话中通常说数个太阳或加上数个月亮一同出现在天空，使地面上的人酷热难当，庄稼和植被枯萎死亡，为了人类的生存就有神射手出现，他们射落多余的太阳和月亮，只留下一个太阳和一个月亮，人类和万物得到了拯救。这种神话是人类普遍遭受烈日和旱灾磨难的记忆，也表现了人类试图战胜自然力的愿望和气魄。

壮族神话《太阳、月亮和星星》也以其独特的想象解释了部分天体与自然现象出现的原因，显得巧妙而又富有情趣。

《太阳、月亮和星星》（壮族）

相传太阳、月亮和星星是一家人。太阳是父亲，月亮是母亲，星星是孩子。

太阳很残忍，每天清早起来，总要吃掉许多生命。它吃掉的不是别人，而是自己的孩子——星星。

被太阳吃掉的星星流出很多很多的鲜血。每天清早，我们看到天边红彤彤的，那就是被太阳吃掉的星星流出来的鲜血啊！这时，没有被太阳吃掉的星星，就都赶忙躲起来了。所以，当太阳起来了以后，我们就看不到天上有一颗星星了。

尽管太阳每天都要吃掉许多许多的星星，但是星星总是吃不完的。你看，每天晚上，还是有那么多的星星在闪烁呐。这是因为月亮每个月有十多天生孩子（星星）。我们看到月亮浑圆浑圆时，就是它怀孕的时期；我们看到月亮扁弯扁弯时，就是它生完了孩子啦。

月亮是个很慈善的妈妈，在明朗的晚上，它总是带着自己的孩子在天空里漫游。所以，每当明媚的夜晚，我们就看见月亮周围有满天星斗，它们在月亮身边欢欢乐乐地游玩，调皮地闪动着蓝色的眼光。

星星在晚上虽然很欢乐，跟着妈妈，绕在妈妈身旁游玩。可是，它们一想到白天就要被太阳吃掉，就忍不住悲哀起来，有时想一阵，哭一阵，洒下许多许多伤心的泪水。每天早晨，我们看到树叶上和草地上，有一颗颗亮晶晶的水珠，那就是星星掉下的眼泪啊！

（作品选自罗苏英、韦建真等口述，游华显记录，依易天整理，《山茶》，1982 年第 5 期）

五、物种起源及文化发明神话

物种起源及文化发明神话是原始人类用天真的富于神奇幻想的眼光来解释与之生活密切相关的一切物种及生活和生产技术的最初来历与发明的神话。人类在最初阶段过着采集和狩猎生活，之后慢慢有了农业种植，而火的发明对人类的发展是一个极大的促进。所以，在漫长的历史时期内，我国各少数民族中流传着许多物种起源及文化发明的神话。在这些神话中关于谷种和火的来源的神话最为丰富。藏族的《青稞种子的来历》、布依族的《茫椰寻谷种》、水族的《谷种》、苗族的《派狗去天上取粮种》、侗族的《谷种的来源》等都是关于谷种来源的神话；回族的《阿当寻火种》、哈尼族的《阿扎》和台湾高山族布农人的《神鸟传火》等讲述的都是关于火种来历的神话。

在青藏高原上，主要的粮食是青稞，《青稞种子的来历》是这样说的：相传古代有一位名叫阿初的王子，他聪明、善良、勇敢，为了让人们有粮食吃，他决心到蛇王那里去讨青稞种子。他带着二十个武士，翻过一座大山，又是一座大山；渡过一条大河，又是一条大河。阿初王子身边的武士，一个接着一个地死去了：有的是被路上的野人杀死的，有的是被毒蛇猛兽咬死的。翻过九十八座大山，渡过九十八条大河，最后，就只剩下王子一人一马了。但是王子毫不退缩，继续前进。后来在山神日吾达的帮助下，终于从蛇王那里盗来了青稞种子。但是，不幸被吝啬而凶狠的蛇王发现，罚他变成一只狗。王子后来得到一位美丽姑娘的爱情，才又恢复了人身。由于他们辛勤地播种和耕耘，大地上长满了青稞，人们从此吃上了用黄灿灿、香喷喷的青稞面做成的糌粑，因为许多人只看见青稞种子是黄狗撒下的，为了感谢神狗，人们便在每年收完青稞、吃青稞面做的糌粑时，先捏一团糌粑喂狗。还有一则讲种子来历的：古时候，天上忽然出现了九个太阳，大地顿时变了样，到处草木枯焦，滴水不见，人们都被烤死了，四周只剩下一片片血一样红的山岩和土地。只有一个少年，在喜鹊的帮助下，才幸免于这场灾难。后来，他和天神的三姑娘结为夫妻。在三姑娘和岳母的协助下，瞒过老朽顽固的天神，从天界盗来了五谷的种子。

回族关于火种来历的神话《阿当寻火种》中讲：古时候世上没有火，人们全吃生的冷的。一次火山爆发，森林化为灰烬，烧死了很多野兽，人们拣来吃了以后，才懂得了火的用处。可是谁也没留下火种，人们仍然过着生吃冷喝的生活。人们渴望有火，但火是从哪里来的呢？有人说火是风吹来的，于是就选派了青年小伙子阿当去寻找火种。阿当翻过了七十七个大坡，渡过了七十七条大河，穿过了七十七个不透阳光的大森林，还是没有找到火种。后来，燕子告诉阿当："在西边天脚的火焰山里有火种，不过那里太远，是一辈子也走不到的。"阿当却说："我非走到不可。"这时，野马过来帮忙，它把阿当驮到了天地相隔的大河边上。对岸就是火焰山，可是河水滚烫无法过去。野马说："河岸的石洞里有把雷公斧，有了它才能使河水变成大路，但雷公斧被一条恶龙看守着，弄不好就要送命。"阿当拼死拿到了雷公斧，降服了恶龙，取来了火种，从此人们才晓得用火烧东西吃了。

哈尼族神话《阿扎》中说，很早以前，天下没有火，哈尼族居住的阿戛鲁卡地方被冰寒笼罩着。人们需要火种，但火种是一个魔怪头上的一盏眉心灯。为了取到火种，结束人间的灾难，阿扎历尽千辛万苦，战胜妖魔，取得火种带回家乡，而他自己却壮烈牺牲了。

蒙古族、羌族等民族中流传着英雄从天界盗火带给人间的神话。蒙古族的盗火英雄是燕子。它为了人类，违反天意到天界盗火，结果被发现，差点丢了性命，尾巴被剪成现在的这个样子。羌族神话里的盗火英雄燃比娃是一位半人半兽的野人，他长大后听从母亲的嘱咐，历尽千辛万苦到天堂去偷火。他曾经两次盗得火，却在经过天门时被火神发现，结果身上的毛被烧尽，又被洪水冲走，差点丢了性命。但他的决心并未动摇，最终把火含进白石里，带出了天界。在经过天门时他的尾巴又被夹掉了，燃比娃忍着疼痛，终于把火带给了人间。

台湾布农人的神话《神鸟传火》则说火种是由阿里山上一种很受当地人尊重和喜爱的“嘿必士”鸟衔来的：

这是一只非常美丽的小鸟！它的一对翅膀像闪光的黑缎子，它的一双脚儿像透明的红珊瑚，它的嘴里衔着一颗圆圆的东西，通红通红的，还会发光，发射出来的金红金红的光芒，把它旁边的白云映得像一朵朵红牡丹，好看极了。

这只神奇的小鸟飞呀，飞呀，飞到了阿里山上，在森林的上空盘旋着。一圈两圈，转到第三圈时，它向那些欢呼着的布农人扇了扇翅膀，便俯冲到他们的面前，把口中那颗红灿灿的东西吐了出来，四周立刻一片红光闪闪。

“噢——噢——”几个布农人喜得狂呼乱叫，都争着扑上前去抢那东西。不料，一个个的手刚碰到它，就“嗷”地一声，连忙缩了回来，再也不敢去动它一下。为什么，原来这红灿灿的东西会烫手，谁抓住它，就会被它烧得火辣辣地发痛。

（作品选自竹山定讲述，陈炜萍整理，马昌仪编：《中国神话故事》，北京，中国广播电视出版社，1996）

六、民族族源神话

民族族源神话大多数是讲述本氏族、部落、民族的始祖、来源及迁徙的神话。在各民族的人类起源神话中，有一部分神话就已追溯到自己的祖先。如瑶族开天辟地的密洛陀，被认为是瑶族的祖先；布依族的祖先是制造太阳的补杰；苗族古歌《枫木歌》中的蝴蝶妈妈就被认为是苗族的祖先；基诺族的始祖是阿嫫腰白，等等。洪水神话中结婚的兄妹差不多也都被当作了始祖。

鄂温克族的《来墨尔根》详尽叙述了鄂伦春人的来源：据说，远古有个神奇人物，叫来墨尔根。他吃过苔藓，后来用弓矢游猎，架篝火烘烤兽肉。以后，黑龙江崖岸的野物打光了，他便骑马渡江到对岸去寻找猎物。在绝壁尖顶，他发现有个生一只眼的巨人，过来跟他要烟抽。他递过烟去，巨人企图活捉他，这时他的马"忽"地被惊跑起来。来墨尔根奔跑在前，独眼巨人尾追于后，两下里展开了惊天动地的较量，来墨尔根击败了独眼巨人。来墨尔根回到部落，对族人说，江对面再也不能打猎，只好搬到别处去。后来，他领着甘愿跟随他走的那部分族人，朝着黑龙江西南方向移动过来，据说这就是后来的"索伦人"，而留在山顶上的，就是"鄂伦春人"。

蒙古族杜尔伯特部落的神话《天女之惠》中说：相传在杜尔伯特人生活的地方，有一座高耸入云的山峰，山顶上有一个湖，是天神隐居的地方。一位年轻的猎人在追逐猎物时，来到湖边，看到一群天女在水中嬉戏，猎人拿一付套马用的皮套索，套住其中的一个天女，并向她求爱，天女没有拒绝，当天二人就分手了。后来天女怀孕，生下一男孩，她编了一个篮子，将小孩挂在湖边的树上，又派一只黄色的小鸟为孩子歌唱。后来杜尔伯特人在先智的指引下，登上山峰，顺着鸟鸣的方向找到了小孩，这个孩子长大后成了杜尔伯特人的祖先。

在民族族源神话中，最有名的是盘瓠神话，其中较为完整、详细的记载见于晋代干宝的《搜神记》。盘瓠是一条神犬，由一位高辛氏老妇人耳中的一条顶虫变化而来。在发生变身时，顶虫被放在瓠蓠（葫芦瓢）中，上面还盖了盘子，因而得名"盘瓠"。当时强盛的戎吴多次进犯边境，高辛氏国王悬赏征募能献上戎吴将军首级的勇士。盘瓠衔来了戎吴将军的头，国王只好很不情愿地按悬赏约定把公主许配给了它。盘瓠带着公主来到南山定居，生下六男六女。盘瓠死后，子女又自相婚配，其后代即为西南"蛮夷"各部族。至今苗族、瑶族、畲族中仍然广泛流传着盘瓠神话，情节大致相同，只是细节有差异。

七、英雄神话

在原始社会中后期，各部落、民族之间为抢夺物品和地盘，相互之间的争斗和厮杀应该是很频繁和惨烈的。英雄神话大都就是叙述本民族英雄人物在征战过程中的英雄行为。英雄们身上体现了民族的性格和气质，他们在与自然和恶势力的斗争中功绩卓著，得到人们的敬仰和崇拜，被人们神化，成为各民族英雄神话中的主人公。英雄们的命运总是和本部落、本民族的命运联系在一起，在我国各少数民族中都有一些这样的神话。

满族神话《天宫大战》的主要内容是讲述天神阿布卡赫赫率领众神战胜恶神耶路里的战争。在神话里，善神并不是一味地战胜恶神，有时善神也被恶神打败。其中有一段是这样描写的："洪荒远古，善神阿布卡赫赫与恶神耶路里争夺宇宙统治权。耶路里口喷黑风恶水，淹没大地，打败了阿布卡赫赫，一把扯去了她用九座石山九座柳林编成的虎裙。阿布卡赫赫赤身裸体地逃回了天上，昏倒在滚动着一束束金光的太阳河旁。太阳河边一棵高大的神树上，住着一位名叫昆哲勒的神鸟，它扯下了自己的羽毛，为阿布卡赫赫擦拭伤口，编织护腰战裙，又衔来太阳河水，喷洒她的全身。当阿布卡赫赫穿着九彩神羽战裙，从太阳河水中苏醒过来时，她已成为一位金光灿灿、永远不死和不可战胜的大神。"阿布卡赫赫在战胜敌人的争战中始终得到其他神灵的帮助，使自己最终立于不败之地。

蒙古族的《天神大战》也是著名的英雄神话。相传太古时期，从宇宙间的混沌中出现天地之后，在天上以七星天为中心形成了西方的五十五位善天神和东方的四十四位恶天神，共九十九位天神。后来这些天神之间展开了激烈的争战。两军对阵，战鼓震天，战争场面宏伟壮观，争战的结果，恶天神战败，宇宙的统治权归于善天神。

黎族也有许多神话是描写英雄人物的，如《大力神》讲的是：从前天地相距很近，天上有七个太阳和七个月亮，人们被晒得难以活命。有一个叫大力神的人，为了解脱人民的痛苦，一天夜里用力把天拱上高空。第二天，他又做了一张很大很大的弓和十二根锋利的箭，把太阳和月亮各射下六个。那时，大地一片平坦，没有河流和大山，世界很单一，大力神又用彩虹作扁担，从海边挑来大量沙土造山垒岭。从此，大地便出现许多崇山峻岭，而小山丘则是他大筐里漏下来的泥沙堆。他又脚踢群山，踢出一条深沟，汗水流进深沟，成为江水，这就是海南岛昌化江。大力神完成了这些事业后，便累死了。

布依族的英雄神话《治风魔》、《捉旱精》、《锁孽龙》等也都歌颂了他们的祖先。《捉旱精》叙述：布依族居住的地方，有座高高的火焰山，山上有个作恶的旱精。他常常摸黑出山，汲枯河水，喝干井水，致使年年干旱，庄稼无收。这时，布依族祖先翁戛和大家商量后，上山扯来葛藤，挽结成套，安在旱精出入的道上。第一次套住旱精，被他绷段逃脱；第二次套住，又被他咬断逃跑。翁戛和大家又在田边地角多挖水井水坑，蓄满水，再在上面安放更粗牢的套套。这回套住了旱精的脖子，他既绷不断，也咬不了，终于被人们捉住打死烧化。从此以后，田边地角水井不会干，水坑水常满，再也不怕干旱了。门巴族的《吉萨格来战妖魔》，描写门巴族古代英雄吉萨格来，为了家乡的安宁、人民的幸福，挺身而出，征服妖魔，取得了胜利。

第二章　山风如诉　风韵流响

——中国少数民族民间传说

第一节　民间传说

民间传说，是民间文学领域里散文体的口头叙事文学之一，它的产生和流传有着极其悠久的历史。按照马克思的论断，早在野蛮时期的低级阶段，传说就已经产生了。最早的传说大都萌芽于神话，是神话不断演进的结果，或由神话中分离出来。鲁迅先生说："迨神话演进，则为中枢者渐进于人性，凡所叙述，今谓之传说。传说之所道，或为神性之人，或为古英雄。"这是人物传说产生的条件。许多自然风物传说也是通过这样的途径演变而来的，即把原来的超自然力，逐渐转化到人们可以认识的客观事物上，使它和人们的生活更加接近。传说发展到后世，便经常根据某一人物、山川古迹、自然风物、社会风俗来创造故事。前者如各民族的族源神话、英雄神话逐渐演变为族源传说、英雄传说；后者如各民族中广泛流传的人物传说、风物传说、习俗传说等。所以民间传说，是指人民口头创作的"与一定历史人物、历史事件和地方古迹、自然风物、社会习俗有关的故事"。

民间传说中所叙述的人物、事件、山川草木、生活习俗再也不是超现实的，它的内容虽然也是虚构出来的，但已不是企图通过幻想的力量去征服和支配自然，也不是对自然和社会生活的不自觉的艺术加工。传说的创作者们认为，他们所叙述的人物是他们的祖先或某一生产技术的发明创造者，主人公是基于历史上存在过的真人，事情大体是真实的，有时代和地点的约束性；所叙山川草木、生活习俗已同他们的日常生活发生密切联系，具有鲜明的地方性和民族性，其内容也有一定的教育和娱乐作用。民间传说自然离不开讲故事，但它与民间故事在讲述方式、内容性质等方面迥然不同。民间传说不受叙述形式的限制，讲述者可围绕中心发挥自己的创造力；而民间故事则有一套固定的语言和顺序，受一定叙述形式的限制。民间传说的结构和情节安排取决于题材、内容的需要；而民间故事一般都有一定的程式和较固定的模式。民间传说以历史上存在过的人物、事件、地方风物作为叙述的背景来演化出生动、传奇的情节；而民间故事则是虚构的产物，是不确定和泛指性的。

我国各少数民族民间传说内容丰富，形式多样，呈现出多姿多彩的面貌，既是优美动人的艺术珍品，又是各民族人民口传的历史。当然它们并非真实的历史记载，往往只是借助历史的影子，去作大胆的虚构和创作，有时还将历史人物加以神化，在创作和流传过程中已经融入了创作者对历史的理解、判断和审美认识，再经过创作者艺术化、传奇化的加工，与真正的历史是不能混同的，更不能忽视民间传说的历史表述形式。

第二节　各少数民族的民间传说

一、氏族或民族来源的传说

氏族来源或氏族祖先传说是一种古老的传说，在我国许多少数民族中都有流传或保存。这类传说与原始的族源神话有着密切的关系，如瑶族的《盘王的传说》、白族的《氏族来源的传说》等。类似的民族族源传说在各民族中很多，如蒙古族的《化铁熔山》和关于梅赫勒氏先人的传说《珠浑哈达的传说》、哈萨克族的《哈萨克民族名称的传说》、柯尔克孜族的《柯尔乌古斯》、《柯尔奥古孜》、《柯尔克孜人的由来》、珞巴族的《阿巴达尼的四个儿子》等。

瑶族中流传的《盘王的传说》，其大意是：古时，高王来侵，平王出榜招贤，谁能斩下高王首级来献，就把公主嫁给他。这话被龙犬盘瓠听到，盘瓠摘下金榜，渡海来到高王身边，假装殷勤，受到高王的宠爱。一天，盘瓠趁高王醉酒，咬下高王的头献给平王，立下汗马功劳，因而娶了三公主为妻。后来，盘瓠想变成人，便叫公主把它放到蒸笼里蒸七天七夜，公主照办。已蒸了六天六夜，公主担心蒸死了丈夫，偷偷揭盖子看，盘瓠果真变成了人，只因不足七天七夜，头上和小腿上有许多毛还未脱落，后来就用布带把头部和小腿裹缠起来。盘瓠变人后，平王派他到会稽山为王，号称盘王。盘王和三公主婚后生下六男六女，平王各赐一姓，成为瑶族最早的十二姓。

现生活在泸水、福贡一带的白族勒墨人也有自己的族源传说，在《氏族来源的传说》里讲，他们的祖先是由四个氏族传下来的。传说很久以前，天神阿白曾告诉人们，快要发大水了，叫大家把房子搬到葫芦跟前去住。人们不听，只有祖先阿布帖和阿约帖兄妹听从了忠告。洪水之后，兄妹二人成亲，生了五个女儿。大姑娘嫁给老熊，生了好几个儿子，发展成一个大氏族，一直住在兰坪一带，叫熊氏族。二姑娘嫁给老虎，生了两个虎小子，现在这一带的勒墨人，就是虎氏族的后代。三姑娘嫁给一条青蛇，他们的后代，有的说怒族话，有的说傈僳话，成了蛇氏族。四姑娘嫁给一只老鼠，生了一个儿子，她的后代，就是现在泸水一带的鼠氏族。五姑娘嫁给毛虫，没有后代，也就没有毛虫氏族。

柯尔克孜族传说《柯尔乌古斯》讲：在很早以前有一个勇敢、机智的国王，名叫乌古斯汗。他的大老婆生了六个儿子，小老婆生了四个儿子。他的后裔分布于天山、准噶尔、阿尔泰山等广大地区。乌古斯汗的一个孙子长大以后迁到北方一个“柯尔”（大山）脚下，以狩猎为生。他和乌古斯汗的邻居蒙古勒、塔塔尔等关系很好。蒙古勒、塔塔尔等把他称为“柯尔乌古斯”（居住在山里的乌古斯人）。后来，柯尔乌古斯的后裔发展到数千户，并逐渐分散在蒙古勒和塔塔尔、克塔依地区。柯尔乌古斯的一个孙子与蒙古勒的一个姑娘结婚。他的后裔称为“蒙古勒多尔”（蒙古人）。传说，现在的柯尔克孜族“蒙古多尔”部落，就是“蒙古勒多尔”的后裔。当时，塔塔尔人有一个老国王叫诺果依。他只有一个美丽的女儿。有一天，诺果依派人来见柯尔乌古斯，要求他选一个儿子来做他的女婿，以便继承他的王位。柯尔乌古斯非常高兴，他派了一个儿子来与诺果依的女儿结婚，后来，他的后裔被称为“诺果依”。传说，现在柯尔克孜族“诺盖依”部落，就是“诺果依”的后裔。当时，克塔依的一个王子因受争夺王位的哥哥的排挤，带了一个“卡里恰”（奴仆）逃到柯尔乌古斯的牧地，主仆二人与柯尔乌古斯的两位孙女结婚。克塔依王子的后裔被称为“克塔依”，奴仆的后裔被称为“卡里恰”。这样，柯尔乌古斯的后裔已经发展得非常之多，分散到更广大的地区。《柯尔奥古孜》讲：古代北方有两座大山。从一座大山流出十条河，从另一座大山流出三十条河，汇成一条大河流入大海。周围的人们把居住在这两座大山周围和这条河流沿岸的人称作“柯尔奥古孜”，在古代柯尔克孜语里“柯尔”指大山，“奥古孜”指河流。据说，今日“柯尔克孜”一词，就是“柯尔奥古孜”一语演变来的。当时，柯尔奥古孜有一个国王，名叫布彦尼汗。他居住在那条河流的沿岸，所以，这一地区被称为“伊奇克力克”（内姓部）。他的大部分臣民则居住那三十条河的沿岸，所以，这一地区被称为“奥吐孜吾兀勒”（三十姓部）。他封两个儿子为左右武卫大将，分别管理三十姓部。左武卫大将的辖地被称为“左翼”，右武卫大将的辖地称为“右翼”。后来，国王和两个儿子相继死去以后，分别由他们的子孙克普恰克、克塔依、阿底格纳、塔阿依等管辖柯尔奥古孜地区。

在柯尔克孜族有关族源的传说中，还流传着柯尔克孜族是由四十个姑娘传下来的说法。

《柯尔克孜人的由来》（柯尔克孜族）

传说夏依克满苏尔圣人有个妹妹，名叫阿纳尔。夏依克满苏尔没有娶过妻子，他的妹妹阿纳尔也一直没有出嫁。当时，有些人私下议论说：“夏依克满苏尔不结婚，他的妹妹也不出嫁，可能他们的关系不正常。”有的人甚至还说：“亲眼看见阿纳尔半夜里一个人外出，可能同别人通奸。”

人们的议论，渐渐传到夏依克满苏尔的耳朵里。他十分生气，同时也有些怀疑：阿纳尔真的半夜一个人常外出吗？她会到什么地方去，去干什么呢？他决定暗中察看自己妹妹的行止。

一天晚上，人们都入睡了，夏依克满苏尔果然发现妹妹一个人走出了房门，他悄悄地跟在后面。一会儿，阿纳尔走进了一个大山洞，夏依克满苏尔也跟着走了进去。进洞以后，他发现洞里有四十个陌生人。这四十个陌生人见了阿纳尔，立即向她围了上来，同时热情地对她说着什么。夏依克满苏尔看了好一阵，四十个陌生人说的什么听不清楚，但从他们和阿纳尔的神情举止上看，不像是有什么见不得人的事情。夏依克满苏尔放心了，准备出去。这时，阿纳尔发现了哥哥，叫住了他，走到他跟前说：“亲爱的哥哥，我来这里是同隐居在深山的四十位圣人说说话，听听他们对我的教导。你做什么来了？”

夏依克满苏尔听了妹妹的话，相信自己的妹妹是纯洁的，一句话也没说，回去了。可是，不久又传出“夏依克和他的妹妹结婚了”的谣言。夏依克满苏尔听了谣言，觉得十分可笑，没有理睬。谁知，谣言越传越奇，越传越远，竟然传到国王的耳朵里了。国王听到后，大发雷霆，认为夏依克满苏尔兄妹做了伤风败俗的事，不容分辩，就下令把夏依克满苏尔处死。

夏依克满苏尔死后，从他的尸体里发出一个清晰的声音：“阿纳尔是清白的，我也是清白的！”这个声音不仅清晰，而且传得很远，连身居王宫的国王也听得清清楚楚。国王听了这个声音后，更加震怒，下令把夏依克满苏尔的尸体烧毁。谁知，夏依克满苏尔的尸体虽被烧毁了，但从他的骨灰里，依然发出“阿纳尔是清白的，我也是清白的”的声音。这个声音仍像先前一样，不仅清晰，而且传得很远，国王退到后宫，也照样能够听见。

国王又下令把夏依克满苏尔的骨灰撒到大河里。河面上立即浮起一个个亮晶晶的水泡。从水泡里又发出“阿纳尔是清白的，我也是清白的”的声音。水泡顺水漂流，这种声音也就顺水流去了。

缓缓的河水拖着水泡，经过弯弯曲曲的渠道，流进了国王的花园。这时，正好国王的四十个女儿在花园里游玩，姑娘们听见从渠水上闪亮的水泡里发出的“阿纳尔是清白的，我也是清白的”的声音，非常好奇，一个个争着把水泡掬上来喝了。

不久，国王四十个女儿的肚子一天天大了起来。国王发现了女儿们身体的变化，十分惊奇，以为得了什么怪病，忙请医生来给他们诊治。谁知道请来无数名医，都说姑娘们是有了身孕，要国王准备抱外孙。国王听说自己的女儿不婚而孕，万分恼怒，立即下令把女儿们全部绞死。幸亏王后和朝臣们苦苦哀求，国王才免去女儿们的死罪，但仍下令把她们撵进荒无人迹的深山里，不给她们衣食，由她们自生自灭。

四十个姑娘在莽莽的深山密林里，无衣无食，饿了靠采摘野果、追捕黄羊充饥，冷了靠搜捡枯枝、积攒树叶取暖。她们睡山洞，盖茅草，历尽千辛万苦，勉强活了下来。不久，四十个姑娘生下了四十个孩子。四十个孩子恰巧有二十个男孩、二十个女孩。四十个孩子长大了结成二十对夫妇，又生下许多孩子。他们的孙子，以后就繁衍成我们这个柯尔克孜族。柯尔克孜族就是四十个姑娘的意思，也就是说，我们的民族是由四十个姑娘传下来的。

（作品选自珠玛拉依、张云隆翻译整理，马昌仪编：《中国神话故事》，北京，中国广播电视出版社，1996）

赫哲族关于民族来源的传说《那尼敖是怎么来的》（又名《绑草把的传说》）讲：原来，赫哲人自称“那尼敖”，意思是“沿江居住的人们”。传说宋、金对峙时，金朝头人金兀术被宋军战败，退到黑龙江边。正值六月伏天，江上无船可渡。金兀术喝着闷酒问他长子，大兵能过江不？儿子回答说，过不去。金兀术便把他斩了。又问二儿子，也说过不去，又被斩了。这时，三儿子祈祷说：“上苍佑我大军不灭，快封江吧！”说罢，果然冰冻三尺，大军顺利渡过江北，继续退兵。途中为指明方向，竖起木杆，绑上草把，那草把尖头指向何处，就往那里撤退。可是，由于草把插在沙滩上了，大风吹来，把草把刮转向了，于是，后边的人就都往下江下去了。因此，便成为了混同江和乌苏里江一带的赫哲人。

怒族的传说《祖先阿铁》讲：阿铁与妻子伊娃住在丽江，门前有一棵结满黑色果子的大树，人说是鬼栽的，果子不能吃。阿铁夫妇不相信，吃了果子，妻子伊娃死了，树变成了人，并把自己的姑娘嫁给阿铁为妻，送给他们竹篾筐。不久洪水暴发，阿铁夫妻二人乘坐竹筐免遭灾难。水退之后，竹筐漂到澜沧江边，他们在这里住下，生四男四女，配成四对，从此人类得到繁衍。他们以打猎为生，为追赶野兽，逐渐迁至怒江沿岸，与当地黄蜂氏族居住在一起，互相通婚。从此阿铁家族内部不再允许兄妹通婚。当地麂子氏族在阿铁来后，即迁到俅江（即独龙族地区），成了后来的独龙族。

这些族源传说一方面仍有着神奇的幻想色彩，另一方面也融入了较多的社会生活内容和一定的现实思维特点，总体而言，它们的神奇色彩比族源神话要弱得多，因而把它们放在传说部分。

二、人物或历史传说

人物或历史传说，主要是关于历史上著名人物或重大历史事件的传说。这类传说以人物为中心，记叙他们的事迹，包含着民众对这些历史人物的评价。人物传说中大多是有据可考的历史人物，也有少量的虚构人物，民众往往将虚构人物与历史人物同等看待，不少人物传说联系起来可以看作历史传说。满族关于清太祖努尔哈赤的传说很多，其中流传最广、影响最大的是关于老憨王逃难的传说，它是由一组情节相连的传说构成的，包括《无事妈妈》、《大青二青》、《黄狗救主》、《乌鸦救驾》、《索洛竿子的来历》等，又如关于杜文秀的传说组合在一起也构成了历史传说。人物或历史传说很难截然分开，由于人因事显、事因人生，二者又常常联系在一起，如文成公主和松赞干布结亲的传说等。

在我国各少数民族的人物传说中，以历史上著名的人物，如农民起义领袖、杰出人物、能工巧匠等为中心，叙述他们的事迹或遭遇、歌颂他们的精神、表达民众对英雄人物景仰之情的传说相对来说数量不算很多，但其中有关各民族农民起义领袖和英雄人物的传说却占有十分重要的地位，如侗族的传说《吴勉》、门巴族的传说《皮休嘎木》、羌族的传说《嘎日睹的故事》等。此外，在湘西苗族中流传的苗族起义领袖吴八月的传说，在保山和大理一带流传的关于回族和白族的杜文秀的传说，在各少数民族地区流传的关于红军和老一辈无产阶级革命家的传说，如仡佬族的《一块银元》、《红军喝水也开钱》、《邱大妈舍己救红军》、《罗绍臣藏红军》等。杰出人物和能工巧匠的传说有藏族的《文成公主的传说》和《金成公主的传说》等，在傣族、佤族、基诺族中流传的有关诸葛亮的传说以及壮族的《刘三姐的传说》、藏族的《唐东吉博的传说》、白族的《鲁班与鲁师娘的故事》等等。

侗族民间传说《吴勉》，流传于贵州的黎平、榕江、从江，湖南的通道，广西的三江等广大地区，特别是在吴勉的故乡黎平县，更是妇孺皆知。吴勉是侗族古代一个很有影响的英雄人物。据史料记载，他又名吴面儿，是贵州黎平兰洞人。明洪武十一年到十八年（公元1378—1385年），吴勉两次领导了以贵州黎平为中心的侗族、苗族农民起义，曾多次击败官府派来镇压的军队，给明朝统治者以很大打击。明洪武十八年，吴勉的起义队伍达二十五万人，占据了黔、湘、桂三省交界广大地区，震动京师。朝廷派大军三十万，深入侗族、苗族腹地，实行“分屯立栅”，残酷地镇压了这次农民起义，吴勉壮烈牺牲。侗族人民为纪念自己的英雄，将他的事迹传颂，遂演变成今天的传说《吴勉》。侗族人民通过这一优美动人的传说，歌颂吴勉除暴安良的反抗精神，同时将他视为人民意志的代表。侗族人民在创作这一传说时，亲切地称他为铲平王、勉王，在他身上倾注了满腔热情，寄托了美好的希望。

吴勉的形象除了其幻想、神奇的一面外，还具有朴实、真切的一面。他具有超人的本领和力量，充满了奇异的神话色彩，但他又是现实生活中一位真实可信的人物。下面选录三则吴勉的传说：

《吴勉的传说》（三则　侗族）

小时的吴勉

在黎平侗族人民口中，流传着这样一种说法：越往东南方走，岩石就越多。确实也是这样，出了黎平城，过了永从，到了顿洞以后，石头山越来越多了。顿洞这边的山上，都长满了绿荫荫的杉木林和油茶林；过了顿洞则都是光秃秃的岩石山，山上最多只长着几根稀稀的茅草。再往前走就是信洞坎，坎子上面是几十丈高、几里路长的一块四四方方的大岩石，人们都说这些岩石是吴勉从别的地方赶来的。

传说在几百年以前，吴勉出生在黎平县兰洞寨。在他初生下来的时候，一群雀子歇在他家屋顶上，红光围绕着房屋，异香布满了全寨。他从娘胎里带着两件宝贝来到世上：左手拿着一本书，右手拿着根小鞭子。刚落下地就会喊爸爸妈妈，三岁就敢光着屁股满山跑，老虎豹子也不怕，五岁的时候就躺在牛背上，放着全寨的牛上山吃草。有一天他出去放牛，看见靠近寨边的的草都给牛吃光了，他想，不如把牛赶到后龙坡去，那里的草既多又好，可以让牛吃个饱。但是他又想起老人讲的，后龙坡背后的草虽然又好又长，可是却没人能上去，因为那山尽是悬崖峭壁，怪石遍地，人都不好走，牛又怎么走得了呢？但是他不甘心，硬要去试试。那天他骑在牛背上，拿着小鞭子赶牛来到了后龙坡边，牛爬不上去，有的才爬了几步又摔了下来，反复了好几次，一条牛也没爬上去。他发了火，把鞭子往岩石上狠狠地抽了几下，说也奇怪，山上的岩石见到他的鞭抽来，都往两边乱滚。他一见大喜，一边挥舞着小鞭子，一边喊道："岩石岩石滚两边，让我放牛走中间。"果然岩石像懂得他的话似的，随着他手中的鞭子滚到两旁，当中闪出一条路来。就这样吴勉把牛赶上了山，让全寨的牛吃了个饱。

吴勉一年年地长大了，成了个身材魁梧的小伙子。他不但庄稼活路做得又好又快，挑担子上坡如走平地，会射一手好弓箭，会打一手好鸟枪，而且还会弹一手优美的琵琶，会唱一口动人的情歌，所以寨上的侗族姑娘都喜欢和他行歌坐月（侗族青年男女晚上在一起作伴唱歌、谈情说爱叫作行歌坐月）。每天早晨，都有很多姑娘借挑水的机会，在吴勉家的门口往来，总想多看他几眼，或是借故多和他讲几句话。逢赶场天，都是罗汉（侗族未婚青年男子的称呼）找姑娘讨期限（即约定日期），但是吴勉到了场上却有很多姑娘来抢他的雨伞约日子。由于吴勉劳动好，歌也唱得好，寨上青年男女都喜欢跟他作伴。这样，吴勉就自然地成了罗汉头。

官家设计，父亲丧身

当吴勉十八岁那一年，黎平大旱，田中的粮食颗粒无收，到处有人逃荒，卖儿卖女。可是当时的皇帝和官家不顾人民死活，逼着要租要粮。当地侗族人民在这种饥寒交迫、妻离子散、无路可走的情况下，发动了武装抗粮。每个侗族寨上都从鼓楼里响起了咚咚的鼓声，寨上的妇女们为了大家能活下去，都眼中含着泪水，送自己的丈夫和儿子去和官家战斗。这支起义队伍很勇敢，一直包围了黎平府城。府台大人一见事情不好，立即想出阴谋诡计，说只要起义队伍退兵，一切租粮都可以免，请起义队伍的领袖来谈判。府台盘算，只要捉住起义队伍的领袖，起义队伍就垮了。当时吴勉的父亲是寨上的格老（侗族对有威信的老年人的尊称），也受骗被抓了去，官家逼着他投降。这位老英雄勇敢不屈，被关在牢里折磨死了。在他临死的时候，还喊着自己儿子吴勉的名字，要吴勉继续带领起义队伍和官家斗争下去。愚昧的官家，认为起义队伍的首领一死，就可以高枕无忧了，见到起义队伍撤离了黎平城，府台大人得意忘形地把黎平吹嘘为"铁黎平"。

杀不死的吴勉

在一次战斗中，吴勉病在床上，被敌人捉住了。皇帝下令立即把吴勉处死，以绝后患。狠心的官家，把当地侗族百姓全集中在一个大坪子上，要大家看杀吴勉的头。大坪子上一片哭声，很多人自动在头上扎了白布戴孝。吴勉的妈妈围着吴勉哭昏了好几次。吴勉趁着人多混乱，敌人不注意的时候，悄悄地对母亲说："妈妈，官家是杀不死我的，他们砍下我的头以后，你只要把我的头安放在我的颈子上，把我抱在怀里连喊三声‘我的好儿子吴勉’，我就会活转来的。”愚蠢的官家哪里想到这一着呢？府台大人见砍了吴勉的头，就洋洋得意地走了。吴勉的妈妈便按着吴勉的话，把儿子的头安在他的颈子上。刚喊了第一声“我的好儿子吴勉”，吴勉的头已经紧紧地粘在颈子上，刀痕也不见了。喊第二声，吴勉的脸色转红了。第三声刚喊出口，吴勉从地上站了起来，同好人一般无二。周围的人们马上扯下了头上的孝布，一齐欢呼起来。吴勉又活了，起义的队伍又跟着吴勉，继续和官家战斗。

（作品选自贾芝、孙剑冰编《中国民间故事选》（第二集），作家出版社，1958 年，杨明桃、李如璧、陈士贵等讲述，杨国仁整理）

杜文秀的传说在回族、白族等少数民族中也广为流传。杜文秀起义爆发于 1856 年冬，是在太平天国起义的影响下云南各族人民联合反对清朝封建统治的一次农民大起义。参加起义的有回、汉、白、彝、纳西、苗、傈僳等族人民达十万之众，回族杜文秀是这次起义的主要组织者和领导者。他在大理建立政权，正式宣布服从太平天国的领导，提出了许多革命主张。杜文秀起义坚持了十八年之久，留下了许多传说。《筑台拜师》这个传说讲：起义军攻占大理以后，弟兄们要推举杜文秀做兵马大元帅，杜文秀却百般推辞。这时，有个弟兄出了个主意，说元帅自古由天定，我们在南教场筑一个大台子，上面竖一杆大白旗，在白旗下面埋一块铁砖，挑选个吉祥日子来拜帅。大家把名字写在黄纸上，丢进香炉里烧化，然后把铁砖挖出来，铁砖上写谁的名字，谁就是大元帅。说也奇怪，到拜帅那天挖出来的铁砖上果真写着“敕封杜文秀为总统兵马大元帅”。原来这是弟兄们为了推举杜文秀当兵马大元帅想出来的办法：他们把一块刻了字的铁砖在拜帅的前一天晚上悄悄给偷换了进去。《斩将》则讲的是：被派往弥渡的府官王国安是一位屡建战功的回族将领，但他镇守弥渡以后却到处搜刮民财，杀害百姓，弥渡的老百姓推举一位汉族农民找杜文秀告状。有人劝杜文秀不要杀王国安，因为“天下穆民是一家，杀了王国安，岂不叫他族人笑掉了牙。”杜文秀想的却是没有各族父老兄弟的支持就没有起义的成功，对各族人民应该一视同仁。所以，他公开审判，坚决处置了王国安，赢得了各族群众的热烈拥护。白族中流传的关于杜文秀的传说也很多，如《杜文秀告御状》、《帅府门前卖猪肉》、《杜文秀严办坏乡府》、《穷孩子上了学堂》、《压米价》、《杜文秀的死》等。

哈尼族也有不少传说是歌颂历史上著名的农民起义领袖田政和多沙阿波等英雄人物的，如《严惩吴老八》、《威震四迭岩》、《白旗下坝》、《骂阵》、《巧退敌兵》、《白马》、《痛骂关公》、《智取通关》、《枪打黑脚杆》、《坚守过得岩》等。咸丰年间，哀牢山中段田政领导的以哈尼族为主体的各族农民起义，与滇西杜文秀领导的各族人民起义、哀牢山上段李文学领导的以彝族为主体的各族农民起义相呼应，“应援”太平天国。在《威震四迭岩》里是这样描写的：官军常来包围四迭岩，想一口吃掉田政的起义军。一天夜里，岩上的义军都睡觉了，官军来偷袭，哨兵发觉时，官军已经冲上了石级，哨兵连忙叫醒田政，报告说：“官军已经冲到洞口了！”田政不慌不忙地从床上起来说：“洞口离山顶还有一截路，不用急。”这时又有人飞报：“大门被烧着了！”田政还是慢条斯理地把一个个纽扣扣整齐，又把鞋带扎紧，轻声地说：“烧着了大门，好啊！”边说边卷起双袖，走出门外，叉开双腿，双手把一个装满了十八挑水的大青石缸高高举起，连缸带水照着冲上来的官军砸去。像一声霹雳，像一阵暴雨，大门的火浇灭了。八十个官军被砸成了肉酱。田政“哈！哈！哈”大笑三声，震得山摇地动。他高声叫道：“抬我的三星叉来！”三个义军士兵把田政的三星叉扛出来，田政轻轻地掂在手里，挥舞起来如同玩木柴棍一样轻便自如。然后，他率领起义军冲下山去，杀得官军像秋风扫落叶一样，尸体铺满四迭岩的山脚，剩下的少数官军吓破了胆，夹着尾巴逃跑了。

回族信仰伊斯兰教，民间广泛流传着有关伊斯兰教创始人穆罕默德的传说。《穆罕默德与蜘蛛、鸽子》叙述：穆罕默德在一次战争中率众和敌人搏斗了九九八十一天，但寡不敌众，形势十分危急。穆罕默德并没有惊慌失措，他当机立断指挥队伍撤退，自己亲自断后掩护。敌人的追兵越来越近，在这万分危急的时刻，穆罕默德钻进了土崖子的一个洞内。不一会，洞口被蜘蛛网堵了个严严实实，一个大蜘蛛蹲在大网中央，似乎洞内根本没有进过人。但是，敌人还是不死心，用战刀捅破了这个蜘蛛网。就在这时，从洞内又飞出了两只鸽子，互相追啄、嬉耍，并清清楚楚地叫喊“过洞了！过洞了！”这时，敌人才相信这个洞内确实没有进过人。敌人撤走了，穆罕默德化险为夷，他万分感谢蜘蛛，说：“为了报答你的恩情，我祈祷真主保佑你，从今以后你会生养像你一样勤劳勇敢的千千万万个子孙。要把你美丽的银网织在比人还高的地方，让你稳坐中央，叫那些像魔鬼一样的苍蝇、蚊虫自己飞到你的嘴边，成为你丰盛的美餐。”穆罕默德又对鸽子说“善良忠诚的鸽子啊，你们在凶恶残暴的刽子手面前，显示出了无比坚定勇敢的高尚品德。由于你们沉着勇敢，以果断大方的举动和洪亮高昂的声音，巧妙机智地让刽子手们很快离开了洞口。为了报答你们，我祈祷真主保佑你们，今后赐予你们在高贵的华丽的宫殿、庙宇、寺顶上做你们的栖息和戏耍的地方，长年接受阳光的温暖；宫殿、庙、寺的檐下供你们做窝安家，让你们平平安安地生儿育女。托真主的恩典，赐你们多生养子孙。我祝愿你们：今后每一年抱十二窝蛋吧！”穆罕默德还用右手在鸽子的脖子上轻轻地抚摸了一把。从此，鸽子的脖子五颜六色，最喜欢在高殿、庙、楼阁、寺顶上蹲落栖息，并且一月抱一窝小鸽子；蜘蛛则在比人高的地方织网，捕捉害虫。

藏族还有几篇古代的人物和历史传说，如《唐东吉博的传说》、《藏王的求婚使臣》、《止贡赞普的传说》、《修筑拉萨大昭寺的传说》等。《唐东吉博的传说》讲：西藏地区多高山大川，水深流急，没有桥梁，人们往来行走，只靠小小的牛皮船摆渡。有的地方甚至连牛皮船也没有，人们只好赶着牲畜，背着东西涉水而过，常常被汹涌的波浪冲走。唐东吉博看到这种情况，下决心要在河上修桥，就到处去募化。老百姓倒是很愿意帮助他，可是没有钱；老爷们的钱很多，可是一点也不给。他的好心感动了神佛，救度母在梦中告诉他：“雅隆琼吉地方有七个能歌善舞的兄妹，你可以到那里去，请他们协助演戏募化。”唐东吉博按照救度母的指点，找到了七兄妹，说明自己的心愿，请求他们帮忙。于是，唐东吉博编了许多有趣的戏剧，由七兄妹演出，到各地去募捐，得到了足够造桥的钱财，在各地人们的同力协作下，沿大河修建了十三座铁索桥。从此，行人称便，生命财产再也不受威胁。唐东吉博被誉为铁桥师和藏戏的创始人，受到人们的尊敬和怀念。《藏王的求婚使臣》讲述的是智慧的藏王使臣嘎尔当巴出色地完成了松赞干布交给他的任务，使藏王成功地迎娶了甲萨公久卓玛公主（藏语音译，即唐代的文成公主）的故事。

《藏王的求婚使臣》（藏族）

以前，汉区有个大皇帝，他有一个非常漂亮、诚实的女儿，叫甲萨公久卓玛。她的名字传遍天下，各国皇帝都派使臣向她求亲。藏族的皇帝松赞干布也派了大臣嘎尔当巴到汉区求亲。

汉区那个大皇帝，对各国使者说：“想娶我的女儿，就得接受我的考验，看你们中间哪一个最有本事，才可以领我的女儿走。”使者们都同意。

皇帝出的考题是：有一个四四方方的檀香木，看哪个使臣能分辨出它的头和根。各国使臣你看我，我看你，想不出办法。

藏族的使臣嘎尔当巴，就把四四方方的檀香木，放在一桶水里，那个檀香木自己就立起来了。他指着檀香木对皇帝说：“这上边是头，下边是根，你的女儿该我领走吧?”

皇帝点了点头又说：“不行，我这里有一个松耳石玛瑙，它有一个九道拐的洞，你们哪个把一根哈达从这头穿过那头，我就把姑娘给他领走。”

各国使臣都在想办法。藏族使臣抓来一个蚂蚁，在它的身上拴一个细丝线，丝线尾又套在哈达上。他把蚂蚁放在洞口一吹，蚂蚁自己爬过松耳石玛瑙弯曲的洞，出来了。然后，嘎尔当巴拉了丝线上的哈达，哈达被拉出洞了。他把松耳石玛瑙交给皇帝说：“我把哈达穿过了松耳石玛瑙，我该领你的女儿走吧?”

皇帝点了点头又说：“不行，我这里有一百只母鸡在一边，而那边有一百只小鸡，把它们放在一起，看谁能认出哪个小鸡是哪个母鸡的?”各国使臣都在想办法。这时，藏族使臣嘎尔当巴拿出几盒米，撒在大院坝里，他又把所有的母鸡和小鸡都放出来。这时，母鸡边吃米边“咕咕咕”地叫起来。过了一个时辰，所有的小鸡都跟着各自的母鸡走了，嘎尔当巴对皇帝说：“你看，小鸡都到各自的母鸡那里了，你的女儿该我领走吧?”

皇帝说：“不行，现在出最后一个题，那就是明天早上皇宫里有一百个姑娘，她们的相貌、高矮都一模一样，谁先认出我的女儿，谁就领走我的女儿。”

藏族使臣嘎尔当巴当天晚上，说通了一个皇宫侍女。那个侍女说：“明天一百个姑娘排成一队时，你从下数三十七个，从上数六十二个，中间那个就是皇帝的女儿。她左耳戴珊瑚珠，右耳边有个蜜蜂在飞旋。”嘎尔当巴谢了那个侍女。

第二天，皇宫里九十九个侍女和甲萨公久卓玛排成一队，叫各国的使臣认皇帝的女儿。嘎尔当巴第一个从下数到三十七人，从上数到六十二人时，他看到一个姑娘，左耳戴着珊瑚珠，右耳边有个蜜蜂在飞旋，便点着头说“嗯……嗯……”他拉着这位姑娘的手，说：“这就是我们的姑娘了。”皇帝佩服嘎尔当巴的智慧，同意把女儿甲萨公久卓玛嫁给藏族的国王松赞干布。

（作品选自《中国民间故事集成四川卷》下册，中国ISBN中心，1998）

哈萨克族的人物传说也较多，如关于保卫家乡和人民的英雄人物，关于坚持真理的贤人，关于擅长抨击讽刺巴依、牧主的能言善辩的人物传说等。关于十八世纪反沙俄扩张主义的坚强战士阿布赉的传说，描述了阿布赉的成长道路和哈萨克人民对他的爱戴。阿布赉本名叫阿布里满苏尔，生在哈萨克人烟稀少的地区。父亲过早去世，母亲改嫁，他过着孤儿的生活。十六岁那年，他离开故乡，长途步行到哈萨克族聚居区，给一个比官当牧童，并改名为“沙巴拉克”（衣服破烂不堪的意思）。比官只许他放羊，不许他“打着旗，跟着众人”参战，因而他离开比官家，经过长途跋涉，来到一个决斗场。他喊着“阿布赉”的口号（哈萨克人在战场冲锋时，高呼本部落英雄人物的名字作为冲锋口号。阿布赉是他的曾祖父，又是有名的英雄），当场刺死曾经残杀过哈萨克人民的一个外来侵略者，从此威名远扬，成为杰出的民族英雄、哈萨克族人民的第一个可汗，他的名字也被称为“阿布赉”。哈萨克族中也有记录民族生活中所经历的重大历史事件的传说，如成吉思汗西征、反准噶尔叛乱的传说数量就很多，其中如《走破了脚底板的大搬迁》等。

三、地方风物传说

在我国各少数民族繁衍生息的土地上，风景优美、物产丰富，有的是大自然的恩赐，有的是人们的创造，对于这些山水名胜和物产，人们也用许多优美的传说加以解释和歌颂。这类传说在各民族传说中很丰富，是较有特色的部分。有人说在少数民族地区，一山一水，一草一木，一村一寨，一禽一兽，都有动人的传说，这是千真万确的。从长白山到云贵高原，从天山山脉到东海之滨，这辽阔的土地、优美的风光、丰富的物产和勤劳的人民便是地方风物传说产生的基础。

各少数民族的地方风物传说中，解释山川名胜及地名由来的传说，如满族的《牡丹江的传说》、《天池》的传说、关于镜泊湖的传说、《珍珠门》的传说；朝鲜族关于“龙泉沟”、“磨盘山”、“海兰江”、“龙潭池”等的传说；

柯尔克孜族关于苏莱卡乌奇坎套山名来源的传说《苏莱卡飞下去的山》；回族关于银川城来历的传说《凤凰城》；白族关于“风花雪月”四景的传说、“蝴蝶泉”、“天生桥”、“西洱河”等的传说；纳西族关于“玉龙山”、“金沙江”的传说；高山族的《日月潭的传说》；藏族的《珠穆朗玛峰的传说》；门巴族关于“三兄弟河”的传说等等。解释自然物产和劳动产品的传说，如蒙古族的《白桦树》、《马头琴》；满族的《扇子参》、《手鼓的传说》；朝鲜族的《金达莱》；哈萨克族的《鹰笛》；裕固族的《天鹅琴的故事》；苗族的《连扎和吾扬妮磅》；傣族的《双犀鸟》；赫哲族关于口弦琴的传说；苗族、壮族、侗族、水族、布依族中流传的许多关于《铜鼓的传说》等。

云南大理洱海地区，山清水秀，美丽如画，名胜古迹甚多，当地的山水名胜有很多美丽的传说，可以说，点苍山十九峰，峰峰有传说，涓涓十八溪，溪溪有故事。关于大理“风、花、雪、月”四大胜景，民间也流传着各种传说。《下关风》讲：海东有个老师叫陈容，他有个学生名叫王宏。苍山顶有一只修炼了多年的白狐。白狐喜欢王宏，就化为美女，和王宏结为夫妻。白狐有一颗珠宝，王宏拿来含在嘴里，也有了一些道法。有一次，老师问王宏将来准备做什么，王宏说要杀千家万户。陈老师心想，不是连我也在内了吗？那还得了！就问王宏：“你有什么本事？显给我看看。”王宏说：“本事嘛也不大。不过从海东到海西，只消一步也就跨过去了。”陈老师叫王宏跨给他看看。当王宏正两脚离地、腾在半空时，陈老师就拿了一个砚台，把王宏打下洱海。白狐要求见丈夫，陈老师叫她到南海去求观音老母。观音老母给白狐六瓶风，说是把洱海吹干就能见到王宏，并嘱咐她：“天机不可泄露，一路上，无论如何不能同别人说话！”白狐背了六瓶风回大理，到了下关的江风寺，碰上一个上山打柴的农妇突然临产，肚子痛得厉害，要请白狐帮她接一个收生婆来。白狐禁不住“哇”地喊了一声，违犯了观音的告诫，五瓶风一下子跑到地洞里去了。从此，下关的风就特别大，声音就像虎啸龙吟，黄沙漫天，使人有天旋地转之感。白狐剩下一瓶风，无法吹干海水，就把它放在苍山顶上，对着洱海直吹，但是任凭风刮得多大、多凶，也吹不干海水，白狐也无法见到她的丈夫。

大理石因大理而得名，千百年来，畅销海内外，驰名于世界。关于大理石，也有一段传说：在遥远的古代，有座仙山上住着一个非常漂亮的姑娘。据说这姑娘住在哪里，哪里就长出富贵的玉石来，人们就把她叫玉女子。一天，玉女子来到点苍山上游玩。她站在山顶往下看，见一望无际的洱海碧蓝碧蓝的，像一面明亮的大镜子；苍山十八溪的山泉淙淙地日夜流淌，像十八弦琴弹奏出美妙的乐曲；大理坝子到处是各色各样的鲜花，清香扑鼻……大理的美丽风光迷住了玉女子，她就在苍山上住下，从此苍山上长出玉石来了。于是，人们天天可以到山上采玉石，生活过得挺富裕。可是，有个贪心人想要把玉女子抢回家，玉石归他一个人，就可发大财了。这个贪心人悄悄等在玉女子住的岩洞旁，想抓住她。贪心人等了几天，玉女子果然回来了。她像平时一样，进到洞里，解下腰带，想要休息一会儿。这时，突然从洞口闯出一个拿着绳子的人，凶恶地向她扑来。玉女子吓了一跳，急忙逃出洞口，踏着彩云飞走了，只丢下一根慌忙中来不及带走的用五色彩丝织成的腰带。贪心人伸手想去拿腰带，腰带马上隐没到岩石中不见了。贪心人等了几天，什么也没得着，只好垂头丧气地回家了。玉女子一走，苍山就不再长玉石，连原来的玉石也变成了石头。因为这种石头跟别的石头不同，质料特别好，上面还有各种各样的彩色花纹，非常好看，人们喜欢把它拿来做房子的基石，所以当地人把它叫作础石。因为玉女子过去常常住在雪人峰、三阳峰、中和封、白云峰上，所以这几个峰的石头也最多最好，人们把这些石头统称为大理石。在玉女子丢下腰带的地方采出来的石头，上面更有七十二股花纹交织在一起，像色彩斑斓的丝带一样，人们给它取了一个美丽的名字，叫“玉带一股”。

纳西族的风物传说大多具有浓厚的幻想色彩，比如《金沙江姑娘和玉龙山十二兄弟》。传说讲道：在居那若倮山上，住着三个姑娘，金沙姑娘、澜沧姑娘和怒妹。在这三个姑娘中，数金沙姑娘最聪明、善良。一天，三个姑娘相约到各地去为人们造福。这个消息，被玉龙十二兄弟知道了，决心要留住金沙姑娘，便商量着轮流守候，以便挡住金沙姑娘。十一个兄弟轮流守候过了，都不见金沙姑娘。轮到最小的一个兄弟守候的那天晚上，他不知不觉地睡着了。这时金沙姑娘轻手轻脚地走来了。她见到守候在这里的玉龙山兄弟，便悄悄地绕过他的脚边，绕道走过去了。金沙姑娘终于冲出了玉龙山十二兄弟的拦阻，便哈哈大笑着跑了。等玉龙山小兄弟醒来，只见金沙姑娘已经走远了。所以，金沙江流到玉龙山脚下的虎跳岩以前，江水很平静，真是悄然无声；当流过虎跳岩以后，金沙江便哗哗作响，汹涌奔流。

塔吉克族关于冰峰、冰河的形成有一个非常优美的传说。《冰山》中叙述：一对忠诚相恋的情人的纯洁爱情，感动了天上管理万山鲜花的仙女，她允许小伙子把仙花赠送给情人，因而触怒了天神，便把那位仙女永远软禁在山顶上。那位仙女不堪忍受折磨，日夜啼哭不止，流下的串串眼泪冻成一座座冰峰，她那因忧愁而发白的丝丝头发变成银光闪闪的条条冰河。在这之前，传说这里是没有冰峰和冰河的。

彝区有三大湖，即马湖（雷波）、泸沽湖（盐源）和邛海（西昌）三个湖像三颗明珠，装点着川滇边境的高原。每个湖都有一个非常美丽的传说。《邛海的来源》一则讲：相传一个为土司做饭的奴隶，在水凼中看见一条小白蛇，见它又小又弱，就每天用洗碗水中的剩饭喂养它。小白蛇一天天长大了，有一天忽然问他需要什么。他想了半天，只说："阿妈在家里挨饿，能让她吃顿饱饭多好啊！"这夜大雨中，一条金龙飞进了他的家，从鳞甲里抖下数不清的黄谷，把三间破屋都装满了。但附近财主、土司地里已经成熟的谷子，却只剩下了光秃秃的谷秆，所有的谷穗都不见了。财主们就到土司那里控告他偷窃。土司把他们母子抓了起来，准备处死。一夜，母子俩正在地窖里抱头哭泣，金龙飞进来告诉他们："审问你们时，你们面前将会长出三根竹笋，你们拔下左、右两根，留下中间那根，就能得救了。"当土司正要捆他们去处死时，他们面前果然冒出了三根竹笋，儿子立刻照金龙说的去做。左、右两根竹笋刚一拔开，忽然有两股水像涌泉一样冒了出来。一霎时四围都涨了水，转瞬间把土司、官员、财主都冲得东倒西歪，四下奔逃。中间的竹笋变成了一条青龙，驮着母子二人向空中飞起。又抖下无数鳞甲变成小船，让百姓和呷西（奴隶）们都乘上船。当百姓们刚一上岸，西昌老城就全被淹了。这水就是今天的邛海，据说晴天在邛海上往海底看，还看得见旧西昌城钟鼓楼的屋顶和城墙角。

哈萨克族一些关于山水和四畜的传说中，《赛里木湖传说》讲赛里木湖里的水是受到巴依残酷折磨的姑娘的眼泪；《乌伦古的传说》讲乌伦古的新河道是汉、哈人民新挖成的；《牛和马的赛跑》讲古时候的牛跑得快，因为比赛中经常停下来喝水，后来才比马跑得慢了。

在浩渺烟波中的海南岛的五指山区，有座七指岭，从山中常常飞出一种不甘寂寞的鸟儿，毛色斑斓，灿若黎族姑娘的彩巾，永不停息地呼唤着"甘工！甘工！"这叫声，使人想起《甘工鸟》的传说：在七指岭下一个黎寨里，住着一个美丽的姑娘叫阿甘。她心灵手巧，能织最美丽最精致的筒裙，把天上的鸟儿云朵，山里的花儿彩蝶，河里的鱼儿小舟，都织进筒裙里去，就像真的一样。阿甘勤劳贤惠，远近闻名。不幸的是她被父母许配给一个身上长满毒疮的男子。阿甘宁死不从，跑回娘家，爸妈哥嫂便将她装进猪笼里。夜里，阿甘做了一个梦，梦见仙人对她说："好姑娘，你把身上的项链放在臼里舂成一对银翅膀，就能飞出牢笼。"阿甘醒来，在妹妹的帮助下，将颈圈手镯舂烂，造成一双翅膀，变成鸟儿，叫着"甘工！甘工！"飞向蓝天。

赫哲族人对富饶的家乡山水充满了热爱的情感，结合三江的一山一水创作了许多优美的民间传说。围绕松花江下游的七星子、街津山等名山大川，构成了《七女峰》、《德勒乞玛发》、《金发岭》、《寒葱沟》、《钓鱼台》、《男女岛》等一组地方传说。解释自然现象和天体来源的《日耳》、《天河》、《彩虹》、《北斗》、《月亮》等篇，是赫哲族民间传说一串光彩夺目的珍珠，每篇的想象都很奇特。

我国少数民族的一些特色手工艺品，如壮族的壮锦和苗族、白族的蜡染等，早就闻名于国内外。苗族《蜡染的来历》中说：从前苗家姑娘的衣服只有青色和蓝色两种。有一个聪明伶俐的姑娘，劳动时看见蝴蝶在花间飞舞，因为苗族古歌里讲，人类是蝴蝶妈妈生的，所以姑娘唱歌，让蝴蝶妈妈送给她一对花翅膀。蝴蝶便在她的衣服上抽打了几下，印上许多美丽的图案。但这些图案不久就掉色了，姑娘想了许多法子，最后用蜂蜡作画，经过浸染，蜡色便永远不变。苗家姑娘们争相学习，蜡染技术一代一代传下来。

各少数民族关于民族乐器的来源也有许多传说，如裕固族的《天鹅琴的故事》讲：古时候，裕固族人只会唱歌，却没有乐器伴奏。有一个为部落长老放牧的穷小伙子，特别爱唱歌，还有一副好嗓子。人们每听见他的歌声，就减少了忧愁，而天鹅一听到他的歌声，就在水面上翩翩起舞。奇怪的是别的天鹅玩一阵就飞走了，有一只天鹅却整天伴着他的歌声跳舞，当小伙子高兴时，天鹅就拍打着闪光的翅膀；当小伙子悲伤时，白天鹅也为他流下眼泪。天长日久，他们两个成了形影不离的好朋友。一天早上，小伙子又来到海子边，却不见白天鹅。原来白天鹅已被黄尖子鸟吃掉，只剩下骨架和肚肠。小伙子见到这悲惨的情景，扑上前抱住骨架大声痛哭。他哭呀哭呀，从早晨一直哭到星星闪亮。小伙子哭累了，也睡着了。第二天他醒来时，发现天鹅骨架变成了一架美丽的天鹅琴。琴上有六根弦，都是天鹅肠子做的。琴头和天鹅头一模一样，眼睛还在闪光呢。小伙子惊奇地拨动第一根弦，琴声未落，晴天却下起了大雨。他拨动第二根弦，雨住了，云也散了。他拨动第三根弦，眼前出现一道彩虹。当拨动第四根弦时，传来了动听的歌声。他又拨动了第五根弦，一匹骏马向他奔来。他骑上马，奔向歌声飞来的地方。可是到了那儿，却连人影也没有。他拨动第六根弦时，一位身穿白裙的美丽姑娘，从彩云里飞了下来。小伙子忙从马背上下来，把姑娘扶上马。姑娘要小伙子也上马。从此，他俩骑上骏马，弹奏着天鹅琴，走遍了尧熬尔家乡。打那以后，裕固族才有了自己民族心爱的乐器——天鹅琴。

关于哈萨克族的民族乐器“冬不拉”的来历，也有一个悲壮的传说，我们选录如下。

《冬不拉和阿肯》(哈萨克族)

相传很早以前，哈萨克族人居住在一片大森林边缘，过着放牧生活。林中有一只凶恶的瞎熊，经常出没在草原上，伤害人和牲畜，使牧民无法过上欢乐安宁的生活。国王几次派出猎人伏击，都被狡猾凶残的瞎熊伤害了。这时，王子冬不拉向父王提出要亲自出马为民除害，国王疼爱独生儿子，说什么也不答应。但是，第二天王子不见了。

王子带上弓箭和夹挠（即牧民猎取野兽用的一种铁夹），骑着骏马翻过崇山，跨过河流，插入丛林，在通往夏牧场的林中小道上，终于找到了瞎熊的足迹。他细心地将夹挠安置在瞎熊必经之路上，又巧妙地进行了伪装，就在附近隐蔽起来。

一只很大的瞎熊，顺着它习惯的道路敏捷地走来。在距夹挠大约十公尺的地方，它站住了，用鼻子在地上仔细地嗅着，走走停停，停停走走。王子紧张地屏住呼吸，眼睛紧紧地盯着雾霭中瞎熊的动向。瞎熊一步步靠近“埋伏区”，用前爪小心翼翼地将伪装拔去，又将夹挠周围的土轻轻扒开，然后找来一根大树枝朝夹挠乱捅。夹挠受到触动，“呼”的一声击发了。瞎熊又将夹挠放在大石头上，举起另一块大石狠命地砸。王子在隐蔽处拉满了弓，射出一支利箭，正中瞎熊的脖颈。瞎熊大吼一声，朝着箭飞来的方向扑去。第二箭又射中熊的前胸，瞎熊发现了王子。王子抽出第三支箭，但来不及了，瞎熊已经窜到面前，王子拔出匕首与瞎熊厮杀在一起……

国王派人四下里寻找王子，四五天过去了，音讯杳无。国王的忧愁一天天加重，他发布了命令：凡将王子活着找回来者，赏赐骏马百匹，羊千只；凡知其下落不告者，砍去双足；凡带回噩耗者杀头。牧民们三五成群四处寻找，终于在密林深处的一条小道旁发现了王子和瞎熊扭在一起的尸体。大家把死熊剁成肉酱，将王子安葬在向阳的山坡上。可是，怎样把这个坏消息告诉国王呢？有个叫阿肯的老牧民自告奋勇地去见国王。

“你知道王子的下落？”国王问阿肯。

“尊敬的陛下，”阿肯指着一棵高大的松树说，“它知道王子的情况。”

国王哪里相信，说：“它如果说不出来，我将杀死你。”

聪明的阿肯在牧民们的帮助下，砍倒大树，用松木制作了一把乐器，然后坐在草坪上，轻轻拨动琴弦，像国王倾诉王子悲壮的事迹。琴声进入雄浑低沉、扣人心弦的旋律之中：有像行人行进的步履，有像瞎熊绝望的嘶鸣。琴声慢慢地转入松涛阵阵，如泣如诉，似草原的啜泣，似牧民的怀念……

国王听着琴声泪如雨下。琴声停了，国王仍沉浸在悲痛中。给国王带来噩耗的是松木做的乐器，国王只好重赏了阿肯。从此，哈萨克族有了这种弹拨乐器，牧民们就用王子的名字把这件乐器叫作“冬不拉”，弹拨乐器的艺人或歌手叫作“阿肯”。

（作品选自王群安搜集整理，程蔷、浩宇编：《中国地方风物传说》，北京，中国广播电视出版社，1996）

总之，地方风物传说在我国各少数民族中流传最为丰富，主要包括山川湖海等自然风物的传说、名胜古迹等人造景物的传说、地方特色产品的传说等。这类传说具有浓厚的地方性和民族性，各地、各民族认为他们传承的地方风物传说是本地、本民族特有的，因而在讲述时表现出浓郁的对乡土的热爱与自豪。

四、习俗传说

习俗传说是指那些解释有关衣、食、住、行、婚、丧、嫁、娶习俗由来和节日集会、宗教习俗的故事。此类传说在我国少数民族传说中最丰富也最有特色，各民族对于民间的风俗习惯、节日活动等，都保存了不少传说。白族的《三月街的传说》、《绕三灵的来源》，瑶族的《达努节的传说》、《祭鼓节的由来》，侗族的《林王节的传说》，傣族的《泼水节的传说》，广西壮族歌圩来源的传说，甘肃、青海各民族花儿会起源的传说等不胜枚举。

火把节是中国南方纳西族、彝族、白族、拉祜族、哈尼族、傈僳族、普米族等各族民众的传统节日，他们当中都流传着关于“火把节”的传说。纳西族的《火把节的故事》就很具有本民族的鲜明特色：一天，玉皇大帝在天宫里坐得实在闷倦了，便叫人打开紧闭的天门，想要观赏一番人间的景色。他一看，大地上有青青的山、绿绿的树，百花争艳、流水似锦；人们在劳动、唱歌、跳舞……玉皇大帝看了不禁大怒：“原来我以为天宫最美、最幸福，哪知这平凡的人间生活，竟比天宫还好！”于是，他命令一员天将，快去把人间烧光。天将来到人间，只见人们在辛勤地劳动，他想：人间的美满生活，是用汗水换来的，我怎么忍心烧掉人间呢？天神冒着宁肯被玉皇大帝杀头的危险，也要拯救人间。回到天宫后，他骗玉皇大帝说：“人间已被烧光了。”玉皇大帝信以为真，满意地笑了。一天，玉皇大帝又想看看人间的废墟瓦砾，解除心中的烦闷，便命人打开了天门。他一看，只见人间比过去更美丽了，顿时气得发狂，命令左右将那名骗他的天将绑出去杀了。天将虽然被杀死了，仍然想拯救人间。他的一滴血落到了人间的大地上，变成一个男孩子，痛哭着逢人便说：“玉皇大帝今晚要派人来烧光人间，大家赶快点燃火把，连烧三夜，渡过这场灾难！”人们辗转相告，家家立即在门前点燃火把，一连烧了三个夜晚。玉皇大帝一看，以为人间到处烧起了大火，又满意地笑了。后来，纳西族便每年过一次火把节，到时点燃火把，欢聚在一起，庆祝这一胜利并祈福避害。

泼水节一般在公历四月中旬，傣历的六月，为期三至五天，相当于汉族的春节，在傣族、阿昌族、德昂族、布朗族、佤族等各少数民族中，都有自己的泼水节。傣族民众过泼水节期间，要进行拜佛、泼水、放高升、划龙舟、赶摆、歌舞、丢包等活动。节日第一天，在佛寺举行的祭祀仪式结束后，人们涌上大街小巷，用铜钵、脸盆或水桶盛上水，逢人便泼，互相追逐嬉戏。民间认为这是吉祥之水，祝福之水，不仅可以防病消灾，而且是向对方表示亲爱和敬重之意。傣族传说《泼水节》就为我们讲述了傣族“泼水”这一习俗的来历，并对为民除害的十二个傣族女子表示了感谢与敬意。

《泼水节》（傣族）

“年年有个泼水节，看得起谁就泼谁。”

这是傣族地方的古规。每年到了这一天，人们都要互相泼水，表示亲爱和敬重。这不是因为天气太热，也不是要扑灭灰尘。究竟为的什么呢？得从头讲起：

很早以前，有一个凶恶残暴的魔王，他的法术神妙，本领高强，水淹不死，火烧不亡，弓、剑、刀、矛……也休想把他刺伤。他独霸一方万分猖狂，要杀谁就杀谁，想怎样就怎样。他常常出外抢掠金银财宝、奴隶、美女，人人受着祸害，可谁也不敢反抗。

他已经抢来了十一个妻子，一个比一个长得好看。可是他的妻子们恨死了他，都想把这万恶的魔王除掉，但又没有办法。

那天，他又抢来了一个最美丽的姑娘，做他的第十二个妻子。这个姑娘不但长得漂亮，而且非常聪明，因此，魔王特别喜欢她。她心里虽然同样痛恨着魔王，表面却不露声色，反与他十分相好。

一天夜里，她趁魔王高兴的时候，试探着问道：“大王，听说你本事大极了，水火刀剑一样也不能损伤，永远活在世上，多么幸福，多么好啊！”

“可是，我也有短处呢。”魔王听了姑娘的甜言蜜语，高兴得忘乎所以，无意中露出了这一句话。

“你有这么大的本事，还怕什么呢？”姑娘抓住时机，进一步试探。

“这——我只告诉你一个人，千万不准说出去呀！”魔王贴着她的耳朵，悄悄地说：“世界上只有一个办法能弄死我，就是拔下我的一根头发，勒我的脖子。”

姑娘心里暗暗欢喜，但还不十分相信。不久，魔王渐渐睡熟了，她轻轻地从他头上拔下一根头发，试着往他脖子上一勒，立刻，魔王的头便骨碌碌地滚下床去了。魔王就这样死了。

魔王先前抢来的十一个妻子和老百姓们，听说魔王死了，人人高兴得了不得——从此，不再受他的糟蹋和迫害，可以自由快乐地生活了。

十二个妻子想把魔王的头用火烧掉，但是火一触着头皮便到处飞起烈焰；她们又把它埋在地下，不料地面上却发出极其难闻的臭味；她们再把它抛到河里，河水马上滚沸成灾。不管怎样做都会造成世间的灾难，于是十二个妻子只好轮流着把魔王的头抱在自己的身上，虽然自己受一点苦，但世间就不会有灾难了。她们每天轮换一次，轮换时用水洗一次魔王的头。

傣族人民为了感谢这十二个姑娘除掉了世间的祸害，为了对她们表示敬爱，在每年清明节后的第七天，给她们泼一次水。因为天上的一天就等于人间的一年。

（作品选自《云南各族民间故事选》，人民文学出版社，1962）

每逢佳节盛会，纳西姑娘个个披上精心缝制的“七星披肩”，俗有“披星戴月”的美称，这种习俗的由来据说有个美丽的传说。纳西族的《七星披肩的来历》说，纳西族妇女的独特服装“七星披肩”，是从很古的时候流传下来的。传说很久以前，丽江坝子原是个清水汪汪的大湖，人们居住在湖畔山边，过着安居乐业的生活。不料有一年，出了个残暴的旱魔，它放出八个太阳想把大地烤焦。树木、庄稼晒干了，田地干裂、山泉枯竭，人和家畜也都快要渴死了。这时有个勤劳、善良、美丽、健壮的英古姑娘不忍看人类遭殃，立誓去东海请龙王。她捉来许多将要渴死的水鸟，拔下羽毛编织成一件五光十色的“顶阳衫”披在肩上向东方奔去。到了东海遇到龙王三太子，两人产生了爱情，龙王三太子帮英古治干旱，作法变化，降下倾盆大雨。旱魔知道了，设计将三太子陷进洞中，英古为救三太子，披上顶阳衫与旱魔搏斗，最后牺牲了。人们为了纪念她，从此把她倒下的地方——丽江，称为“英古墩”。善神北时三东见人类惨遭旱灾，龙王三太子被囚，便用雪精造了一条巨龙去制伏旱魔。巨龙张开巨口，把旱魔放出的八个太阳一个个吞下，衔在嘴里变冷后，吐到地下，把第八个变冷的太阳留在空中当月亮。雪精龙镇压旱魔变成了现在的玉龙山。三太子知道英古已死，旱魔被降伏，冲出地洞，把旱魔派来守洞口的狮子和大象撞出好远，化作两座山，就是现在的狮子山和象山。龙王三太子冲出的地方，化作一眼清泉，就是现在的玉泉（俗称黑龙潭、象山灵泉）。北时三东把雪精龙吐出的七个冷太阳，捏成七个光芒闪闪的圆星星，镶在英古的顶阳衫上，表彰她的勤劳、智慧和勇敢。姑娘们怀念英古，仿照英古的顶阳衫做成精美的七星披肩，世代相传。披肩上的图案，象征着“披星戴月”，以示勤劳之意。但由“七星披肩”引发出的传说，又将丽江的许多山川古迹容纳进去，使传说曲折而动人。其他各少数民族关于服饰的传说也很多姿多彩，如仡佬族的传说《桶裙的来历》对服饰的改变作了生动有趣的解释，《围腰花》的传说对布依族妇女的服饰作了很风趣的解释。

水族的传说有着浓厚的民族特色。每年农历九月的几个亥日，是水族地区一年里最隆重、最热闹的节日，水族民众称之为过“端”，实际就是过年，是祭奠祖先、招待亲朋、击鼓赛马、纵情欢乐的节日。每年端节的前几天，人们就做好充分准备，节日一到，乡村里顿时就沸腾起来。据说，端节是由重阳节演变而来的。《关于端节的传说》讲：很古很古的时候，有位德高望重的老人，一天夜里做了个梦，梦见天神告诉他，当年九月九日有瘟疫降世，要他转告乡亲们，在这天吃过早饭，赶紧登高暂避，天晚回家，就可免掉灾难。老人一觉醒来，急忙把梦中的事告诉乡亲们。到了九月九日这一天，老人带领全家登高躲避。傍晚归来时，见那些没有避开的人家都遭瘟疫而死绝了。他叹道：“苍天救了我一家！”从此以后，老人年年率领子孙登高一天，晚上方回。后来这位老人死了，这一天就变成祭奠他的日子。所以，至今节日的头一天早餐仍吃素。之后，逐渐改变成人们聚集到端坡上去看赛马，击鼓，跳舞，唱歌，尽情玩耍，到晚了才回村寨。

水族还有个颇有趣味的“抢伞”风俗，据说源于一个传说《金凤凰的故事》。很久很久以前，在尧人山下，住着一个懂妖术的岩赖（即财主）。他有个女儿，也懂妖术，名叫水花。水花长得十分漂亮，许多富家来提亲，她都不肯，原来她早就偷偷地和穷后生阿诺相爱了。她晓得自己阿爸绝不会允许她嫁给阿诺，于是就约阿诺逃婚。逃跑的那天，水花将自己的伞递给阿诺，说：“你拿这个先走，我会来找你的，可是，千万不能将伞打开。”阿诺接过伞就走了。他走啊，走啊，快到尧人山下的时候，还不见水花赶来，便坐下来等她。方才逃得心慌，阿诺没仔细看过这把伞儿，这会儿拿在手上翻来覆去地看着，越看越觉得美丽可爱，仿佛见到水花一般。他忽然想到：噫，稀奇！为啥不叫打开呢？我偏要打开看看。谁知伞刚一打开，水花便从伞里掉了下来。这时在家的岩赖也就发现了逃跑的水花和阿诺，便施放妖术来追杀他俩。可是，水花的本事是她老子教的，徒弟哪斗得过师父呢，她只有招架之功，何况是自己的老子，也下不得手呀！当她和阿诺被逼退到尧人山上的时候，岩赖从山下四面放起火来，想把阿诺烧死。水花懂妖术，是不会被烧死的。大火从山下烧上来，风助火威，烧得很猛。正在这危急的时候，天上忽然飞来一只金凤凰，托着水花和阿诺向月亮山飞去。从此，水花和阿诺在月亮山上过着自由幸福的生活。从此，水族传下个颇有趣的“抢伞”风俗，认为“伞”是姑娘的凭证，得到姑娘的伞，就等于得到了姑娘的爱情。“金凤凰”也就成为幸福、吉祥的象征。水族姑娘的头饰叫“凤凰头”，身上穿的花衣服叫“凤凰衣”，背娃娃的花带叫“凤凰带”，脚上穿的绣花鞋叫“凤凰鞋”，还把最美丽的姑娘叫作“金凤凰”，甚至连秀丽迷人的自然景色也用“凤凰”来比喻。无怪乎人们尊称水族是“金凤凰的民族”。

关于回族喝茶的习俗也有个美丽的传说，《朵儿茶》讲：在远古的年代，有一个天仙名叫朵儿茶，她由于没有尽守职责，被安拉罚到人间做好事，后来她变成一棵茶树，并且托梦给穷人尤素福，交给他一把斧子，让他在茶树面前挥动金斧子，取得茶树上的茶叶，这种叶子可以治好乡亲们的疾病。后来，朵儿茶带着金斧子走了，但回族群众却保留了喝茶的习惯，有了病，拿上盖碗子茶，请阿訇诵经吹朵儿，来祈祷平安无事。

总之，各少数民族的习俗传说是一个民族生活习俗的形象反映，它记录着不同时期、不同地域民族的生活习惯和心理喜好，内容包括服饰、饮食起居、民族特色手工艺和乐器的来历、婚姻习俗、节日习俗等多个方面。民族特色与地方特色在各民族传说中表现最为明显，它总是与各民族不同的自然风貌、风土人情、心理特征融为一体，构成情调各异的风俗画和风景画。

第三章　苦涩现实生活中的心灵守望

——中国少数民族民间故事

第一节　民间故事

民间故事是我国各少数民族民间文学的重要门类之一，它和神话、传说一起构成散文作品的体系。一般人们往往把民间流传的口头散文叙事作品统称为民间故事。这就是说，民间故事具有广义的性质，是指包括了神话、传说在内的一切散文形式的口头文学作品。但严格说来，我国各少数民族民间故事又是和神话、传说有区别的，它同时又具有狭义的性质。所谓狭义的民间故事，是指那些具有某种假想性或幻想性又和现实生活有着密切联系的民间口头散文作品。这里专讲狭义的民间故事。

民间故事是流传得最广的一种散文体口头叙事文学。它所讲述的是任何一个模糊的过去时代和任何一个模糊的地点所发生的人和事。故事的时间、地点多是模糊的，故事的主人公也多是泛指的，经常用类似于“古时候”、“从前”、“过去”、“很久很久以前”这样的话开头。在说到故事发生地点的时候，也往往是“有一个村子”、“在一座山脚下”、“在海边”等等，或者根本就不提地点，以“有一户人家靠种地过日子”直接进入情节。而故事里的人物一般也没有明确的姓名，通常是“老大”、“老二”、“老三”或“打柴的”、“打鱼的”或“有母女俩”、“有弟兄三个”、“有个农民”、“有个皇帝”等等，也是很不具体的。

在民间故事里出现的形象，一般是具有人类社会属性的形象。一些故事里可能会出现神异的形象，出现能说人言、具有人一样思想感情的动物，甚至以它们作为故事的主角，但是它们所代表的其实是人类自身，在它们身上体现了人类社会的道德和伦理标准，因此是完全人格化和社会化了的形象。民间故事的人物设置与情节结构大都有一定的程式，受一定叙述形式的限制，但是在约定俗成的范围里又有很大的随意性。人物角色设置常常是两兄弟、三姐妹或哥仨、姐俩、两个伙伴等等。故事结构主要有“单纯式”与“复合式”两种。一般的寓言、笑话及生活小故事的结构多为“单纯式”。“复合式”又分为“三段式”和“连缀式”，主要见于情节曲折的故事。“三段式”是民间故事的常见结构，这类故事的情节推进往往都经历三个层次，如主人公遇到三道难题、经历三次考验、三次历险、三次较量等等。“连缀式”即一个故事与另一个故事相衔接，前一个故事的结尾引出另一个故事的开头，故事套故事。总之，民间故事作为一种集体创作，在主题、情节、人物等方面有显著的类型化倾向。

民间故事既不具有神话的神圣性，也不具有传说的纪念性，它几乎完全是娱乐性的，而且被认为是虚构的。民间故事通常寓教于乐，具有重要的教育功能和规范功能，但是它不像神话那样对现存社会制度和文化制度提供合法性的依据，它更注重的是社会的伦理规范。民间故事通常是以好与坏、善与恶的二元对立为原则构成，这种二分法实际上体现了人们的伦理标准，在一定程度上对社会伦理制度起了规范的作用。尤其在形象塑造方面，民间故事既体现了形象的鲜明性与单一性，又体现出整体形象的类型性与丰富性，二元对立的原则十分突出。民间故事中的人物形象多是正反对比，一好一坏，一善一恶，一忠一奸；美与丑、善与恶、机智与愚蠢、勤劳与懒惰、勇敢与怯懦、憨厚与狡诈、诚实与虚伪、谦虚与骄傲都是作为性格类型互相对立地存在着。正是通过这种很夸张的类的对比，来表明人们对生活的审美和道德评价。

我国各少数民族的民间故事在民间口头叙事性散文作品中占有很大的比重。现已搜集到的故事资料成千上万，而且随着时间的推移，数量将会越来越多。这些故事通过虚构的方式，从多方面表现了少数民族的社会生活，在我们面前展现了变化万千的生活画面、形形色色的人物形象，是各民族社会风情和人物个性的独特画廊。

第二节　各少数民族的民间故事

一、生活故事

生活故事的题材主要是民众的日常生活，故事主人公基本上是现实中的普通人，故事的幻想成分较少或看似根本没有，所以有时也称为“写实故事”或“世俗故事”。这类故事中讲述的人物、环境和情节大都为创作者亲身经历，有很强的现实性，同时又通过想象和虚构塑造出生动感人的艺术形象和生活画面，具有独特的民族风情和民族特色。这类故事是在阶级社会的背景上产生的，是富有现实性和明显阶级倾向性的一类故事。

我国各少数民族的生活故事异常丰富，有的讲述对立阶级之间针锋相对、斗智斗勇的故事，充满了智慧和才能，充满了幽默和风趣；有的曲折感人，在深刻与沉重中不乏轻松与愉悦。最具有代表性的有维吾尔族的阿凡提系列故事和《富人和仆人》、《艾山、喀孜和巴依》、《贪心的霍加》，蒙古族的巴拉根仓系列故事和《巴林摔跤手》、《怒杀巴林王》，柯尔克孜族的《把大臣当马骑的穷孩子》，藏族的阿古登巴系列故事和《国王游街》、《老爷和奴隶》，苗族的老幌系列故事，布依族的甲金系列故事，纳西族的阿一旦系列故事，壮族的老登系列故事和《百鸟衣》等等。有的生活故事讲述各族人民劳动生产的经验，歌颂劳动者的聪明才智，鞭挞好逸恶劳的行为，具有代表性的作品有白族的《雕龙记》、《木马浸水一分三》、《拉木经和压木经》，维吾尔族的《三条遗嘱》、《四个朋友》等。有的生活故事取材于家庭生活，讲述家庭各成员之间的伦常关系和社会矛盾，或者讲述各民族男女青年之间的爱情婚姻生活，具有代表性的作品有维吾尔族的《兄弟俩》，彝族的《阿诺楚和阿诺诟》，纳西族的《两兄弟的故事》，藏族的《老大和老二》，瑶族的《招郎婿》，壮族的《达妹选夫》等。尤其是生活故事中的爱情故事在各民族的民间故事中占有很大的比重，和其他生活故事一起，交相辉映，构成绚丽多彩的生活画面。

以常见情节类型来看，生活故事又包括许多具体的类型，如巧媳妇故事、呆女婿故事、机智人物故事等。下面我们主要围绕各民族的著名机智人物故事进行简要的介绍。

《巴拉根仓的故事》是数百年中广泛流传于蒙古民间的庞大故事组。“巴拉根仓”的汉语意思是“富于言辞者”、“机智人物”或“智囊”。故事的主人公巴拉根仓是个虚构的人物，是民众创作的艺术形象，集中体现了蒙古族劳动者勇敢机智、幽默乐观的品质。

《让王爷下轿》是一篇短小而又喜剧性较强的故事，代表了《巴拉根仓的故事》的艺术风格。主人公抓住王爷骄狂而又愚蠢的特点，略施小计，出奇制胜。故事布局别具一格，出人意料而又在意料之中，生动地显示出创作者巧妙的构思和民间特有的幽默。

《巴拉根仓的故事》　一则

《让王爷下轿》（蒙古族）

一次，王爷出门，坐的是八抬大轿，跟的是前后随从、卫士，开道锣、助威鼓，人喊马叫，真是威风凛凛神气十足。没成想半路遇上了巴拉根仓。

“谁这样大胆，见着王爷还不闪在路旁跪倒！”王爷气得撅胡子瞪眼睛粗声粗气地喊。

“报告王爷”，随从把巴拉根仓抓到轿子前说，“这就是那个天不怕地不怕的巴拉根仓。”

“是，我叫巴拉根仓。”巴拉根仓不慌不忙说，“小民没认出是王爷的大驾。”

“哈哈……你就是巴拉根仓？”王爷说，“听说你最能用谎话骗人，是吗？”

“不敢，小人是最爱说实话的人。”巴拉根仓说。

“都说你最有本事，今天你能把我从轿子里骗下来吗？”王爷自以为难住了巴拉根仓，得意地大笑起来。

“不敢，不敢，我怎么能把王爷赶下轿来呢，如果王爷下了轿，我可有办法马上请你上轿。”

“真的吗？”

“凭小人这点智慧来说，这点小事并不难办到。”

王爷心想：我偏不上轿看你能怎么办。便答应说：“好，好。”说着从轿里走下来。

巴拉根仓等王爷两脚刚一落地，笑着说："聪明的王爷，这不是把你骗下轿了吗！"

王爷被巴拉根仓耍得张口结舌，直瞪着那双臃肿的眼睛一句话没说就又钻进轿子。

"看！聪明的王爷，我不仅让你下了轿，还让你一句话没说又上了轿！"

随从们见王爷气得嘴歪眼斜，都偷偷笑起来。

"真是个骗子！快搭轿走！"王爷大怒说。

轿子刚抬起来，巴拉根仓喊道："站住！"

王爷以为巴拉根仓又出什么鬼点子，忙叫轿子停下。巴拉根仓哈哈大笑说："谢谢王爷。"说着催马赶路去了。

（作品选自吴重阳、陶立璠主编：《中国少数民族民间文学作品选讲》，陈清漳、赛西、芒·牧林整理翻译，昆明，云南人民出版社，1984）

《阿古登巴的故事》是广泛流传在西藏、四川、青海、甘肃、云南藏族聚居区的一类以阿古登巴为主人公的系列民间故事。"阿古登巴"是藏语音译，"阿古"是人们的一种尊称，含有"叔叔"、"导师"的意思，"登巴"意为"滑稽"。在四川藏族地区，也称为"登巴俄勇"，"俄勇"意为"舅舅"，实际二者指的是同一类人物。从称谓可以看出，阿古登巴这一文学形象和藏族人民的关系很亲近，所以有关阿古登巴的故事，以优美、曲折、风趣、幽默的形式流传，以至家喻户晓。在藏族民间以这种特定人物的活动贯穿的系列故事不止一种，只不过影响远没有《阿古登巴的故事》广泛深远。

在藏族人民的心目中，阿古登巴是真、善、美的化身。《领主挨揍》中，阿古登巴正是聪明地抓住领主的弱点，巧治了领主。故事构思巧妙，寓庄于谐，语言也幽默诙谐、妙趣横生，使整个故事具有含蓄、风趣之美，透露出藏族故事讲述家的审美情趣和审美标准。

《阿古登巴的故事》 一则

《领主挨揍》（藏族）

有一次，阿古登巴与其他佣人们打赌，要狠狠地揍老爷诺卓代瓦一顿。大家不相信，都想看看阿登这回怎么下手。

这天，该阿登去饮马了。有匹马膘肥体壮，非常善跑，诺卓代瓦很喜爱它。按平常的规矩，佣人们把这匹马牵去饮完水以后，不准让马在地上打滚，免得把马毛弄脏。这次轮到阿古登巴。饮马以后，他故意让马在地上打滚，把周身都滚脏了才牵回去。到老爷家里时，还故意牵着马从诺卓代瓦面前走过。

诺卓代瓦一见自己心爱的这匹马满身泥土，脏得不成样子，很生气。立刻从座位上跳起来，把阿登拦住，大声嚷道："阿古登巴，怎么搞的？把我的马弄成这个样子！"

阿古登巴笑嘻嘻地回答："老爷，别生气，您也知道，这马呀，让它在地上打打滚，它心里舒坦了，嘿！跑起来可快啦！"

诺卓代瓦一想，这话也在理，就没有责备阿古登巴。可是他很心疼这匹马，连衣服也没顾得上换，就亲手给马扫起土来。马身上满是泥土，真不好弄，不大一会，他浑身上下都给弄脏了。佣人们在一旁看见都忍不住发笑。这时，阿古登巴才假装殷勤，把主人拉开，说："老爷，老爷，让我来扫吧。看，把老爷的袍子都给弄脏了！"

诺卓代瓦这时才发觉自己满身是泥土和马毛，连忙转身打刷自己的袍子。他左扫右刷，都弄不干净，急得要命。阿古登巴见机会来了，便说："老爷，这样好不好，我拿根棍儿来给您拍打拍打，几下就干净啦。"

"唔，好吧。"

阿登很快就把早已准备好的棍子提来，起初故意轻轻地在诺卓代瓦身上拍，好大一会也拍不干净，诺卓代瓦不耐烦了，大吼起来："你没吃饭吗，笨蛋，用劲！"

"老爷，我是怕把您老人家打伤了。您若不怕，我用劲就是。"阿登心想：哼！你说没劲，这下我使劲揍，让你尝尝棍子的滋味！于是，阿古登巴抡起棍子，狠狠地在诺卓代瓦身上打起来了。"哎唷！傻瓜，轻点吧！"

"呵？还轻啦？我就再重一点吧！"阿登假装听错了，又狠狠地揍了他几棍子。

（作品选自吴重阳、陶立璠主编：《中国少数民族民间文学作品选讲》，格龙讲述，佟锦华、卓如、祁连休翻译，昆明，云南人民出版社，1984）

《甲金的故事》广泛流传于贵州黔南和黔西南布依族苗族自治州的布依族地区。“甲金”是布依语，译成汉语为“机灵的寡崽”。故事中的主人公甲金是个聪明机智的布依族小后生，这个形象是布依族民众在反抗反动统治和社会黑暗势力的斗争中，塑造出来的一个理想化的人物。他勤劳、勇敢、幽默、乐观，富于智慧和正义感，体现了高尚的品质和爱憎分明的感情，反映了民众的利益和愿望，是一个深为贵州各族人民喜爱的艺术形象。

《一匹天大的布》反映了农民与地主的斗争。在故事中，对财主的嘲讽和捉弄与对甲金智慧的赞许相映成趣。

《甲金的故事》　一则

《一匹天大的布》（布依族）

甲金要种棉花，佃了土司的一块地，答应土司提出的条件，秋后收了棉花给土司织一匹和天一样大的布，作为地租。人们都讲甲金太憨，上了土司的寡当。

秋后收完棉花，甲金腰上插着一把尺子走进土司家。土司一见甲金，暗自得意，这回算把甲金整倒了。谁知甲金一见土司就说：“苏大，我太粗心大意了，给你织布，春上忘了问问你，天有好宽、多长，请苏大量个尺寸，我好下料上机。”

甲金说着把尺子递给土司，土司接过尺子，目瞪口呆地望着无边无际的蓝天，心中暗自叫苦：这回倒了甲金的霉。

（作品选自贵州省民间文艺研究会刊印的《民间文学资料》四十三集）

二、动物故事

动物故事是一种以动物或主要以动物为讲述对象的民间故事形式。这类故事幻想性较强，往往赋予动物人性的特点，借用虚构的手法，曲折而又生动地表现创作者或讲述者对生活的态度和感情。人类的某些性格特征和动物的某些特征有相似之处，如老虎、狮子和豹子的凶狠，狐狸和狼的狡猾，猴子的聪明，兔子、松鼠的胆小和伶俐，鹿与羊的善良，熊的蠢笨，乌鸦的多舌等等，所以许许多多动物，在各少数民族的民间故事中都早已是十分活跃的角色了。

我国各少数民族的动物故事，就其内容与情节的特点，有解释动物的特征与生活习性的，如蒙古族的《喜鹊蛋和鹌鹑的尾巴》、朝鲜族的《鸽子为什么咕咕得得地叫》、哈萨克族的《斑鸠的尾巴为什么短了》、维吾尔族的《蚊子为什么只会哼哼叫》、藏族的《兔子为什么成了豁唇》、基诺族的《鹌鹑为什么没有后脚趾》、佤族的《熊脸为什么疙里疙瘩的》、彝族的《狐狸尾巴怎么是花白的》、苗族的《老蛇为什么咬青蛙》等。有用动物故事讲述真善美、培养道德情操、探寻人生哲理的，如柯尔克孜族的《两只小熊》、塔塔尔族的《公鸡王国》、藏族的《咕咚》、蒙古族的《小骆驼的遭遇》等等。有通过动物之间的纠葛，表现世态人情，使人类社会丰富复杂的生活图景通过动物世界得到曲折有致的反映。这类故事在各少数民族中广为流传，具有强大的生命力。

佤族的动物故事很多，内容丰富多彩，艺术上也很有特点。《尖嘴老鼠和啄木鸟》、《懒风猴》两篇动物故事既讲述了老鼠、风猴的某些特征和习性的来历，同时也曲折地反映了人类日常的社会生活和世态人情，寄寓了一定的哲理。

《尖嘴老鼠和啄木鸟》讲的是贪婪者的故事，告诉人们贪婪、欺骗、自私、背信弃义的人终将受到惩罚，也揭示了在人们的相互关系中，往往也存在善有善报、恶有恶报这样一种社会现象。故事中的啄木鸟是正面形象，是诚实、忠厚和助人为乐的象征，而尖嘴老鼠则是反面形象，是奸猾贪婪的代表。

《尖嘴老鼠和啄木鸟》（佤族）

尖嘴老鼠和啄木鸟原是邻居，它们的家就紧挨着门儿。

一天，啄木鸟发现林中有一棵黄果树，就来跟尖嘴老鼠说：“家门，想吃黄果吗？”

尖嘴老鼠馋得直流口水，急忙问：“哪里有呀？”

啄木鸟向尖嘴老鼠挤了挤眼睛，说：“这个你不必多问。带上篮子，跟我去就是！”

尖嘴老鼠转身把篮子一挎，就跟啄木鸟走了。

走不多久，已看见黄果了，黄澄澄的，一个个那么大。这时，尖嘴老鼠拼命咽着口水，飞快地跑着。啄木鸟说：“跑什么，慢点儿走吧。”尖嘴老鼠好像没有听到一样，还是拼命地跑。

一会儿，它俩到了树下。尖嘴老鼠一见树下那么多的果子，便不管三七二十一，随手拣了一个，吃了起来。

啄木鸟见了说:“那么,我来摘,你来接吧。”说罢,就将身子一纵,到了树上。不一会,啄木鸟喊道:“接着呀!”

尖嘴老鼠正在拼命往嘴里塞烂果子,没注意,啄木鸟扔下的黄果“啦”的一声,落在地上,把果汁也跌出来了。啄木鸟有点不高兴:“看着点嘛。”“好,好。”尖嘴老鼠只得认真接了。

啄木鸟在树上摘,尖嘴老鼠在树下接,不一会,篮子就装满了。尖嘴老鼠嚷道:“篮子装满了,再往哪里装呀?”

啄木鸟一看真的装满了,就一个翻身,跳了下来,叫尖嘴老鼠往回走。尖嘴老鼠说:“再摘几个吧!”“不,够了,我们吃着走吧。”啄木鸟说罢,伸手想去篮子里拿黄果。尖嘴老鼠把篮子一提,说:“等会吃吧。”啄木鸟只好催着尖嘴老鼠快些走。

走着走着,尖嘴老鼠嚷起肚子痛来了:“啊唷!啊唷!”接着在路上蹲了下来。

啄木鸟忙问它:“怎么样?是刚才吃多了吧?我来背你走。”尖嘴老鼠一只手抓着篮子,一只手搭到了啄木鸟肩上。

啄木鸟背着尖嘴老鼠走了一程,好像听见有吃黄果的声音,就问尖嘴老鼠:“是你在吃黄果吧?”“哪里!我肚子这样痛,哪里还能吃黄果?你听错了,怕是风吹树叶的声音。”尖嘴老鼠说罢,又“啊唷!啊唷!”地哼了起来。啄木鸟听见它哼得那么厉害,以为是自己听错了,便没有再问什么,继续走了。

走了一程,又听见吃黄果的声音,便又问尖嘴老鼠:“你在吃黄果吧?”“哪里,我肚子这样痛还能吃黄果?你听错了,怕是蟋蟀吃草的声音。”尖嘴老鼠说罢,又“啊唷!啊唷!”地哼起来,而且哼得更厉害了。啄木鸟听见它哼得那么厉害,以为真的又是自己听错了,便没有再问什么,又走了。

走了一程,啄木鸟已经背得有些累了,就说:“快到家了,我们歇一会儿再走吧。”尖嘴老鼠听说要把它放下,吃了一惊,说:“好吧,你放开手,让我慢慢地下来吧。啊唷,啊唷……”

啄木鸟慢慢地松开了手,正想回过身子来搀尖嘴老鼠,只见尖嘴老鼠把篮子一甩,一眨眼就跑得不见影了。啄木鸟拾起篮子一看,哪里还有什么黄果,里边只剩下些皮皮壳壳!这下可把啄木鸟气坏了："好吧，你跑，看你跑到哪里去？"

啄木鸟在家守了几天，根本不见尖嘴老鼠的影子。它就把这事放在一边了。

一天，啄木鸟出去赶街，隐隐约约看见前面有个贼头贼脑的家伙，好像是尖嘴老鼠，上去看时，却又不见了。一会儿，啄木鸟觉得肚子有点饿了，便挤到凉粉摊子旁边，想去要碗凉粉吃吃。这时，尖嘴老鼠也正在那里喝酒吃牛肉呢。那家伙很奸，一见啄木鸟来了，便连忙撂下酒筒、竹筷，拔腿就想溜。可是，迟了，只见啄木鸟一个大步，扑了过来，一手抓住尖嘴老鼠的一只手，一手就像铁钳一样朝它的嘴巴掐去。尖嘴老鼠的嘴被钳住了，很难受。它尽量把头往后仰，想挣脱啄木鸟那只铁钳样的大手。

啄木鸟的手还是紧紧钳住尖嘴老鼠的嘴巴，并说："我看见了黄果，领你去摘，摘回来了，你说肚子痛，我又背你，可你呢，偷偷把黄果吃了一干二净，末了，还把空篮子一甩，转身就溜！"尖嘴老鼠挣扎着说："有话好说嘛，放……放手！""哼，放手？这回你想跑没那么容易！"尖嘴老鼠竭力挣脱，啄木鸟紧紧钳住不放，就这样，你扯我拉，扯扯拉拉，把尖嘴老鼠的嘴巴给拉得又长又尖了。

"哈，哈！"看热闹的爆发出了一阵笑声。

啄木鸟一看，尖嘴老鼠的嘴巴拉成了这副模样，不觉也笑了。一笑，手也随着放松了，尖嘴老鼠便趁机一下挣脱，没命地逃去了。

今天，大家看见老鼠的嘴又长又尖，这就是那回啄木鸟给扯的。它现在为什么老是见了人就躲躲闪闪呢？就是因为那次当众出了丑，它觉得没脸见人了。

（作品选自吴重阳、陶立璠主编：《中国少数民族民间文学作品选讲》，高寿祥口述，尚仲豪、黄伦记录整理，昆明，云南人民出版社，1984）

《懒风猴》讲的是猴群战胜干旱的故事，通过以猴喻人，批判了懒汉、懦夫思想，说明在自然灾害面前，企图坐等大自然的恩赐，终将望天长叹。这就告诉人们，面对灾害只有发挥人的主观能动性，动脑筋，想办法，依靠集体的力量积极与大自然作斗争，才有战胜灾害的希望。故事中以猴王为首的猴儿们正是在灾害面前积极主动的代表，而懒风猴则是无所作为的反派角色。

《懒风猴》（佤族）

一年天旱，很长时间没有下雨了，猴子们都为没有水吃发愁。猴王召集所有的猴子开会，要大家想办法商量解决吃水的问题。正当大家着急万分、无计可施的时候，一个聪明的老猴想出了一个办法——开沟引水。大家都为这个办法叫好，表示坚决拥护，说干就干，于是一场开沟引水的劳动就开始了。大家顺着选择好的路线，挖的挖，挑的挑，工程进展很快。

但也有一个猴子不同意这样做。它是谁？风猴。

大家问风猴："你为什么不同意开沟引水？"

风猴回答说："挖沟是白费工夫，天总是要下雨的，我要等着雨水喝。"

大家又问："你不愿挖沟，那么你吃不吃我们开沟引来的水呢？"

"你们根本挖不成沟，引不来水！要是引来了水，我一定不吃！"风猴坚决地说。

"你说的是真话？"大家追问。

"什么真话不真话，不吃就是不吃！"风猴不耐烦地回答。

"要是你吃了怎么办？"

风猴生气地叫起来："如果你们不相信，我发誓除了天上下的雨水我看得见外，其他的水都叫我看不见！"

猴子们听风猴如此说，也就不再喊它来挖沟了。大家用力挖呀挖呀，不几天就挖通了一条长长的水沟，硬是把水引来了。

这时，老天还是没有下一滴雨，但猴子们有自己挖沟引来的水吃，在树上跳来跳去，在藤上荡来荡去，生活得很快乐。

坐在树上等雨水吃的风猴，因为天不下雨，口渴得要命。它对着老天大叫，老天还是不下雨。它听见沟水哗啦哗啦响，但眼睛却看不见。它没水吃，只有喝风解渴。

从此以后，每逢干旱天，风猴就在树上哭叫，大家就叫它为懒风猴。

（作品选自吴重阳、陶立璠主编：《中国少数民族民间文学作品选讲》，高寿祥口述，尚仲豪、黄伦记录整理，昆明，云南人民出版社，1984）

《兔惊众兽逃》是傣族的一则动物故事。傣族人民通过对动物世界的长期细致观察，较准确地把握了动物的特征和习性，他们运用巧妙的构思，生动的情节，准确地阐述了生活中的哲理。这则故事教育人们，办任何事情，都要调查研究，绝不可人云亦云，否则就会闹出笑话来。

《兔惊众兽逃》（傣族）

一天，有一只兔子正在大树底下吃草。这时，一阵大风刮过来，树枝摇摇摆摆的，干叶子哗哗哗哗地掉下来。“这是怎么回事呢？是不是天塌下来了？”胆小的兔子一面想一面失魂落魄地往前跑。

兔子从一群猴子面前跑过，猴子见了就问：“兔子，跑什么？看你吓成这个样子。”兔子慌慌张张地回答说：“快跑，天塌下来了！”猴子见兔子惊恐万状，就信以为真，都跟着兔子逃跑了。

兔子在前，猴子在后，一起向前亡命地狂奔乱跑。当它们从野猪面前跑过时，野猪见了就问：“你们跑什么呀？”兔子不答话，只顾朝前跑，跟在它后面的猴子回答说：“天塌下来了，还不快跑！”野猪听了不知是真是假，也跟着兔子和猴子朝前跑。

它们越过山冈，穿过密林，跨过深沟，从老虎身边跑过。老虎问道：“看你们这样失魂落魄地跑什么呀？”野猪气喘吁吁地说：“快跑呀，天塌下来了！”吓得老虎也跟着它们没命地跑起来。兔子在前头跑，猴子紧紧跟着，野猪和老虎尾随在后面。

它们不停地跑呀跑，跑过一条小河，河里的鱼见了就问：“森林里发生了什么事情呀，你们跑得这样慌张？”正在逃跑的动物说：“天塌下来了！”水里的鱼见地面上的动物成群结队地逃跑，它们也不敢大意，也跟着朝河下游的方向逃窜。

一头大象正在河边摘嫩树叶子吃，见地面和水里逃窜的队伍从它的身边跑过，便问道：“怎么啦？你们跑什么呀？”水里的鱼答道：“你还不知道？天塌下来了！”在地上奔跑的老虎回答说：“快跑吧，天塌下来了！”大象见地面上和水里的动物都在逃跑，也被弄糊涂了，以为天真的塌下来，也就跟着逃跑了。就这样，一传十，十传百，“天塌下来了”的说法，越传声势越大，盲目地跟着兔子逃跑的动物越来越多，成了浩浩荡荡的逃亡队伍。

逃亡队伍穿山越岭，向着密林深处跑去，惊动了正在睡觉的猫头鹰，猫头鹰从树上飞到兔子的前头，挡住了它的去路，叫它停下来。兔子停住了，后面的动物也一个接一个地跑上前来，都停在猫头鹰的跟前。“朋友们，究竟是为了什么呀，几百只几千只动物这样奔跑呀?”猫头鹰开口问道。

“天塌下来了，我们害怕呀!”最后一个赶到的乌龟，气喘吁吁地说。“是呀，我们怕天塌下来才跑呢!”其他动物七嘴八舌地说。

“哈哈哈!”猫头鹰忍不住大笑起来，“你们当中，有谁亲眼看见天是怎样塌下来的呢?”众动物只是你看看我，我看看你，谁也不说话。“象大哥，你走的地方多，可曾见过天是怎样塌下来的?”

“不知道，是鱼和老虎告诉我的。”大象扇扇耳朵，回答说。

猫头鹰转过头来问老虎，老虎说：“我也不清楚，是野猪告诉我的。”问野猪，野猪说是猴子传给它的。猫头鹰又问了猴子，才知道“天塌下来了”的说法，是从兔子口里传出来的。猫头鹰不再追问下去了，它就请兔子当着大家的面，把看见天塌下来的情况对大伙讲一讲。兔子就把天空中刮起一阵大风，树上哗哗哗哗掉下来一片片东西等情况讲了一遍。等兔子讲完，猫头鹰对大家说：“那不是天塌下来，是树上的干叶子被风吹落了下来。天空洞洞的，永远也不会塌下来，你们是一场虚惊，白费力气跑了一趟。以后凡事都要动脑子想一想，问个究竟，千万别偏听偏信，把假的当成真的，不然还会闹出大笑话呢!”

它们听了才恍然大悟，知道是受骗上当了。它们很想责备兔子，又觉得没有道理，只好暗暗埋怨自己，各自回家去了。

（作品选自勐腊县民委、西双版纳州民委编，《傣族民间文学集成》，昆明，云南人民出版社，1993）

三、魔法故事

魔法故事，又称魔术故事或民间童话。它在我国各少数民族民间文学中数量很多，往往是通过超现实的幻想构成离奇的情节，表达现实生活中不可能获得的理想。魔法故事的幻想性极强，它以丰富的想象及虚构为手段，表现人类的生活、理想和愿望。故事中常常出现残忍、强暴的恶人对善良、弱小者的欺凌与压迫，通过曲折复杂的斗争，最终使恶人得到惩罚，使善良人得到幸福。魔法故事是各族民众在阶级压迫和封建伦理道德统治下一种特殊心理状态的反映，具有鲜明的特色，如对勤劳、善良、正直品质的赞美，对剥削者、压迫者、坏蛋的贪婪行为的揭露、鞭挞，对幸福、美满生活的热烈向往与追求等，故事中这所有的一切都是借助于魔法——一种人为的幻想方式来表达的。

魔法故事是民间故事里最引人入胜的美妙故事，闪耀着迷人的奇光异彩。根据内容的不同，魔法故事可以有动物报恩故事、因宝获福故事、怪孩子故事、异类婚配故事等不同类型。因宝获福故事中的“宝物”，既有万能型的，如聚宝盆、宝葫芦之类，又有具有魔力的自然物或日常生活用具，如百鸟羽毛制成的羽衣、使人听懂鸟语的石头、能叫龙蛇起舞的芦笙等等。这些宝物不但是改变主人公命运的法宝，更是惩恶扬善的利器。在故事中，宝物的种种神奇性能实际是各族民众的知识技能和思想情感的幻化之物。如回族魔法故事《蚂蚁虫拉倒泰山》中，青蛙为了报恩给三旦的“真蛋”就是这样的宝物。任何东西死了，只要用这个宝蛋一挨近，就能立刻重新活过来。故事中善良的主人公三旦，也因拥有这一宝物而最终获得了幸福，而恶人也终究受到了应有的惩罚。

《蚂蚁虫拉倒泰山》（回族）

从前，一家人养了三个儿子，大儿子上山当和尚，二儿子在家务农，三儿子入学念书。三儿子叫三旦，生得端正长得胖实，文才也好。一天，三旦去上学，半路上碰到一只青蛙，一条腿不知怎么折了，三旦看着怪可怜的，就把自己的手巾扯了一绺给包扎好，又怕过路人踏，就放在路边的一个土窑里。天黑下学了，三旦回家时，去土窑一看，青蛙还在那儿，嘴一张一张，想是渴了、饿了，三旦掏出吃剩的馍馍试喂，青蛙一嘴一疙瘩，吃得很好。从此，三旦每天带的干粮都喂了青蛙，还用小瓶带水给青蛙灌，不多日，青蛙的腿好了，也不往别处跑，越长越大，越大越能吃。三旦拿的干粮一天比一天多，自己也不吃，全部喂了青蛙。

日子久了，三旦渐渐消瘦下去，妈妈心疼地问：“你一天拿那么多吃的，为啥越吃越干？”三旦不敢实说，就编了谎：“穷同学很多，送给他们吃了。”妈妈说：“我娃心善是好的，每天多多拿些给穷娃子们吃。”此后，三旦每天拿的吃的成倍地增加，但他的身体总是干干瘦瘦。一天，三旦前头走了，爸爸远远地跟在后头看。三旦走到半路，从一条斜路过去。爸爸跟过去，转过弯，看见三旦进了一个土窑。爸爸悄悄走到跟前往里一看：笳篮大一个癞蛤蟆，嘴张得簸箕大，三旦正把馍馍往那大嘴里喂。把他吓昏了过去，好一会才醒来，回到家里就磨开刀了。下了晚学，三旦去看青蛙，青蛙说：“救命恩人啊，你回不成家了。”三旦问：“为啥?”青蛙说：“你爸爸磨了把快刀，要杀你我。”三旦问：“那咋办呢?”青蛙说：“我背你逃命吧。”青蛙把三旦背过一座大山说：“为了报答你的救命之恩，我双腮有两个蛋，你掏去吧，这两个蛋一真一假，不管啥东西死了，用真蛋一挨就活了；假蛋不行。”临别时青蛙叮咛：“记住，万样的虫你能救，惟有黑头虫救不得。”

三旦拿着宝蛋，走着走着，碰见一条死蛇，他用蛋一挨，蛇活了。又走着，碰见了一只死老鼠，用蛋一挨，老鼠活了。又走着，碰见几只死蚂蚁，用蛋一挨，蚂蚁活了。还救活许多动物，有的连名字也叫不上。

一天，他走过一个河湾，发现一个死人，他用蛋一挨，这人活了，马上反咬一口：“你把我的东西抢去，还把我打死!”三旦说：“是我把你救活的!”这人改口说：“那么你用什么办法救活我的?”三旦拿出两个蛋，把真情说了。这人连忙说：“救命恩人啊，我没法感谢你，咱们结拜为兄弟吧。”三旦说：“行。”问了年龄，这人为兄，三旦为弟。拜哥把宝蛋要上玩弄着二人上了路。走到一个静僻处，拜哥把拜弟骗到一个深洞跟前，说：“你看这洞底有个啥怪物?”拜弟上前一看，洞深无底，冷不防，被拜哥一把搡了下去。

拜哥满心欢喜地把宝蛋拿上到了京城，皇帝的儿子刚死了，他想，这正是用宝蛋的机会，就喊着进给了皇上，皇上就封他做了宰相。再说三旦被拜哥搡下深洞后，并没伤着，他在底下转来转去，只有水流去的窄缝，没有人通过的出口。到了第三天，有两个人从附近经过，隐约听见“救命救命”的喊声。他们便放下一根绳，把三旦吊了上来。两个问缘由，三旦一五一十说了。那两人很同情三旦的遭遇，给了些吃的，便分手了。

一天，三旦乞讨到了京城，在大街上行走。恰好宰相坐轿出巡看见了，认出是拜弟三旦，心中一惊，马上生出一计，命令差役把叫花子押起来，不要玷污皇城。宰相并不想把他饿死灭口，便把三旦押进了牢房。老鼠发现了，说："救命恩人呀，你咋到了这里?"三旦说了缘情，老鼠就把吃的拉来让三旦吃，而且把真宝珠用假宝珠偷换了回来，还给了三旦。蛇发现了说："救命恩人呀！你咋到了这里?"三旦说了缘情，蛇说："你不要愁，我能救你。"三旦问："怎么救?"蛇说："明天皇姑游花园，我咬她一口，只有新白布蘸凉水才能治好。"

第二天，皇姑真的去游花园，被毒蛇咬了，百药无效。皇上着了急，发出告示，谁能治好就召为驸马。三旦扬言，他能治好。狱子报告太监，太监禀奏皇上，皇上传旨让三旦入宫治疗。三旦就用白布凉水给洗三遍，皇姑的蛇伤果然好了。

三旦治好了皇姑的病，宰相更怕三旦成了驸马，揭了他的老底，就乘机献上了毒计："给他三升谷子，三升胡麻，合在一起，到天亮如能分开来，就召他为驸马，不然，就问罪杀头。"这话正合皇上的心意，就准奏并派宰相做监督官。宰相把三升谷子和三升胡麻和匀，要三旦一夜功夫分拣出来，才能成婚，不然就要杀头。三旦发了愁，蚂蚁虫儿说："你不要愁，放心睡觉去。"第二天早上，谷子、胡麻分得清清儿的。宰相见一计不行，又生一计，后花园有棵大树，限三天拔出，才能成婚，不然就要杀头。三旦正蹲在树下发愁呢，这两人合抱的大树，谁能拔动？啄树虫儿来了，说："你不要愁，到第三天你拔就对了。"啄树虫儿召集了亿万亲族，把树根全部咬断，到了第三天，三旦来一推，树就倒了。宰相得知，心里大犯嘀咕，吓得六神不宁，联想到宝蛋，莫非这小子有神仙助力?更加害怕，他又想，再有神力，山是动不了的。就传令，限七天叫三旦把京城外十里的泰子山喊倒，才能成婚，不然定斩不饶。三旦到山上察看了一下，愁得不行，就躺在山坡上思谋，想着想着，迷迷糊糊睡着了，梦见牛大的一只蚂蚁对他说："救命恩人，你不要犯愁，只要拿把锹，在山周围走一圈，走一步，踏一锹，到第七天，你来只喊三声倒，山就倒了。"三旦又惊又喜。三旦醒来，照样做了，到了第七天，宰相私派爪牙，监视三旦喊山。三旦到了山下，大喊一声“倒”！山没动，爪牙们暗暗高兴；三旦再大喊一声“倒”！山还是没动，爪牙们挤眉弄眼，嬉皮笑脸；三旦使尽力气，又大喊一声“倒——”！高高的泰子山应声轰隆隆倒塌下来。原来无数蚂蚁虫把山底拉空了。这就叫“蚂蚁虫儿拉倒泰山”。

皇上听说三旦喊泰山，就和文武大臣一起来看热闹，这一下惊呆了，宰相更是害怕，就给皇上说：“这人一定是妖人，不如早些把他杀了！”三旦不等皇上开口，就抢着把他如何得宝、遭害的过程说了一遍，并寻来几只死蚂蚁，当场验证宝珠。宰相拿着假宝珠咋也救不活蚂蚁，三旦的宝珠只是一碰，那几只蚂蚁就跑走了。宰相被拉出去斩了，三旦进宝有功，被封为进宝状元，又召了驸马。

（作品选自《中国民间故事集成·宁夏卷》，中国 ISBN 中心出版社提供，1999）

我国各少数民族在创作魔法故事时，往往借助幻想构思出一系列神奇的情节。故事中的宝物总是具有不可思议的魔力，通常由魔法人物赐给善良人和弱小者，使他们能够战胜邪恶，获得幸福，美好愿望也得以实现，而一旦宝物到了剥削者和坏人手中，则立即失效或致这些人于死命，如朝鲜族的《神磨》。

《神磨》（朝鲜族）

传说古时候，有那么兄弟两个，老大非常贪财，恨不得世上所有的东西都是他的才好。他把父母留下的财产据为己有，不许弟弟动一下，为了发财，不择手段，渐渐地成了远近闻名的财主。

弟弟和哥哥相反，心地善良，别人有什么难处他都乐意帮忙，但他的日子过得很苦，常常是上顿不接下顿。眼看要过年了，家中一粒粮食也没有，没有办法，让妻子到哥哥家去借米，几次都碰了钉子。弟弟硬着头皮去借米，挨了哥哥一顿臭骂，忍着眼泪回家。在回家的路上遇到一位好心的邻居，很同情他，借给他一斗米。弟弟谢过邻居，扛起米袋回家。半路上遇见一个肩扛小石磨的老人，老人叹了口气对他说：“我老伴病了好多天了，但一点吃的也没有，我转了很多地方，一点米也没借着。回家的路上在草丛里看到一盘磨，就把它扛回来了。”

弟弟很同情老人，把从邻居家借来的米送给老人。老人非常感动，没什么报答，就把石磨送给弟弟。回到家里，妻子不但没有埋怨他，还夸奖他。他们肚子饿了，拿了半瓢豆放到石磨里去磨，妻子一边磨一边自言自语地叹息：“唉，这豆子要变成大米多好呀!”说来也怪，话音刚落，磨齿里就哗哗往外流大米。妻子又说：“要能出点肉菜，给孩子们吃，就是死了也满足了。”磨里又出了很多肉菜，真是要什么有什么。

弟弟有了神磨非常高兴，他想，从此村里穷人可以过好日子了。于是向石磨要了许多鱼啦、肉啦、酒啦，准备了很丰盛的宴席，请村里的人来吃。不料这消息很快传到贪心哥哥那里。他想，天下竟有这样的宝贝，而且这宝贝又在自己弟弟家里，恨不得一下得到手。他知道弟弟心软，还有点傻，于是装着很可怜的样子到弟弟家借石磨。弟弟借给了他。

哥哥得到石磨，跑回家，反锁上门，要酒，要肉，一连几天坐在家里尽情享受。但一想到再过几天就要将石磨还给弟弟，着急起来，他想要抓紧时间把石磨中的宝物都要出来，金银财宝堆满了屋子、仓库、地窖，还不死心。后来他想，还不如带着财物和石磨逃跑。于是弄了一只大船，装上所有财宝，逃到一个荒岛上，一人尽情享受。他要了吃的，要了酒，觉得有点淡，就要盐吃。没想到他醉倒了，石磨不停地转，流出来的盐堆成山，船被盐压倒。神磨掉进大海，还在转，所以海水变成咸的了。

（作品选自《朝鲜族民间故事选》，上海，上海文艺出版社，1982）

怪孩子故事在各少数民族中也有流传，如达斡尔族的《拇指孩儿》、瑶族的《青蛙结亲》、藏族的《青蛙骑手》、德昂族的《青蛙和绣花姑娘》等。异类婚配故事往往也具有动物报恩的性质，所不同的是这些动物均变成男子或女子与人婚配，又都有一定的魔法，使年轻、善良的猎人、渔夫、农民都过上了幸福生活。这类故事如鄂温克族的《狐狸姑娘》、彝族的《大雁姑娘》、蒙古族的《虎姑娘》、达斡尔族的《罕力毛和鹿姑娘》、瑶族的《蛇郎》、高山族的《螺蛳变人》等。

四、民间笑话

笑话，是一种以讽刺为特点的、幽默风趣的小故事，很富有喜剧性。它通过辛辣的讽刺和机智、有趣的调侃，一针见血地揭示生活中存在的各种矛盾现象，凸显出民众的才干与智慧。

笑话是为了逗人发笑而编造的娱乐故事，主要目的就是取乐，也有讽刺和劝诫的功能。它的情节比较单一，结构也简单，常常是截取日常生活的一个场面，通过简单的行为和对话讲出可笑的内容。笑话中的人物一般是两个，通过一方有失误，另一方加以嘲笑的形式构成，结局也往往很出人意料，这也就是笑话的魅力之所在。笑话的艺术手法丰富而独特，有夸张、对比、重复、学样等，也用双关语、反语、曲解等口头语言手段，从而达到引人发笑的目的。

在各少数民族文学中，笑话大多保留在机智人物故事之中，这类笑话主要揭露和嘲讽封建统治阶级的丑恶本质，如纳西族的阿一旦的故事、维吾尔族和乌孜别克族的阿凡提的故事、藏族的阿古登巴的故事等。其中以阿凡提的故事最为典型，它往往以简练的语言、深刻的含义、巧妙的寓意，引人发笑。

《阿凡提的故事》（三则　维吾尔族）

《金钱和正义》

国王问阿凡提："要是在你面前一边放着金钱，一边放着正义，你愿意要哪一样呢？"

"我当然要金钱。"阿凡提毫不犹豫地说。

"哈哈！你真是个傻瓜！"国王说："要是我，一定要正义，决不要金钱！金钱有什么稀奇的？正义才是不容易找到的呀！"

"缺什么的人就想要什么。"阿凡提说。"你想要的东西正是你最缺少的啊！"

《藏在怀里的东西》

阿凡提得罪了村子里的巴依，巴依拉他上喀孜那儿打官司。阿凡提先捡了两块大石头藏在怀里，才跟着巴依去见喀孜。

喀孜随便问了几句，便打开《可兰经》，一边装着查经，一边偷看两个人的动静。阿凡提明白喀孜的心思，便用手连连指着鼓鼓囊囊的褡袢。喀孜以为阿凡提怀里揣着要送给他的金银，马上宣布了判决："照经上的天条，在这个案子里，阿凡提有理！"说罢，把巴依训斥了一顿，撵走了。然后嘻嘻地笑着向阿凡提说："好了，官司你赢了。你可再找不到比我更公正的喀孜了。快把你怀里揣着的东西拿出来吧！"

"那就给你看看吧！"阿凡提说着从怀里掏出两块大石头，扔到地上，"这是给你预备的。要是你帮着巴依欺负人，这两块东西早砸在你的脑袋上了。"

《都是真话》

国王为了骗个好名声，装着关心老百姓的疾苦的样子，去访问阿凡提的家。

"先领我去看看你的土地吧！"国王说。

"土地都在霍加手里呢！"阿凡提回答。

"你收的粮食呢？"

"都送到皇宫里去了。"

"你的屋子怎么没屋顶呢？"

"给巴依拆了。"

"你的屋子，怎么没家具呢？"

"被喀孜搬光了。"

"你的儿子呢？"

"让伯克逼死了。"

"那么，你的妻子呢？"

"怕陛下看上她，藏起来了。"

"你，你怎么敢尽跟我说些废话！"国王大吼道。

"不，不，都是真话！"阿凡提说，"要是谎话，你可不会发这么大的脾气。"

（作品选自吴重阳、陶立璠主编：《中国少数民族民间文学作品选讲》，昆明，云南人民出版社，1984）

有的笑话是对民众自身的缺点进行善意的批评，这类笑话最具情趣，所涉内容也最广泛，如鄂西土家族笑话《抓到哪个是哪个》，嘲讽卖酒掺水者害怕遭雷打的愚劣心态就十分精彩。幽默笑话也有讽刺的锋芒，但这种讽刺不是对人的根本否定，其目的是通过善意的讽谏，促使人们自省，实现人格品质的升华和净化。

《抓到哪个是哪个》（土家族）

有一个卖酒的人被雷打死了，他女人大声哭："你要是不做亏心事，不在酒里掺水，哪会被雷打哟！"

一个过路女人听到她这门哭，也搞急哒，边往屋里跑边说："只看我屋里那家伙遭雷打没？狗日的也天天往酒里掺水。"

就拢屋，男人还坐着，她放心哒。晚上，两口子刚上铺睡，又吹风，又打雷，又落雨。一股风来把窗子吹开了。女人要男人去关，男人要女人去关。女人想，我没给酒里掺水，雷不会打我的，就下床去关。正在关的时候，"轰"地一炸雷，吓得女人的脑壳一摆，长辫子甩过去卡在窗棱里哒，扯又扯不动，走又走不脱。她不要命地喊："雷公啊，不是我给酒里掺的水，是我男人啦，放了我啊！"男人在铺上说："雷公，你莫管那些，抓到哪个是哪个。"

（作品选自《中国民间故事集成湖北卷·鄂西民间故事集》，中国民间文艺出版社，1989）

第四章　生命绽放出的五彩花朵

——中国少数民族民歌

第一节　民　歌

民歌，是民间集体创作和口头流传的一种形式短小、以抒情为主、具有独特韵律的韵文类作品。在我国各民族文学发展史上，它有着十分重要的地位和作用。无论其表现形式如何多种多样，它们都是民间的歌唱和吟诵，所以，我们统一用“民歌”这一概念。在广义上，它是指谚语、谜语、拗口令以外的所有民间韵文类创作；在狭义上则指那些短小精悍、抒情成分较强的作品，并不包括通常所说的史诗和叙事诗。但是所谓“短小”是相对的，它可能只有一两行，也可能多至几十行，甚至上百行。民歌篇幅较短，这点是它与史诗、叙事长诗、曲艺等韵文体作品的显著差别；它可以歌唱或吟诵、具有曲调或韵律的特点，则使它在形式上与故事、传说等散文体作品相区别。许多民歌融歌、舞、乐为一体，是一种综合的语言艺术。

民歌起源于原始社会阶段，是人类历史上产生最早的语言艺术创作之一，远在文字产生之前，民歌就已经以口头方式流传着，并且和各少数民族的历史紧密相随。从原始采集和渔猎、从牧业和农业到手工业、工业以至于商业时代普通劳动者的生产劳动场景都在各族民歌中有极为丰富的反映。各少数民族历史上的重大事件也都可以在民歌中听到它的回响，每一次民族团结和交流，每一次民族起义，每一次民族抵御外辱的斗争等等，广大民众都借民歌充分表达了自己的思想感情和美好愿望，也体现了高尚的爱国精神。中华人民共和国成立以后，各少数民族的民歌更为紧贴人民的生活，产生了许多反映新时代、新生活的优秀作品，民歌随时代的发展而向前发展。

伴随着历史发展的各少数民族民歌是各族人民生活的一部分，它的触角深入到了各族人民生活的各个角落，甚至是每个细节。比如，傣族的泼水节是庆新年的年节习俗，就有《京比迈》歌、《赞高升》歌；按照习俗，纳西族在建新房当天晚上，人们载歌载舞，还要请歌手唱《起房调》；傈僳族则在盖好房子以后，有庆贺迁入新居的习俗，这时要唱《进新房子调》；瑶族、苗族、侗族、水族在解决民间纠纷时，都用唱传统民歌的方式等等。其次，民间生活中的每一个人，几乎从出生到去世都和民歌相伴，儿童有儿歌，青年男女有情歌；生产劳动有歌，节日与休闲娱乐有歌；悲欢离合、喜怒哀乐有歌，生老病死的各种仪式和宗教活动也有歌。比如，在哈萨克民间，按照传统，婴儿降生要举行贺生礼，人们围坐在一起，用歌声迎接新的生命，直到婴儿成长到少年期，期间还有许多仪式，每个仪式上都有歌。到了谈婚论嫁的年龄，不但要会唱情歌，而且从说亲到订婚的各种仪式也免不了歌，特别是婚礼仪式上，每个程序都有相应的歌。按照婚礼程序，相继有喜事序歌、迎亲的歌、“加尔－加尔”歌、哭嫁歌、远嫁歌、劝嫁歌、揭面纱歌等，整个仪式过程就是用歌串联起来的。人去世以后，在丧葬仪式上有报丧歌、吊唁歌、挽歌、哀悼歌等。按照旧俗，丈夫去世，妻子每天早、中、晚都要边哭边唱，哀悼丈夫，直到周年祭结束。在哈萨克人的整个人生过程里，每个阶段有每个阶段的歌，每个场合有每个场合的歌。如同哈萨克族一样，在其他各少数民族的日常生活里民歌依然是不可缺少的组成部分。

我国各少数民族的民歌之所以受到各族群众的喜爱，历久不衰，一方面固然是因为它的作者就是各族人民，它所抒发的是各族人民的思想情感，所表达的是各族人民的理想愿望，另一方面也与它具有为各族人民所喜闻乐见的艺术形式、民间歌会与歌手的传承等因素分不开。

各少数民族民歌的体例灵活多样，大都有自己独特的称谓，极富于民族特点和地方色彩。如流行在甘肃、青海、宁夏、新疆等省（区）汉、回、东乡、撒拉、土、保安、裕固等族人民中的“花儿和少年”；青海藏族的民歌形成了“勒”（山歌）、“勾毛”（情歌）、“青勒”（酒曲）、“月拉”（庄稼歌）等曲调；白族民歌又分为“白族调”、“西山调”、“山歌”、“打歌”等，其中“白族调”又分为“花柳曲”、“出门调”、“五更调”、“十二月调”等不同的种类；侗族的民歌，又因齐唱、合唱或独唱、对唱等形式的不同，分为“多吔”（踩堂歌）、“大歌”、“哎海顶”、“琵琶歌”、“笛歌”、“山歌”

等十余种形式；苗族的民歌称“嘎”、“嘎别福歌”、“飞歌”；瑶族的称“香哩歌”、“信歌”；布依族的“浪哨歌”；水族的“双歌”、“单歌”；撒拉族的“巴西古溜溜”（撒拉曲），等等。我国各少数民族在长期的歌唱活动中形成的灵活多样的民歌体例，使各族民歌色彩斑斓，别具一格，符合各族人民的欣赏习惯，为各族人民所喜爱。

我国少数民族的民歌，内容丰富，种类繁多，数量浩瀚。各民族、各地区大都有关于民歌的一套民间分类系统或分类习惯，标准各异，分类结果也各有差别。依据各少数民族民歌的性质来划分，民歌可以分为成人歌与儿歌两类，其中成人歌包括成年男女所唱的古歌、劳动歌、情歌、生活歌、仪式歌、历史传说歌等，儿歌包括适合儿童年龄特征和接受能力的游戏歌、咏物歌、岁时歌、风土歌、摇篮曲等，一般以简洁明快、生动形象的韵语创作而成，并得到儿童们的传唱和喜爱；也有儿童自己在游戏等场合随口编唱而成的。

第二节　各少数民族的民歌

一、成人歌

（一）古歌

古歌，有的民族又叫“古根”或“根的歌”，是各少数民族口头创作和流传的古史歌。在西南各民族中保存的古歌特别丰富，其中大部分是短篇形式，也有长篇创世古歌。如贵州的苗族古歌、侗族古歌、布依族古歌和水族古双歌及古单歌中的许多篇章，既可以独立成篇，连起来又是本民族的创世纪。

傣族的古歌内容也很丰富，从傣族先民的生产活动到他们的思想意识，从对大自然的恐惧到原始宗教的产生，从朴素的审美观念到奇特的风土人情都尽在其中。这些古歌明快、单纯、古朴甚至粗拙，但是从中我们仿佛看到傣族先民如何用简陋的工具去猎取野兽，如何试着去驯服一只野牛，如何撒着白米去招魂，如何念念有词地去撵鬼……充满不朽的魅力。在古歌《大火烧天》中生动描绘了先民在灾难面前无可遁逃的惨状：

大火烧到山洞边
大火烧到山洞内
大人惊
小孩哭
洞内洞外乱哄哄
有的蒙脸哭
有的抱头跑
像野猴受惊
像小鸡逃散

大自然的灾难固然使人感到恐惧，但并没有磨灭傣族先民征服大自然的决心和毅力，他们在生产劳动中逐渐积累了更多的经验，因而在古歌中便增添了许多欢悦的气氛。《摘果歌》描绘了一幅欢乐的劳动场面："我们住在山脚，我们睡在山洞，两边都是大森林，大森林里野果多，有甜的有酸的，有红的有绿的，有大的有小的。叫一声人们快上树，只见大人和小孩，只见老人和妇女，你争我越涌上来，爬直树、爬弯树，摘的摘、吃的吃、摇的摇、拣的拣、抢的抢、哭的哭、笑的笑！像雀鸟嬉闹，像蜜蜂采花，像猴子打架，叽叽！哇哇！真热闹，真好玩，啾，啾，啾！"在《欢乐歌》中则记录了人们猎取猎物后的欢歌："高兴了，一起唱'吉日里，去打猎，人心齐，棍棒多。打死虎，打死鹿，回到家，就分肉，分骨头，分肠肚，饱饱吃，啾啾啾！'"。这类古歌抒写了先民们情不自禁的歌唱，反映了傣族先民在争得生存权利之后的欢乐和自豪情绪。

那时的傣族先民认为自然界是有神有鬼的，生活在自然界中的人，也就可能有一种与躯体并存的灵魂，古歌中便有《招魂词》：

魂啊魂
儿子的魂
女儿的魂
侄子侄女们的魂
太阳落山了
天就要黑定
牛马已回寨

鸡鸭已进圈
知了蜻蜓已睡觉
你们快回家。

神鬼既然无所不在，当先民们面对生活中突然袭来、无法抗拒的灾祸时，便产生了许多撵鬼的古歌，这既是一种消极逃遁，也是先民们精神上的一种自卫。如《撵鬼词》：

嗨！
野鬼、恶鬼、断头鬼
你们听着
嗨！
青面鬼、獠牙鬼、红脖子鬼
你们听着
你们是疾病的渊源
你们是人类的祸根
今天你们缠绕在病人身上
我要把你们撵出寨子。

傣族先民对求生的渴望和对生活的热爱，也显现了他们的美学观念，在他们看来大自然是美的，他们赋予大自然美的色彩和美的形象。傣族古歌《破篾歌》原是描写人们破篾编竹器的生产活动的，其中却流露出傣族先民对竹子的热爱之情，竹子的形象始终给人以美的感受：

一蓬蓬
一棵棵
棵棵竹子细又长
叶子绿
枝丫细
竹尖像鸡毛
空中垂下来
风吹竹摆动
像燕子戏水
像姑娘纺纱

呜呜呜、沙沙沙

（作品选自《傣族古歌谣》，昆明，中国民间文艺出版社，1981）

傣族古歌是傣族文学萌芽阶段的作品，因而自然显得幼稚和简单，但是傣族先民天真质朴的心理状态也得到了真实的反映，他们赋予大自然中的一切生物以人的性格和情感，使人读后倍感亲切、情趣横生，具有不可取代的价值。

（二）劳动歌

劳动歌，是反映各族人民生产实践的歌，它是伴随着劳动产生的一种古老民歌，它的产生可以追溯到远古时期。劳动歌记录了各民族的劳动过程、生产经验和劳动中产生的种种情绪，充满了智慧，充满了诗情画意，表现了各民族丰富而充满情感的生产劳动画面。其次，劳动歌是伴随劳动过程吟诵或演唱的歌谣，它还包括各种号子、田歌、矿工歌、伐木歌、采茶歌等所有直接伴随劳动或协调劳动节奏的民歌，具有指挥劳动、鼓舞情绪等特殊功能。

人类生产劳动的各个方面诸如采集、渔猎、农耕等，在各民族的劳动歌中都有反映，因而猎歌、牧歌、渔歌、农事歌等在各族民歌中都有保存。维吾尔族反映采集、游猎的民歌如：

叫青年们出外干活，
要他们来采集野果，
要他们猎取野马和黄羊，
让我们欢聚，开怀作乐。

叫青年们架着鹰去狩猎，
叫猛犬去追踪咬倒猎物，
用石头打翻狐狸和猪猡，
让我们优雅地唱起赞歌。

（作品选自毛星主编：《中国少数民族文学（上）》，长沙，湖南人民出版社，1983）

各民族的猎歌虽然风格各异，但往往都描述了狩猎前祭猎神、集体围猎和猎获野兽时的欢乐情景，如苦聪人的《狩猎歌》：

欧——

献过了寨中的猎神，
鸣响了启程的火铳，
狩猎的人们上山了哟，
三五成群遍山寻。

想打老熊要看熊脚迹，
想打麂子先看蹄子印。
熊走过的地方草踏平，
麂子走过的地方多蹄印。
野猪走过的地方有猪粪，
岩羊走过的地方树秃顶。

欧——
找到猎物留下的印迹，
顺着印迹去找寻，
找到猎物“哟嗬，哟嗬”叫哟，
伙伴们快拢来团团围紧。

野猪要射带头猪，
老熊要射白肚皮，
见了麂子要勤撵，
凶狠的猎物莫挨身。

欧——
打到猎物要同分享，
过路人和猎狗也要得一份，
这是祖先传下来的规矩哟，
谁也不能违背。

（作品选自孙敏、郑显文等编：《拉祜族苦聪人民间文学集成》，昆明，云南人民出版社，1990）

赫哲族的《狩猎歌》：

地封了冻，

雪已飘飘，
狩猎的季节到来啦！
打猎的人们，
准备好了粮食和行李，
装在套好了狗的“拖日乞”上，
一帮一伙地奔向了围场。
拉着“拖日乞”，
越过高岗，
穿过草甸，
急走了三天，
到达了围场。

打猎要勤快，
追踪、穿山不要烦！
下伏弩时高低要找好，
机关线要扎紧，
免得捕兽落空。
打上一冬猎，
春暖花开就返家。
所获皮张收藏好，
准备开江运城去，
换回粮米和布匹，
集体分配给各家。

（作品选自“民族问题五种丛书”黑龙江省编辑组：《赫哲族社会历史调查》，牡丹江，黑龙江民族出版社，1987）

渔猎业在锡伯族的经济生活中曾长期占有重要地位，猎歌《飘飞的蝴蝶》歌词虽多有失传，但至今仍是锡伯族人民家喻户晓的民歌，歌中描绘了锡伯族人民古代的狩猎情景：

飘飘雪花如蝶飞，
驰驱骏马共撒围。

搜遍一山又一山，
猎队满载凯歌归。

（作品选自毛星主编：《中国少数民族文学（上）》，长沙，湖南人民出版社，1983）

我国各少数民族的牧歌也异彩纷呈，普米族的《放牧歌》以朴实的语言反映了一年四季放牧的情况：

春天来到了，
青草绿荫荫好放羊；
夏天来到了，
草坝里面好放马；
秋天来到了
蒿子秧上好放猪；
冬天来到了，
竹林里面好放牛。

（作品选自毛星主编：《中国少数民族文学（下）》，长沙，湖南人民出版社，1983）

哈萨克族和柯尔克孜族的《牧马歌》则散发出浓郁的草原气息和愉悦之情：

天上闪烁的星星多呀，
星星多，
不如我们家乡的羊儿多；
天边飘浮的云彩白呀，
云彩白，
不如我们家乡的羊绒白。
绿色的草原上跑着白羊，
羊群像星星撒在草原上。
八里坤草原是我的故乡，
我们的生活是那样幸福欢畅。

（作品选自新疆维吾尔自治区编辑组：《八里坤哈萨克族风俗习惯》，乌鲁木齐，新疆人民出版社，1986）

自从山上长起草，哎，哎呀！
就有了牧马之歌，哎，哎呀！
自从开始放马起，哎，哎呀！
就有了牧马之歌，哎，哎呀！
同牧马人生死相恋的，
还是我们的牧马之歌，哎，哎呀！

牧马之歌表达了我们的心愿，
唱着歌儿我们收马圈。
为了我们的马群平安，
宁肯坐着过夜晚。
我们唱着牧马之歌，
守护着我们的马群和家园。

（作品选自新疆维吾尔自治区编辑组：《柯尔克孜族风俗习惯》，乌鲁木齐，新疆人民出版社，1986）

世世代代生活在三江沿岸的赫哲族，自古以来以渔猎为主，他们的渔歌内容丰富，有浓厚的地方特色，不论是捕鱼、织网，还是晾晒鱼批、储存鱼干的劳动过程中都唱渔歌。下面是首《春季捕鱼歌》：

……
双手不停地往船上装网，
绕过滩口奔向出网滩。
搬着五副桨的鱼船，
领网老人亲自开网。
打几网就满载而归，
回村后要做好合理分配，
姑娘和媳妇都忙开了，
为储备全年的衣食而勤劳。
将肥的鱼炒鱼毛；
将瘦的鱼晒鱼条，
挑大的淹成鱼批子；
留做衣服的鱼皮要精心熟好。

鱼架挂满鱼条，
炒好的鱼毛装满包，
鱼批子堆成垛，
男女老少唱起了丰收谣。

（作品选自毛星主编：《中国少数民族文学（中）》，长沙，湖南人民出版社，1983）

过去的佤族地区普遍种植旱谷，《下种歌》是在每年二、三月撒谷子时唱的，有独唱，有集体唱，也有男女对唱，内容是唱一年到头从下种到收获的劳动生产过程，其中的两段如下：

下种的时候到了，
大风吹得轰隆隆，
太阳晒得热辣辣，
挑着谷子下地去，
烫得脚也放不下。

满山遍野开白花，
火堆塘里种西瓜，
山坡上点下小红米，
大家来把谷子撒。

（作品选自毛星主编：《中国少数民族文学（下）》，长沙，湖南人民出版社，1983）

独龙族涉及农业生产的劳动歌内容更为广泛，其中有一首唱刀耕火种、传授生产经验的民歌：

大家干活要勤快，
快快去砍树烧山，
大火烧过了土地，
庄稼才茁壮生长。

我们劳动归来了，
大家一起来喝酒。
盼着收获的日子快些来，

大家唱歌跳舞庆丰收。

（作品选自毛星主编：《中国少数民族文学（下）》，长沙，湖南人民出版社，1983）

苗族劳动歌《活路歌》极具民族特色，它通过富有浪漫气息的想象，用形象化的谜语似的比喻，描绘从春耕到秋收的整个农事活动，充满欢乐和情趣。如对阳雀催耕的描写：

正月来到了，
二月来到了，
做活路的季节来到了。
阳雀声声叫，
催大家做活路，
和大家议榔（即乡人集会议决政治等大事），
春天到，快做活，
种庄稼，种棉花，
才有吃，才有穿。
人人都听到，
人人都欢笑。
姑娘在屋里绣花，
妈妈在屋里纺纱，
春风从窗口进来，
送来几片樱桃花。
姑娘拿花细瞧，
妈妈不再纺纱。
春天已来到，
放下针线活，
准备种庄稼。

又如对犁田和耙田场景的描写：

哥哥开始犁田了，
哪个在山上打鼓？
哪个在田里跳舞？

哪个在牛头上游方？
哪个跟在牛后面歌唱？
斑鸠在山上打鼓，
牛蛇在牛头上游方，
田水跟在牛后面歌唱。
浮萍鱼儿多高兴，
鸭子也来看热闹。
大家跳呀跳，
大家唱呀唱，
跳得谷桩烂成泥，
跳得泥巴烂成浆。

再如打谷的情景：

谷粒壮又壮，
谷穗弯又弯，
粗大的稻秆，
背得腰杆酸。
快收获呀快收获，
再不来收腰要断！

哥哥来打鼓，
咚呀咚地响，
响声震河谷；
妹妹来跳舞，
三步跳向前，
三步跳向后。
那不是打鼓，
那是哥哥在打谷；
那不是跳舞，
那是妹妹在割谷。

（作品选自毛星主编：《中国少数民族文学（中）》，长沙，湖南人民出版社，1983）

有的劳动歌描绘了打麦场上的劳动情景，我们从中可以看到用马踩麦打场的维吾尔族人民特有的生活图景。打场歌如：

大麦呀，小麦呀，
由轻风来分开。
远亲呀，近亲呀，
由死亡来分开。
唻——唻——唻。

我的马儿，使劲踩呀，
打场就要使出劲儿；
木锨扬起麦草飞呀，
分出草芥和麦粒儿。
唻——唻——唻。

（作品选自毛星主编：《中国少数民族文学（上）》，长沙，湖南人民出版社，1983）

劳动歌中还有许多表现其他劳动事项的歌，如纺织歌、蜡染歌、割草歌等，下面是首《割草歌》：

哎咳哟，哎咳哟，
草儿青青多肥茂，
羊儿吃了长肥膘，
伙伴们哟，快来割草，快来割草。
哎咳哟，哎咳哟，
刀儿飞快像风飘，
草儿堆得比山高，
金山银山比不了。
哎咳哟，哎咳哟，
为使牲畜长好膘，
伙伴们哟，快来割草。

（作品选自甘肃省编辑组：《裕固族、东乡族、保安族社会历史调查》，兰州，甘肃民族出版社，1987）

号子多用于体力负荷很重或者动作重复单调的劳动，而且多为集体劳动。

常见的有建筑劳动中的打夯号子、采石号子，农业生产中的薅秧号子、车水号子、打粮号子，搬运劳动中的装卸号子、扁担号子、板车号子，水上劳动用的行船号子、捕鱼号子，山上劳动的伐木号子、拉山号子等。这类劳动歌，歌词中通常有较多的协调节奏的呼喊声，如“哎嗨哟”、“咳！咳！咳！”等，多是号召大家齐用力的。在唱法上，曲调大多有明显的节奏，音调高亢，近于呐喊。

广西融水地区苗族的《拉山号子》，是在众人拉大杉木过坳时唱的：

（领唱）：嘿，动起来呀！
（合唱）：嘿扎拉！
（领唱）：呵吹！
（合唱）：嘿扎拉！

（领唱）：木头大！
（合唱）：嘿扎拉！
（领唱）：大家扛！
（合唱）：嘿扎拉！

（领唱）：肩并肩！
（合唱）：嘿扎拉！
（领唱）：齐步上呀！
（合唱）：嘿扎拉！

（领唱）：用力拉呀！
（合唱）：嘿扎拉！
（领唱）：过沟坎！
（合唱）：嘿扎拉！

黎族的号子与劳动直接结合，调子高昂、雄浑、粗犷，一般按照劳动的节奏，选择合适的旋律。如《犁田歌》：

嗬啰，嗬啰，咳！
快转头来，
犁完早点回去。
嗬啰，嗬啰，咳！

还有这一块，
犁完这块好回去。

《日头快落西》：

咳啰——冲嗬！
日头快落西啰。
日头快下山啰，
照到房屋顶啰。
落到那边天啰，
照到椰树顶啰。
咳啰——冲嗬，
把它顶上来啰。
咳啰——冲嗬，
再用力砍山啰。

（作品选自毛星主编：《中国少数民族文学（中）》，长沙，湖南人民出版社，1983）

（三）情歌

情歌，是指各少数民族青年男女以反映爱情生活为主题所唱的民歌。这类民歌主要抒发了男女间由于相爱而激发出来的悲欢离合的情感，它的生成既是普遍的人性心理的反映，也是某些特殊的地理、宗教、习俗等因素的反映。在各少数民族的民歌中，情歌是一朵奇葩，因为它不仅数量多，艺术上也特别完美，历来为各族人民所喜爱。各族的情歌内容丰富多彩，形式新鲜活泼。傣族情歌感情炽烈，优美动人。白族情歌精巧工整，清新含蓄。藏族情歌深沉委婉，情深意长。其他各民族的情歌也都各具特色，脍炙人口，总给人以健康的力量和新颖的美感。

情歌是各少数民族未婚青年男女之间爱情的媒介和工具，甚至可以说没有情歌就没有他们的爱情生活，正如一首藏族情歌中所唱的“蜜蜂和野花相爱，春风就是媒人。小伙和姑娘相爱，山歌就是媒人”。他们从相识、相恋到结合的各个阶段都唱情歌，表达彼此的爱慕之情唱情歌，诉说失恋的忧郁唱情歌，倾诉恋爱的相思唱情歌，抒发恋爱的甜蜜也唱情歌。在田间地头、茶园竹林、花海芳草、青山绿水间到处回荡着青年男女们深情的歌唱，从初春到金秋，一年又一年……各少数民族的情歌伴随着爱情生活的整个过程。如土家族情歌分为“相识歌”、“初恋歌”、“热恋歌”、“盟誓歌”、“相思歌”、“诉苦歌”、“反抗歌”、“逃婚歌”；高山族男女青年从见面相识、互相介绍、试探对方诚意到表达爱慕，都是通过情歌对唱彼此传情的；壮族的情歌，一般是在歌圩上对唱的，按百色地区的习惯，大致可分为“催请歌”、“赞美歌”、“追求歌”、“挑逗歌”、“初交歌”、“相思歌”、“重情歌”、“别离歌”、“自叹歌”和“埋怨歌”等。

壮族的“催请歌”是情歌对唱的开始，多由男方先唱：

正月里来是新春，
里里外外都是人，
人人都有山歌唱，
为何元帅不出声？

如果女方回答了，则唱“赞美歌”，也是男方先唱：

条条大路通大街，
多人走过妹最乖，
观音还是二三等，
情妹好比祝英台。

接着是唱“追求歌”，也是男方先向女方表达爱慕之情：

二月桃花二月开，
不想情妹哥不来，
走了多少弯曲路，
踩断几多新草鞋。
花香难比桂花香，
花红难比牡丹红，
好吃不过阴阳菜，
试尝一餐同不同。

然后，再唱“挑逗歌”，互相试探对方的心思：

（男）盼妹好比盼星星，
　　　不知几时落凡尘，

倘若落到哥手里，
生同活来死同坟。
（女）妹言和哥订终身，
怕哥丢脸难为情，
难信天星铁磨嘴，
难信瘦狗吠得灵。
（男）山谷有泉长流水，
水灌青草草不黄。
妹是水呀哥是草，
水灌草壮万年长。
（女）如果哥心似妹心，
萤火也能点亮灯。
怕哥心口不相应，
水流花谢误终身。

经过多次互相试探，如果双方满意，便唱“初交歌”：

（男）姻缘全由我俩定，
不对八字不求神。
树缠藤来藤缠树，
哥有意来妹有情。
（女）妹心比铁还坚硬，
和哥自家订婚姻，
爹娘若把塘水看，
两块田水共田塍。

初交歌之后是“相思歌”，青年男女互相倾诉分手后的思念和可能遇到的阻难、折磨：

（男）春天来了百花开，
哥见情妹才开怀。
明年春到花开早，
不知情妹几时来？
（女）正月人人结伴游，

红红绿绿满圩头。
妹来不见哥影子，
不到半路眼泪流。
（男）吃饭拿碗又忘筷，
夜里睡梦见妹来。
情妹回去问爹妈，
几时能到哥家来？
（女）乌云遮月黑黝黝，
低头想哥心发愁。
虽等三年不泄气，
就怕黑发变白头。

相思歌后是唱“重情歌”，又称“深交歌”，实际是“定情歌”，男女双方山盟海誓：

（男）妹的情意比海深，
哥的情意比海阔。
海深海阔还能干，
我俩情意难分割。
（女）不怕土豪行凶奸，
和哥连双总要连。
今生无处去告状，
死到阎王也伸冤。
（男）最恨官家心肠险，
活活拆散人姻缘，
在生我俩难同住，
死后约妹会阴间。
（女）风吹落叶不断枝，
手掰莲藕不断丝。
妹是梅花能耐雪，
越冷越香花满枝。

最后唱“离别歌”，男女相送，情意绵绵：

（男）妹呀妹呀离别啰，
死别容易生别难。
只怨月亮出来早，
只恨太阳快落山。
（女）哥呀哥呀离别啰，
别哥容易见哥难。
眼泪流到眉毛湿，
从此隔水又隔山。
（男）别人回家能成双，
庙里菩萨最凄凉，
天上月亮有星伴，
情哥回家伴灶王。
（女）我俩如同一笼鸡，
同吃同住又同啼，
如今金鸡别笼去，
剩下情妹好孤凄。

（作品选自毛星主编：《中国少数民族文学（中）》，长沙，湖南人民出版社，1983）

我国少数民族情歌的体式不同，风格情调各异，犹如百花园中盛开的花朵，婀娜多姿，争奇斗艳。塔塔尔族的情歌，恰如塔塔尔人最喜爱的紫丁香，有着自己特具的色泽，散发出馥郁的幽香。在塔塔尔族的传统情歌中，《你的眼睛》抒写爱情的感受就别具一格：

你的眼睛，你的眼睛，
我怕看见你的眼睛；
当我看见你的眼睛的时候，
撩乱了我的心，怎能平静！

你的眼睛，你的眼睛，
我愿时时看见你的眼睛；
当你的眼睛进入我脑海的时候，
不必说话，我知道你内心的秘密。

塔塔尔族还有一首久负盛名的新情歌《树上夜莺在歌唱》，是这样描写一对青年男女邂逅时的欢愉与甜蜜的：

走过弯弯一条小路，
来到山下泉水旁；
清清的泉水慢慢流淌，
汲满泉水抬头看。
啊！树上夜莺在歌唱。

前面来了一位小伙，
谁不夸他精明又能干；
张着他的笑脸把路拦，
弄倾我的水桶溅湿了我的衣裳。
啊！树上夜莺在偷看。

清清的泉水叮咚叮咚地流过，
红花绿草长满小路旁；
欢乐的心像那红花一样，
水桶里莫非盛的是蜜糖？
啊！夜莺夜莺别吵嚷。

在塔塔尔情歌中，人们总喜欢在一个优美的境界里抒发相思之情。请欣赏一下这首《思念》：

去年苹果花开，
满园苹果花香，
我悄悄推开小门，
站在月下听你歌唱。

今年苹果花开，
恋人为啥不在？
我从早到晚盼望你回来，
在月下果园并肩歌唱。

（作品选自吴重阳、陶立璠主编：《中国少数民族民间文学作品选讲》，昆明，云南人民出版社，1984）

《阿里郎》是朝鲜族人民最喜闻乐见的抒情民歌之一，如代表作《密阳阿里郎》是这样描写爱情中微妙的心理活动的：

看看我吧，看看我吧，看一看我，
有如腊月欣赏梅花，看一看我。
阿里阿里郎，斯里斯里郎，阿拉里嘎难内，
阿里郎，呃折日西古，翻越那高高的山岗。

恩爱郎君回到家里，人来客往难致意，
抿嘴咬住小围裙，掩不住内心欣喜。
阿里阿里郎，斯里斯里郎，阿拉里嘎难内，
阿里郎，呃折日西古，翻越那高高的山岗。

篱笆外传来了小伙子深情的笛音，
姑娘她汲着水轻声叹息心神不定。
阿里阿里郎，斯里斯里郎，阿拉里嘎难内，
阿里郎，呃折日西古，翻越那高高的山岗。

忘记他，忘记他，赌咒发誓把他忘记，
窗外三更细雨时哟，又把他想起。
阿里阿里郎，斯里斯里郎，阿拉里嘎难内，
阿里郎，呃折日西古，翻越那高高的山岗。

……

另一首《阿里郎》则是用诙谐的笔调描写了恋爱中姑娘小伙的俏皮情态，如其中的三段：

这调皮的丫头眼神多巧妙，
双目似闭非闭偷偷把情郎瞧。

篱笆外院墙下小伙子佯装割草，
心眼灵知机变借机把姑娘细瞧。

哎哟哟快松手快松开我的手，
我的手腕像水一般嫩又柔。

在《长阿里郎》中这样描写黯然神伤的离别：

船儿将要离去，帆儿高高升起，
抓住郎君手臂，泪流满面情依依。
阿里郎，阿里郎，阿拉里罗古拉，
阿里郎，帮助我翻越那高高的山岗。

偶然间看见那云层之外露月华，
思郎君意切切，心绪更加乱入麻。
……

细梳妆，巧打扮，打扮给谁看？
伫立古渡口，两眼泪噙满。
阿里郎，阿里郎，阿拉里罗古拉，
阿里郎，帮助我翻越那高高的山岗。

（作品选自吴重阳、陶立璠主编：《中国少数民族民间文学作品选讲》，昆明，云南人民出版社，1984）

基诺族情歌也独具特色，它的内容往往是歌唱一对青年男女爱情和婚姻生活的全过程，从青梅竹马唱到婚后的幸福美满生活，其中的爱情长歌《巴格勒》极具代表性，我们从中选取一些片段提供给大家。歌中唱到爱情的热烈、永恒与忠贞：

火亮虫忽而暗淡忽而闪亮，
我的心却好比皎洁的月光；
回头水一天变幻几回方向，
我的爱只会像奔腾的澜沧江。
磨石上刻的印永不消失，
我的心就像磨石印一样；
傣族身上刺的花永不褪色，
我的爱就像刺的花一样。
歌中唱到恋人相思之深沉：
心上的阿哥啊，
不能见到你的面，
不能听到你的歌，
我就像半枯干的树木一样苦痛，

我就像石缝中的山药一样难熬。

心上的阿哥，
不能见到你的面，
不能听到你的歌，
我就像被大水冲倒的芦苇一样难过，
我就像蛛网上的树叶心中没有着落。

歌中还唱到爱情的纯洁与高尚：

我俩相爱已久，
应该结成夫妻，
就怕我家穷，
阿妹看不起。
我家无垫又无盖，
你可会过门三天就离去？

知道了阿哥的真心，
我在梦中都感到欢喜。
无垫又无盖怕什么？
我的手臂可以做枕让哥安睡，
我的长发可以当被来把寒御。

（作品节选自《山茶》1980 年第 2 期，赵鲁云、陈平整理）

对唱情歌是阿昌族男女交流感情的一种主要方式，也是他们的一种娱乐活动，歌词往往充满了生活的欢乐情趣。爱情中矛盾而又喜悦的心情，在情歌《黄鹂入园》中是这样表现的：

黄鹂入园吃生姜，
喜鹊进城吃黄姜。
你交出的心和说出的话啊，
早已随着别人飞到了远方。
今天的甜蜜语言，
不过是用来暖暖我的心房。

阿昌族的另一首情歌《不能捉到你》表现了青年男子爱情不能实现时的

苦闷、急切心情：

你好像春天里的一条鱼，
活跃在清清的池塘里。
只能见到你窈窕的身影，
就是不能捉到你。
我张开鱼笼等着，
你却不愿进去。
美丽的姑娘啊，
这只能怪我手短，
不能捉到你。

（作品选自毛星主编：《中国少数民族文学（中）》，长沙，湖南人民出版社，1983）

傣族是一个情感非常丰富的民族，每当农闲，特别是开门节以后，一到黄昏，姑娘、小伙们便三五成群地吹着笙，用歌声倾吐爱情。《我再也不需要变什么》表达了傣族青年男女对爱情的忠贞与执著：

假若你变成一池清水，
易郎啊！我就变成一尾小鱼，
任那渔人的网撒得多准，
也不能叫鱼水分离。

假若你变做一棵大树，
易郎啊！我就变做一条藤子，
缠你一百转、一千转……
狂风暴雨也难把我们分离。

假若你变做一株新笋，
易郎啊！我就变成春天的雨，
即使你头上压着千斤巨石，
有我，就能把它推滚下去。

假若你变做一只木船，
易郎啊！我再也不需要变什么，

我把你早晚握在手里，
我一定喜欢你这个庄稼哥。

（作品选自何红一编：《唱支山歌做媒人情歌篇》，武汉，湖北人民出版社，1994）

侗族情歌《你生得好啊》，男女双方互相赞美，互相倾吐爱慕之情，具有浓郁的生活气息：

（男）远路的姑娘啊！
我们住的隔着三座大山，
我们住的隔着六条大河，
今晚的相逢就像龙抢得了宝珠一样珍贵。
我在油柴灯下仔细看你，
看到你脸长得白生生；
细看清楚，
你的眉毛生得又很秀雅，
你若走在大街上，
就像一件宝贝滚在街上一样，
万条龙都要拼命地抢你。
（女）各住各的寨，
我们没有见过面；
各住各的村，
我们没有遇见过；
这下会到你，
你生得这样好，
脸白软得像棉花，
脸上像玉石一样细润，
眉毛生得秀气，
像羊毛丝一样，
唉！你把我的魂都勾走了！
（男）你生得好，
像野菜的嫩叶子，

你的肉色就像桃花色一样，
你生得高也不高、矮也不矮，
今晚我看你一晚都很合我的意；
我上坡做活路会把禾苗锄掉的，
因为太想你的狠了！
眼睛看你，
看见你白得很，
白得像兔子毛，
白得像竹鸡，
我们所有的侗家寨上没有一个姑娘比得上你。
我只要能看到你一眼，
你对我不讲话我也安逸；
同你在一起，你一首歌也不唱，
让我同你在一起，十个通宵我也不想睡。

（女）你生得好，
就像开花的白果树一样；
细细看你，
实是长得俊，
就像小龙王崽一样。
你来到我家，
你来到我的身边，
我的腿就像瘫了一样，
一步也不能离开你。

（作品选自贾之主编：《中国新文艺大系民间文学集 1949—1966》上卷，北京，中国文联出版公司，1991）

（四）生活歌

生活歌，是指反映各族人民社会生活的民歌。广义的生活歌范围很广，凡是民歌都来源于生活，都反映一定的生活内容，因此几乎包括了一切民歌。狭义的生活歌主要指反映人们日常生活和家庭生活状况的歌。这类民歌是各民族情感的自然流露，传达了人们生活中体验到的酸甜苦辣等各种人生况味，兼有叙事和抒情的特点，具有浓厚的生活气息。生活歌的内容几乎展现各族人民生活的方方面面，有歌颂英雄、抗击侵略者的歌，有揭露官僚、地主剥削和压迫的歌，有控诉贪官污吏和苛捐杂税的歌，有诉说长工苦情的歌，有倾吐妇女哀怨的歌，有描述孤儿凄楚的歌……

塔吉克族的民歌《巴图尔》歌颂了英雄，表达了抗击侵略的决心，其中有这样的几段：

帕米尔山高地广世无双，
异乡的豺狼瞧着馋得慌。
巴图尔啊，巴图尔，
你有雄鹰般锐利的眼睛，
能看穿世上福祸人间沧桑。

巴图尔啊，你勇敢无双，
用宝剑戳穿了仇敌的胸膛，
利齿咬断了歹徒的喉腔。
家乡的父兄跟着你啊，
愿赴汤蹈火，战死疆场。

巴图尔啊，我们怀念你，
你是塔吉克人民的好后裔。
纵使歹徒砍掉我们的头颅，
留下一个人也绝不屈膝，
世世代代战斗不息。

又如表现塔吉克族人民生活苦难的民歌这样唱：

色勒库尔有座石城，
商旅来往在这儿歇停。
人们怨声载道啊，
可能传到胡大的圣宫？

（作品选自毛星主编：《中国少数民族文学（上）》，长沙，湖南人民出版社，1983）

柯尔克孜族的哭歌和怨歌内容十分丰富，诉说了人们生活中无尽的愁苦和哀怨，哭歌如《喀拉古力》、《农夫妻子的哭歌》、《工匠妻子的哭歌》等，怨歌如《牧工的怨歌》、《羊倌的怨歌》、《穷人的怨歌》、《孤儿的怨歌》、《姑娘的怨歌》、《单身汉的怨歌》、《寡妇的怨歌》、《小老婆的怨歌》等。其中《牧工的怨歌》是这样唱的：

从小放牧不离圈，
终年挨饿穿不暖。
白日奔跑夜不眠，
夏天酷热冬日寒。
财主口馋少爷懒，
他们把我当成铲。
他那堆堆金银宝，
全是我的血和汗。
累累差役做不完，
松一口气难上难。
对于我们穷苦人，
有无乐园在人间?!

《年轻妻子的怨歌》是这样唱的：

年过六十的白发老人，
要伴我度过青春，
牲畜换去了我的终生，
父亲啊！你的心好狠！

驼背弯腰的新郎，
我是为他来送殡；
牙齿都老掉了，
我陪伴的是快死的人。

自己的命运自己做不了主，
牲畜决定了我的命运。
狠心的父亲啊！
难道女儿不是你的亲人?

真主啊，为什么把我造化成人？
为什么女人有这样的命运？
我诅咒狠心的父亲，
让你死净马群！
……
葬送女儿青春的人，
永远交不上好运；
出卖女儿的父亲，
没有一点仁慈的心。

我守的是冰冷的一根木头，
教我怎么能不悲伤忧愁。

柯尔克孜族人民中也流传着抗击侵略者的民歌，如抗日战争时期的《游击队颂》热情歌颂了抗战英雄：

鬼子在咆哮，
到处逞凶暴。
兄弟在受难，
祖国在燃烧。

太阳蒙黑沙，
乌云在缠绕。
儿女在呻吟，
大地在号啕。

鬼子想吞掉，
江山的珍宝。
别再做美梦，
处处有暗礁。

战斗在前线，
游击队虎豹。
你们有后盾——
天山的同胞。

吓不倒我们，
鬼子的枪炮。
总会有一天，
把他们赶跑。

游击队英雄，
向你们问好。
柯尔克孜人，
为你们自豪。

游击队雄狮，
英勇把敌歼。
我们送去了，
玛纳斯的剑。

新中国成立后，柯尔克孜族人民，利用传统民歌的形式，创作了大量反映新生活的新民歌，格调清新明朗，例如《美丽的牧场》：

在美丽的夏季牧场，
甜甜的泉水流过毡房，
鲜艳的花儿丛丛开放，
喷香的牧草沁心房。

牧人欢乐地引吭高歌，
山谷传来清脆的鞭响，
鸟儿在天空飞翔，
草地上走动着肥壮的牛羊。

过去这里是干枯的荒原，
没有炊烟、没有牛羊，
荒凉干枯的山坡上，
野鸡狐狸嬉戏游逛。

自从来了共产党，
荒凉野岭变美丽的牧场，
我的毡房就在这里，

人畜兴旺，到处一片新气象。

（作品选自毛星主编：《中国少数民族文学（上）》，长沙，湖南人民出版社，1983）

俄罗斯族勤劳勇敢、能歌善舞，民间文学绚丽多彩，民歌的风格也多样，有一首哀婉而深情的民歌，描写了身负重伤的士兵在弥留前嘱托他的战马奔向家园，给垂暮的爹娘带去他战死的噩耗：

群山上燃烧着熊熊战火，
山岗下仰卧着身负重伤的士兵。
他的双目掩盖着一幅
绯红色的中国花布巾，
躺在战马的铁蹄旁。
啊，我的铁青马，
快快奔向我的家园，
把噩耗来传！
爸爸出门解鞍韂，
妈妈出门问征骡，
我的儿子在何方？

你的儿子结了婚，
找到自己心爱人，
在荒凉的原野上，
土丘里面去安身。
亲爱的老妈妈，
你抓上一把黄沙，
把它种在石山上，
每天早起去浇灌。
唉，黄沙仍旧是黄沙
永远不萌芽。
黄砂仍旧是黄沙，
永远不开花。

在全世界您再也找不到它！

（作品选自毛星主编：《中国少数民族文学（上）》，长沙，湖南人民出版社，1983）

由于社会和风习的原因，过去德昂族、彝族和景颇族的孤儿很多，德昂族的孤儿歌对他们的痛苦作了高度的概括：

我像一棵稗子，
长在稻苗中间。
我好像一块缺水的山地，
谁也不来看一眼。
我像一棵烟叶，
长在草棵里面。
我像一棵幼小的独树，
长在石多土少的荒山。
别人的各机花，
一团一团地开得非常好看，
我开的各机花只是独个的一朵，
被茅草遮着谁也看不见。

（作品选自毛星主编：《中国少数民族文学（下）》，长沙，湖南人民出版社，1983）

（五）仪式歌

仪式歌，是一种伴随民间生活仪式和祀典仪式所唱的歌，这种民歌常伴有一定的祈祷目的，如祈年、禳灾、告祖、求福等。仪式歌在我国各少数民族中的流传相当普遍，一些仪式歌带有浓厚的原始宗教色彩，有的劳动歌又往往和仪式歌相联系。在各民族仪式歌中，最丰富的是婚礼歌和丧葬歌。根据仪式歌的内容和应用情况，这类民歌又可划分为诀术歌、祀典歌、礼俗歌。

诀术歌是一种被认为具有法术作用的民间歌诀，民间信仰中的神职人员从事巫术活动时所唱的歌以及民间咒语、去病禳灾的歌诀等都属于诀术歌。

我国北方游牧民族曾经很长一段时间信仰萨满教。萨满教信仰的基石是万物有灵论，相信苍天有灵，山石有灵，动植物有灵，人亦有灵，人死后灵魂犹存。萨满在主持仪式、治病时唱的请神歌、祈福祛灾歌以及咒语歌均属诀术歌。例如，《萨满舞春》是锡伯族流传到今天的最古老的民歌，通常由巫师在跳神时唱。“萨满”是跳神作法的巫师，“舞春”是锡伯语“歌”的意思。萨满教是锡伯人信仰过的原始宗教。“萨满舞春”种类很多，有斗鬼的《阿尔坦库里》，有驱赶瘟疫的《吾亚喇厄爷》等。其中有一首的歌词是：

三间屋子平地盖，
坐在屋中绣花蕾。
是恶魔撒下了病疫，
何故躺倒起不来？

五间屋子平地盖，
坐在屋中织锦块。
是那病魔来巡行，
何故躺倒起不来？

既然来了就接下，
接下以后再斗它。
要它缩回山背后，
要它远离我们的家。

《萨满舞春》的特点是，每一种舞春都有其特定的副歌。正歌由一个人独唱，每唱完一段，由众人合唱副歌来呼应。如驱赶瘟疫的《吾亚喇厄爷》的副歌是这样的：

吾亚喇厄爷，
霍哟罗厄爷。
吾亚尔哪哒厄爷，
霍哟罗厄爷。

（作品选自毛星主编：《中国少数民族文学（上）》，长沙，湖南人民出版社，1983）

古代柯尔克孜族萨满作法前，在毡房的天窗上栓一根毛绳，自己作法时握住毛绳的一端前后悠荡，模仿天鹅飞翔的姿势，同时唱道：

在那白净净苍天的那边，
在那白悠悠云彩的上边，

在那蓝湛湛苍天的那边，
在那蓝蓝的云彩的上边，
升腾、飞翔、升腾，我的翅膀！

（作品选自张彦平、郎樱编：《柯尔克孜族民间文学概览》，新疆克孜勒苏柯尔克孜文出版社，1992）

祀典歌是在比较重大的祭祀庆典上吟诵或歌唱的，如祭祀祖先、祭祀土地神、山神、猎神、火神或其他各种鬼、神的民歌。此外，与节令、祝庆活动有关的民歌在渊源上和古代信仰及相关仪式有密切关系，因此也可归入这一类。祀典歌通常具有较强的祈祷性质，一般比较庄重。例如，拉祜族举行各种祭祀仪式活动时的“叫魂歌”，佤族的“祭神歌”等。过去，布朗族在农业生产的每个环节都要举行庄重的祭祀，向神灵祈祷。他们在选定要开垦的土地之后，由专人口诵“好日子，谷丰收”，举行“叫魂”仪式。开地之前，全村寨举行祭祀氏族神的仪式，由专人祈祷：

召王、召千啊，
请接受我们的诚心。
我们要开地了，
请保佑我们，
不被虎咬着，
不被刀砍着！

各户在开地之前还要祭祀村社之神：

我们是召王、召千的奴隶，
为吃饭来这里开地。
召王、召千给了我们种地的权利，
大鬼、小鬼请搬到别的地方去！
代洼么、代洼那哟，
我们砍不倒的树请帮我们掀倒，
我们烧不透的地请帮我们烧透；
如果火烧过界，
请在地边帮我们扑灭火头。
我们期待着啊，

期待着少种多收。

（作品选自毛星主编：《中国少数民族文学（下）》，长沙，湖南人民出版社，1983）

怒族民歌《猎人之歌》是人们在捕获猎物后祭兽神时唱的，人们甚至以引诱的口吻歌唱，想借此引来更多的猎物：

我们勇敢地和你搏斗，
我们英勇地跟你打仗，
如今我们胜利了，
终于获得了你们。

我们还嫌不够，
还需要更多的猎物，
今天特地为你祭祀，
要你再带你的伙伴，
都给我们带来吧！
都给我们领来吧；
不要到别处去，
要到我们这里来。

我们这地方很好玩，
我们的土地很美丽，
这里有多年的老酒，
这里有刚生下的鸡蛋，
有鲜艳夺目的花朵，
有漂亮好看的树木，
来吧！
我们等候着你们，
我们欢迎着你们，
在山里相遇，
在箐里相见。

（作品选自毛星主编：《中国少数民族文学（下）》，长沙，湖南人民出版社，1983）

哈尼族的祀典歌内容很广泛，涉及节日、祭祀、婚礼、丧葬等，有的和劳动相伴随，并且富有浓厚的生活情趣，撒棉花种时是这样唱的：

献上一只鸡，
献上一只鸭，
摘来一把红花，
摘来一把白花，
七十多岁的老人把种子抓一把，
朝着两把花上撒，
撒下去的种子啊，
要像花一样发。

在每年六七月间谷子打苞时，凡遇到下大雨，哈尼就要去河边叫谷魂，目的是祈求丰年。叫谷魂时，一路上要献好几次饭，一直叫到家。叫到寨门时，要拦起拴着鸡拐鸡腿的草索献饭，献好后唱《叫谷魂的歌》：

谷子叫到寨子了，
我们给你献饭啦，
这根草索不是要拦人，
也不是要拦鸡鸭；
我们拦的是虎豹和豺狼，
是拦那些吃人的野物呀，
是拦那些吃牲口的野物呀，
是拦那些害谷子的野物呀。
我们叫来的谷子啊，
你赶快进来吧。
吃人害命的东西，
拦住不准放进它！

（作品选自毛星主编：《中国少数民族文学（下）》，长沙，湖南人民出版社，1983）

台湾阿美人的一首《祭海神》的歌里唱道：

我们准备的菜肴丰盛，
要去迎接尊贵的海神，

阿吉卡贝德呀，
你在百忙中来到人间，
我们感谢你的神圣。

我们预备的菜肴丰盛，
我们的朋友赛宁是真神，
人神结为朋友最真诚。

我们划舟在海浪间，
保护我们的是真神，
收下我们的祭物回你的殿，
不用在这里苦等，
你是我们的海神。

（作品选自王甲辉、过伟主编：《台湾民间文学》，上海，上海文艺出版社，2005）

随着历史的变迁，一些宗教活动逐渐演变成为世俗性的以娱乐活动为主的传统民间节日，因而这类民歌也随着人类经济的发展、神灵信仰的变化，逐渐失去了宗教信仰的内核。

礼俗歌是在民间流行最广的民歌，如婚礼歌、出嫁歌、丧歌、命名歌、祝寿歌、起屋上梁歌、礼宾待客歌以及其他各种同民间礼仪相关的歌，相当多的礼俗歌带有祝颂的性质。

婚礼歌伴随婚礼仪式出现，很多少数民族的婚礼都有一套完整的仪式，每一道婚礼仪式都有相应的民歌。哈萨克族的婚礼歌内容十分丰富，有婚礼序歌、哭嫁歌、揭面纱歌之分。婚礼序歌相当于婚礼的开幕词，一般在娶亲、嫁女的晚上唱，内容多为贺喜和夸耀新郎新娘。哭嫁歌是姑娘出嫁时，与父母、兄弟等亲人告别的歌，多为姑娘走出毡房时，抱着亲人独唱。揭面纱歌是新娘来到公婆家的晚上，被揭开面纱时所唱的歌。这个歌由一位熟知风俗礼仪、善歌的年龄不是很大男子，手拿一根栓有红布的鞭子或木棒，对着姑娘的面纱摇晃着唱。歌词内容为介绍新郎家的情况、特有的生活习惯，并对宾客介绍新娘的美貌和手艺等。如其中的《揭面纱仪式歌》：

（一）开场白歌

百花齐放，

多么芳香，
百灵歌唱，
多么欢畅，
新娘子来啦，
你是多么漂亮！
美丽动人的新娘哟，
你引我开怀歌唱。
快把门敞开，
香甜的“夏什吾”为你撒下吉祥。

打开门啊！
撒下“夏什吾”，
揭开新娘的面纱，
别吵闹，静悄悄。
啊唔！
驳斯门拉，揭面纱！
一切妖魔被驱尽。
大家听我唱歌啦，
歌似潮水漫山洼，
欢欢喜喜心花放，
我给新娘揭面纱。

（二）揭面纱歌

啊唔！
新娘子来了，多神气，
看她那如月的美容！
美丽的新娘子来到这里，
人们就不会感到寂寞孤独。
新娘来了大家瞧，
见面礼物准备好，
给多给少不嫌弃，
说说笑笑图热闹，

先向乡亲们行礼。
以后见到了长辈，
要深施礼慢慢行，
你的公婆受过苦，
对待他们要孝敬。
别为小事乱喳喳，
不要见人就吵架，
做事就要做到底，
不要到处留尾巴，
给你公婆行个礼。

美丽的新娘我们欢迎你，
欢迎你的光临，
祝福你的幸福。
请告你的芳名。
（这时，陪伴新娘的嫂子说出新娘的名字）
愿你和新郎亲密相处，白头到老，
愿你孝敬公婆，
尊敬兄长，
爱护弟妹，
和四邻和睦相处。

这是你的家，
今后你就是这个家的主妇，
这个家的好坏你有一份责任。
要勤俭持家，热情待客，
勿讲闲言碎语招惹是非，
勿轻率行动失去理智，
要做一个贤妻良母，
尊老爱幼的好媳妇。
……

（作品选自新疆维吾尔自治区编辑组：《巴里坤哈萨克族风俗习惯》，乌鲁木齐，新疆人民出版社，1986）

柯尔克孜族的《新娘的歌》表达了新娘在婚礼上对乡亲们的敬意：

从娘家来到这陌生的村落，
我心慌意乱忐忑不安。
假若我言行有什么不检点，
众乡亲千万莫记在心间。

感谢你们参加我的婚礼
感谢你们对我的称赞。
我的容颜并非那么美貌，
我的心却像金子一般。
我的毡房在乡亲们毡房中间，
少不了给乡亲们增添麻烦；
为了我们和睦相处亲密无间，
这碗见面酒请众乡亲赏脸。

（作品选自新疆维吾尔自治区编辑组：《柯尔克孜族风俗习惯》，乌鲁木齐，新疆人民出版社，1986）

丧葬歌也是礼俗歌的一种，在各少数民族中都有流传。它是随丧葬仪式所唱的歌，大都叙述死者的功德，超度亡灵或乞求死者保护后世子孙的安宁。比如，在云南德宏地区的傣族中，当老人停止呼吸时，要请寨子里有威望的老人或死者的长子长孙，一面把葫芦里的净水倒在地上，一面吟唱悼念死者的《滴水歌》；对死者敬献供品时唱《敬供歌》；死者出葬时，女儿们要唱《哭丧调》；之后还要唱《送别歌》和《献花歌》等。

二、儿歌

我国各少数民族中广泛流传着许多符合儿童年龄特点、智力水平、心理特征、欣赏趣味和富于幻想性的一种口头短歌（即儿歌），它的目的有的是启发儿童的智力，增加儿童的知识，传授简单的生活和生产经验；有的是教育儿童分辨是非善恶，培养高尚的道德情操，使儿童健康成长；有的是为了对儿童进行语言训练或者是伴随游戏而作的歌谣。

儿歌的内容很广泛，种类繁多，各民族对儿歌的分类也各不相同。儿歌的形式则一般都比较短小，语言适合小儿的说话发音习惯，并且节奏鲜明，朗朗上口，易念易记易传，常见的表现手法有拟人、反复、重叠、对答、比喻、夸张、联想等，风格朴素自然，被人们誉为“天籁”，有其特殊韵味和美感。

（一）摇篮曲

摇篮曲又称催眠曲、抚育歌、母歌等，是母亲、祖母、外婆等长辈唱给婴幼儿的歌谣，一般是拍着小孩轻声吟唱，渐渐把孩子哄入梦乡。这类儿歌曲调优美、节奏舒缓、用词亲切。虽然孩子还小，并不能理解歌词的含义，但它和谐的声调，优美的旋律，饱含情感的吟唱都能予以婴幼儿朦胧的情感熏陶。摇篮曲是人一生中最早接触的文学形式。

黎族的摇篮曲，带着温情、母爱、知识与传奇，从黎族母亲口中哼出来，成为黎族民歌重要的一支。黎族的摇篮曲名目有《慰儿歌》、《催眠曲》、《摇儿曲》等，同时还分“男孩歌”、“女孩歌”两种，既有短小的，又有篇幅较长的。如《慰儿歌》：

静静吧宝贝，
莫哭你自玩。
坐在门前，
玩在室边。
爸犁田嗅，
妈去插禾秧。
肚饿等妈归，
给你野果尝。

《催眠歌》：

睡吧好宝贝，
睡好妈出田，
睡熟爸出园。
采回朗罗果，
采回戈牟果，
采回罗连果。

（作品选自毛星主编：《中国少数民族文学（中）》，长沙，湖南人民出版社，1983）

布朗族的儿歌则活泼有趣，如一首摇篮曲唱道：

嗯……嗯，
阿厄厄厄……给鸡活着，
叫鸟死掉，
蚂蚱在叫，
它没死，
鸟死啦。
你也同小鸟一样安睡吧。
睡好！
睡好！

（作品选自毛星主编：《中国少数民族文学（下）》，长沙，湖南人民出版社，1983）

塔塔尔族的母亲把宝宝昵称为“水獭”、“星星”，有这样一首摇篮曲：

睡吧，睡吧，我的水獭，
合上眼吧，合上眼吧，我的星星，
晚上睡得甜蜜蜜，
白天玩耍乐融融。
哈萨克族的摇篮曲：
摇摇你啊，摇你睡，
摇着让你睡得美。
望你撒下麦种长出来——
麦秆有毡房的“巴汗”长，
麦穗有骆驼的腿骨粗，
麦粒有木碗大，
望你成为一个好农家。

摇摇你啊，摇你睡，
摇着让你睡得美。
望你放牧的马群里，
多出几匹新娘骑的走马，
多出几匹英雄乘的骏马，
多出几匹大风追不到的快马，

望你成为一名牧马姑娘。

摇摇你啊，摇你睡，
摇着让你睡得美。
我的巴郎，
我盼你多少天啊，多少年！
可你的爸爸是个穷光蛋，
连个大布衬衣都没有一件。

（作品选自新疆维吾尔自治区编辑组：《巴里坤哈萨克风俗习惯》，乌鲁木齐，新疆人民出版社，1986）

柯尔克孜族摇篮曲：

阿勒德依，阿勒德依！
我的宝宝白又白，
睡到白白的摇床上。
我的宝宝胖又胖，
圆圆的脸蛋赛月亮。

阿勒德依，阿勒德依！
我的宝宝不要哭，
莫使妈妈太辛苦。
等你阿大转回家，
给你杀只大羊羔，
肥肥的尾巴冒着油，
妈妈的宝宝吃个饱。
阿勒德依，阿勒德依！
我的宝宝不要哭，
莫使妈妈太犯愁。
妈妈出门遇喜事，
妈妈把奶带回来。
爸爸出门赴婚礼，
爸爸把肉捎回来。

阿勒德依，阿勒德依！

我的宝宝快长大，
妈妈心里乐开了花。
爸爸盼你当“巴图”（意即英雄），
妈妈愿你成猎手，
乡亲们盼你快快长，
长大赛过玛纳斯。

阿勒德依，阿勒德依！
我的宝宝白又白，
睡到白白的摇篮上。
我的宝宝胖又胖，
圆圆的脸蛋赛月亮。

（作品选自新疆维吾尔自治区编辑组：《柯尔克孜族风俗习惯》，乌鲁木齐，新疆人民出版社，1986）

（二）游戏歌

游戏歌是儿童做游戏时所唱的歌谣，内容和节奏配合游戏的动作和过程。孩子们经常做游戏，如踢毽子、拍皮球、跳绳、捉迷藏、追逐等，他们一边游戏，一边唱着与游戏相配合的歌谣，可以协调行动，增加趣味。下面是一首京族孩子在海边玩耍时唱的歌：

跑下水，去玩耍，
我们大家把螺抓，
螺儿甜，螺儿大，
装满螺筐带回家。

（作品选自张永东等：《京族民间文学》，《中国民族民间文学》，北京，中央民族学院出版社，1987）

鄂伦春族儿童游戏时唱的歌欢快、愉悦，如下面这首儿歌《小朋友》：

小朋友，
小朋友，
上树林里去赛爬树；
上草原赛马去；
上河滩赛跑去。

小朋友，
小朋友，
上河边赛打水漂去；
上河里赛游泳去；
上深山里去比赛打灰鼠子。
小朋友，
小朋友，
上草地比赛跳舞去；
上高山去比赛唱歌，
看看谁能得第一。

（作品选自毛星主编：《中国少数民族文学（中）》，长沙，湖南人民出版社，1983）

在佤族地区，每逢月白风清的夜晚，全寨子的孩子们便聚集广场唱歌、跳舞和游戏，唱着《月亮歌》：

小朋友们啊，
月亮亮了！
月亮光，
白又亮，
是我们跳舞的好时光，
让我们热热闹闹地跳和唱。
我们的新月亮，
新月照得亮堂堂，
是我们打扮的好时光，
让我们和月亮比漂亮。

布朗儿歌是游戏的组成部分，有的儿歌未必都有特定的意义，多以趣味性取胜。你看，一群小女孩在竹楼下、草坪上，围成圆圈，用脚互相勾着，拍手唱《格扎贺》：

天下雨，
出竹笋。
芭蕉黄，
雨冲墙。

傣族娃娃穿长裙，
布朗娃娃穿短裙。
傣族妈妈把鱼幹，
布朗妈妈抱大树。
龙巴囡囡，
龙巴囡囡。

（作品选自毛星主编：《中国少数民族文学（下）》，长沙，湖南人民出版社，1983）

这类歌，也在过傣历年荡秋千时唱。

傈僳族人民热爱唱歌，他们说："盐巴，不吃不行；歌，不唱不得。"一个四五岁的儿童，往往会唱很多天真无邪的儿歌，流传最广泛的儿歌有《弯弯歌》、《盘歌》、《除害谣》、《荡秋千》、《秋千歌》等。如《荡秋千》和《秋千歌》就是过年玩秋千时所唱的儿歌：

来玩秋千呵，
来荡秋千！
来荡秋千呵，
来玩秋千！
阿爸算年十二月，
阿妈数日三十天；
算年算到了，
数日数满了。
过年日期到了，
过节时候到了。
玩秋千时候到了，
荡秋千日子到了。
来玩秋千呵！
来荡秋千！

（作品选自毛星主编：《中国少数民族文学（下）》，长沙，湖南人民出版社，1983）

我国各少数民族的儿歌内容丰富，形式多样，如傈僳族的《除害谣》表达对劳动和劳动果实的热爱：

江边种着瓜，
老鼠夜夜咬；
鼠架支起来，
老鼠夹死了。

山坡种包谷，
老鸦日日啄；
弩弓抬出来，
老鸦射死了。

佤族儿歌《不要让坏人进寨子》是传授知识的：

……谷地里的野草，
不要让它生长在田地里。
如果生长在田地里，
就赶快把它铲掉。
……不要让坏人到寨里来，
如果到我们寨里来，
我们大家要想办法，
把它消灭掉。
我们都是好人，
我们做的都是好事。
我们都是穷人，
我们要互相团结，
互助友爱。

有的傈僳族儿歌一问一答，层层深入，一直到结尾，可以训练孩子的思维和语言，如《盘歌》这样唱道：

昨夜小狗汪汪叫，
狗叫来什么人？
狗叫是我爷爷来。
爷爷来做什么？
爷爷来借奔窝锛。
借窝锛做什么？
……

第五章　开拓者恢弘磅礴的呐喊

——中国少数民族史诗

第一节　史　诗

史诗，是我国少数民族文学中特有的门类之一，在各少数民族的口头创作中，占有重要的位置。而在汉族民间文学作品中，至今尚未发现称得上史诗的作品。我国各少数民族的史诗，以它绚丽多彩的作品，创造了独特的艺术画廊，丰富了中华民族文学艺术的宝库，填补了中国文学史上史诗的空白，同时也奠定了自己在中国文学史上的地位。

史诗是民间文学中叙事长诗的一种，是规模比较宏大、具有综合性特点的古老作品。它用诗的语言表现了波澜壮阔的社会生活，记叙了各民族关于天地形成、人类起源以及民族迁徙、民族战争和民族英雄的光辉业绩等重大事件。它往往跨越时间和空间的界限，成为一个民族历史、政治、经济、文化和社会生活知识的总汇，所以某一民族的史诗，常常被认为是这一民族的“百科全书”和“形象化的历史”。

史诗与一般叙事长诗不同的是，它出现在人类历史的特定时期，因此在人类文化史上具有划时代的意义。史诗在各民族群体当中被当作一种神圣的叙事，从古到今，一代一代用口耳相传的方式传承下来，不同民族和群体用史诗传诵着与本民族和群体命运紧密相关的历史事件。史诗在欣赏和传承它的民族和群体中不仅仅是一种古老的文学样式，而且还是他们标示民族和群体文化认同的最重要的方式。

解放后，各少数民族的史诗被陆续发掘、整理出来，成为我们民族文化宝库中灿烂夺目的明珠。在我国许多少数民族中，都产生过并长期流传着创世史诗、英雄史诗和迁徙史诗。在北方少数民族中，流传着几百部英雄史诗，特别是古代的游牧民族，尤以英雄史诗见长，号称中国三大英雄史诗的藏族的《格萨尔王传》、蒙古族的《江格尔》、柯尔克孜族的《玛纳斯》都早已被列入世界著名史诗之林，均堪称是举世闻名的世界性优秀长篇史诗。蒙古族的长、中、短篇英雄史诗，更是多达数十部，如《智勇王子希热图》、《红色勇士谷诺干》等。维吾尔族的《乌古斯传》、《艾米尔古尔乌古里》，哈萨克族的《阿勒帕米斯》、《阔布兰德》、《康巴尔》、《英雄塔尔根》、《阿尔卡勒克》，柯尔克孜族的《考交加什》、《库尔曼别克》、《艾尔塔毕勒迪》、《英雄托什吐克》、《阿勒帕玛沙》，赫哲族的《满都莫日根》、《安徒莫日根》、《松香德都》、《希尔达日莫日根》、《爱珠力莫日根》，鄂伦春族的“摩苏昆”英雄复仇故事《英雄格帕欠》等也都是比较有代表性的英雄史诗。南方民族中也有此类史诗，如傣族的《厘俸》、《兰嘎西贺》和《粘响》，彝族的《哈依迭古》、《阿鲁举热》和《戈阿楼》，纳西族的《黑白之战》和《哈斯争战》，普米族的《金锦祖》和《支萨·甲布》，羌族的《羌戈大战》及傈僳族的《古战歌》等。但是，在南方各少数民族中，则以创世史诗居多，大多数民族都有自己的创世史诗。如：彝族的《梅葛》、《阿细的先基》、《查姆》、《阿黑西尼摩》、《尼苏夺吉》、《尼迷诗》，哈尼族的《奥色密色》、《窝果策尼果》、《族源歌》、《十二奴局》，苗族的《苗族古歌》、《创世歌》，白族的《人类和万物的来源》、《创世纪》，纳西族的《创世纪》，布依族的《古歌》，佤族的《西岗里》，拉祜族的《牡帕密帕》，景颇族的《穆瑙斋瓦》，独龙族的《创世纪》，苦聪人的《创世歌》等。此外，在壮、瑶、侗、土家、傣、傈僳、阿昌、普米等少数民族中，也都已发掘出创世史诗。各少数民族的迁徙史诗也被陆续发掘出来，如哈尼族的《哈尼阿培聪坡坡》、《雅尼雅嘎赞嘎》，苗族的《苗族祖先过江记》等。

我国各少数民族的史诗内容丰富，气势恢宏，在漫长的传承过程中，融进了大量民间神话、传说、故事、歌谣和谚语等，是一个民族社会生产生活、宗教信仰、风俗习惯和历史文化知识的一种特殊总汇。它经过长期的积累，深深积淀于民族的精神文化宝库之中，是千百年来各民族自尊、自信、自爱、自强意识的重要源泉，对于一个民族文化传统的形成和发展产生过巨大的影响。它不愧为文学艺术宝库中的瑰宝，是各少数民族文化遗产中的精品，是各民族先民思想智慧的结晶。

第二节　各少数民族的史诗

一、创世史诗

创世史诗，有的也称为“原始性史诗”或“神话史诗”。它是以幻想的艺术形式，以解释天地开辟、万物创造及人类起源等为主要内容的长篇叙事诗，这是一个民族最早集体创作的长篇韵文作品。

创世史诗不但永远留下了这个民族在社会发展的最初阶段的生活图景，永远留下了这个民族在它的童年时期对宇宙万物、人类社会的种种解释和看法，而且也往往以它提供的美妙的神话、丰富的想象、富有特色而引人入胜的故事、生动朴实的诗歌语言，显示着这个民族在艺术创作上的智慧和才能。

创世史诗的主要情节一般由三部分组成：自然万物的创造，人类或民族的起源与文化发明，民族历史大事。如《苗族古歌》共八千余行，分为四个部分。第一部《开天辟地》讲述天地日月、山川河流的形成过程，由男性巨人神集体创造世界。第二部《枫木歌》讲述物种起源和人类起源，从枫树生出来的“蝴蝶妈妈”与水上的泡沫结合，生了十二个蛋，这些蛋又孵化为人、神和动物。第三部《洪水滔天歌》讲述世界遭受洪灾，濒临毁灭，兄妹结婚再造人类的故事。第四部《跋山涉水歌》讲述原住我国东部的苗族祖先向西（贵州）迁徙的过程。

（一）《梅葛》

《梅葛》是彝族的一部长篇创世史诗，广泛流传在云南省楚雄彝族自治州姚安、大姚、禄丰等地的彝族人民中。全诗共分为四大部分：“创世”、“造物”、“婚事和恋歌”、“丧葬”。《梅葛》反映了彝族人民在远古时代的世界观和对事物的丰富想象，反映了彝族人民的生产和生活的变化过程，反映了奴隶社会和封建社会时期彝族人民的贫困生活，以及恋爱、婚姻、丧事、怀亲等习俗，同时，也反映了历史上彝族人民与其他兄弟民族在经济、文化上的亲密关系。史诗《梅葛》概括了彝族人民生活历史发展的轮廓，它既是文学，也是历史，它既使我们增加了许多历史的、民族的知识，也帮助我们欣赏到民间文学质朴的内在美。无论从科学的意义或是美学的意义来说，它都具有很大的价值。

“梅葛”一词是彝语的译音，它本来是一种调子的名称。因为彝族的创世史诗是用“梅葛”这种调子唱的，并借“梅葛”调流传，所以人们就把这部创世史诗称为《梅葛》。全诗的每一部分是由许多篇组成，每一篇又可以独立存在，它虽不是一个完整的从头至尾贯通的故事，但是它的每一个篇章却又是史诗的不可分割的组成部分。

《梅葛》没有文字记载，千百年来，完全是靠彝族人民口耳相传保存下来，在漫长的流传岁月中，得到了人民的不断加工和润色，使它在内容和艺术上变得更加完美。彝族人民非常喜爱《梅葛》，他们把它看成是彝家的“根谱”，在彝族口头创作中享有崇高的地位，逢年过节都要唱几天几夜，并把会唱《梅葛》的朵觋（巫师）和歌手尊为最有学问的人。

《梅葛》全诗五千七百余行，构成了一幅幅追溯历史、赞美祖先的业绩、总结劳动经验、记叙古代习俗的绚丽画卷，反映了彝族早期漫长的历史发展过程，包含了极为丰富的内容。

《梅葛》的第一部“创世”是这部史诗最古老的内容，它是由天地开辟、人类起源及洪水泛滥等神话组成的。天地是如何形成的？史诗是这样讲的：在远古的时候，没有天也没有地。谁来造天造地呢？格滋天神放下九个金果，变成了造天的儿子。天神放下七个银果，变成造地的姑娘。这些造天造地的儿子和姑娘，以彩云、青苔作衣裳，以露水、泥巴当食粮，经过千辛万苦，终于造出了天地。可是，天还在摆，地还在摇，还得撑天撑地。格滋天神又让他们去捉公鱼、母鱼把地的四角撑起来，还让他们捉来老虎，将老虎的四根大骨作撑天柱，并用老虎的各个部分变成日月星辰、山川河流、飞禽走兽和花草树木。关于人类的起源，是史诗中最精彩的部分之一。史诗叙述，人是由格滋天神造的。“天上撒下三把雪，落地变成三代人。”第一把雪变成第一代的“独脚人”，他们只有一尺二寸长，要两人手搂脖子才能走路。他们吃泥沙，怕晒太阳。结果这代人被太阳晒死了。撒下的第二把雪变成第二代人，他们“没有水，没有火”，“吃的山林果，住的老山洞”，当天空出现九个太阳时，“这代人活不下去了，这代人也晒死了”。格滋天神用錾和锤，将九个太阳和月亮錾得只剩下一个太阳和月亮之后，又撒下第三把雪，变成第三代人。这一代人是“竖眼人”，两只眼睛朝上生。这时，格滋天神撒下了苦荞、谷子和麦子，天上的老龙还教人取火。可是“这代人的心不好”，他们“不耕田、不种地”，只“吃饭睡觉、睡觉吃饭”，于是，格滋天神决心发动洪水，将人种“换一换”。洪水泛滥时，除了学博若的好心的五儿子及其小妹妹之外，其余的人全被淹死。原来，这两兄妹是由于在洪水前得到天神的启示避入葫芦才得以幸存。洪水后，两兄妹在天神的撮合下，只得相配成一家。后来，妹妹在河尾捧水喝而怀孕，生下一只葫芦。当天神凿开葫芦后，从里边出来汉、傣、彝、傈僳、苗、藏、白、回等民族。

第二部“造物”几乎涉及原始社会末期人类生产活动的各个方面。“盖房子”叙述和赞美了建房的劳动过程：人们首先撒下树种、草种，待树和草长起来后用它来盖房子。房子盖好后，分别由“打柴打猎的人”、“擀毡子的人”、“放羊的人”、“放牛的人”来住，让各种兽类、鸟类来住。“狩猎和畜牧”描绘了一幅古代狩猎场面：“从山头到山脚，从河头到河尾，追过一山又一山，追过一林又一林，追到大河边。”人们喂养猎狗，并学会了搓麻索、织猎网，把牛“哄住了”、“拴回来”，找到了猪、羊，学会了怎样把它们放牧得肥壮。“农事”一节既是对彝族先民怎样进入原始农业生产的追忆，又描绘了一幅原始的刀耕火种农业生产图。史诗以带有幻想性的情节，叙述各种动物与人争着砍树烧地种庄稼。可是，“百兽砍不倒”、“百鸟砍不倒”，只有人才能将树砍倒。于是地王决定“人类盘庄稼”。史诗还叙述了人们如何发现并掌握了节令：“人来盘庄稼，要按节令盘。把年月日分出来，把四季分出来，才好盘庄稼。”人们是怎样来算年月日的呢？“房后有棵大松树，一年长一台，松树就是记年的。房前有棵棕榈树，一月发一匹，棕树就是记月的。地边有棵爬根草，一天发一匹，爬根草就是记日的。”人们还根据布谷、青蛙、知了、大雁的叫声，区分出了四季。“造工具”叙述了人们怎样发现、开采铁和铜，并用它来打制农具。“盐”和“蚕丝”描写人们怎样从放牧绵羊中发现了盐，从汉家姑娘那里学会了养蚕，制作丝线等等。

第三部“婚事和恋歌”直接记叙了彝族古代的婚姻习俗。如“相配”中唱的“样样东西都相配，地上的东西才不绝”，“白云嫁黑云，月亮嫁太阳；天嫁给地，男女相配，人间才成对”。“说亲”、“请客”、“抢棚”和“撒种”，生动而形象地描绘了彝族男女青年的结婚礼仪及过程。最先是男方到女方说亲，待女方同意后，男方请客娶亲。新娘即将进门时，男女青年边唱边跳，对新婚夫妻表示祝贺“左边转三转，接着右边转”，一直“打跳”（跳舞）到天明。次日清晨，则由男女青年模拟新郎新娘下地犁地撒种，考核双方的劳动本领。“芦笙”一节既叙述了葫芦笙及响篾的制作过程，又讲到妇女生育孩子的习俗。“安家”则描绘了一幅人们向往中的男耕女织的幸福生活图景。

第四部“丧葬”叙述了历史上彝族对死的解释及其祭祀习俗，展示了历史上彝族的原始宗教信仰及心理特点。

《梅葛》作为彝族文学史上出现最早的长篇叙事性作品，其艺术概括能力是令人十分赞叹的，我们选取其中的一些片段以供大家欣赏，如《开天辟地》中是这样唱的：

远古的时候没有天，
远古的时候没有地。
要造天啦！
要造地啦！
哪个来造天？
哪个来造地？

格滋天神要造天，
他放下九个金果，
变成九个儿子。
九个儿子中，
五个来造天：
一个叫阿赌，
一个叫庶颀，
一个叫贪闹，
一个叫颀连，
一个叫朵闹，
这是造天的儿子。

格滋天神要造地，
他放下七个银果，
变成七个姑娘。
七个姑娘中，
四个来造地：

一个叫扎则，
一个叫戳则，
一个叫慈则，
一个叫勤则，
这是造地的姑娘。

造天的儿子有啦！
造地的姑娘有啦！
造天的儿子没有衣裳穿，
拿云彩做衣裳；
造地的姑娘没有衣裳穿，
拿青苔做衣裳。

造天的儿子有啦！
造地的姑娘有啦！
造天的儿子没有粮吃，
拿露水当口粮；
造地的姑娘没有粮吃，
拿泥巴当口粮。
吃的有啦！
穿的有啦！

造天没有模子，
造地没有模子。
天像一把伞，
地像一座轿。
拿伞做造天的模子，
拿轿做造地的模子。
蜘蛛网做天的底子，
蕨菜根做地的底子。
……

《梅葛》第四部“丧葬”中是这样解释死亡的：

天王撒下活种子，
天王撒下死种子。
活的种子筛一角，
死的种子筛三筛。
活的种子撒一把，
死的种子撒三把。
死种撒出去，
会让的就能活在世上，
不会让的就会死亡。

六月七月间，
死种撒到白云上，
死种撒到黑云上，
白云黑云都会让。

……

死种撒到草头上，
草不会让，
草会死亡。
撒在地面草尖上，
地上的草会枯黄。

撒到芦苇上，
芦苇会枯死；
撒到山草上，
山草就会死；
撒到艾草上，
艾草会枯死；
撒到黄麻上，
黄麻就会死。

地上的草都撒遍，
地上的草都会死。

没有撒不到的草，
没有不会死的草。

死种撒到百兽头顶上，
百兽不会让，
百兽会死亡。

……

世人都会死，
一百岁的人会死，
三十多岁的人也会死，
几岁的人也会死，
生下地的娃娃也会死；
男人会死，
女人会死；
做大官的人会死，
做小吏的人也会死；
穷人会死，
发财的人也会死。
……

“丧葬”《怀亲》中关于父母去世后的祭祀有这样的内容：

……
江边两岸上，
松树长得直又密，
青冈树长得直又密。
找到松树林里，
找到青冈树林里，
山顶松树像我爹，
山顶青冈树像我妈。
松木砍回来，
青冈树砍回来，

松木刻成爹的像，
青冈木刻成妈的像。
后亲来点眼，
亲戚来点眼，
爹妈的像刻好了，
供在家堂上。
我爹回来了！
我妈回来了！

阿爹啊阿妈！
一月一节令，
每逢节令要祭你。

正月初一来祭你，
二月初八来祭你。
三月二十八，
四月栽种节，
五月端午节，
六月火把节，
七月十四，
八月中秋，
九月土黄天，
十月初十日，
冬月冬至节，
腊月二十五，
一月一节令，
月月逢节都祭你。
……

（作品节选自云南省少数民族古籍整理出版规划办公室编：《云南少数民族古典史诗全集（上卷）》，昆明，云南出版集团公司，云南教育出版社，2009）

（二）《西岗里》

佤族创世史诗《西岗里》又名《葫芦的传说》，反映了佤族人民对自然界的原始认识，并对宇宙和人类的起源作出了天真烂漫的解释，表现了佤族人民对幸福的追求和对美好生活的向往。史诗热情歌颂劳动创造世界、创造历史的力量，高度赞美人类通过辛勤劳动征服自然的精神，积极颂扬各民族间的真诚友谊和亲密无间的团结。史诗的表现手法和技巧也很新颖，从中也可获得许多美的享受。《西岗里》由《序歌》、《天边漂来一只小船》、《葫芦啊人类的家》、《关于谷子的传说》、《太阳和月亮》、《天空和彩云》、《夜空落下一颗星星》、《星星腿的故事》、《各民族是亲兄弟》、《花朵一样的文字》、《寨子和竹楼》、《阿佤的木鼓》、《远方飞来一只银鸟》等十三章组成。

在《天边漂来一只小船》和《葫芦啊人类的家》中这样叙述人类起源：在亿万年前的洪荒时代，海天相连，遥远的天边，漂来了一只小船，船上有个葫芦，还有头黄牛。小船漂了千万年，黄牛饿极了，把葫芦舔了又舔。葫芦终于被舔开了，葫芦籽落入大海，海水终于露出地面，形成了最高的山峰——西岗。后来，在西岗山上结了一个金光闪闪的大葫芦，百兽和百鸟中，只有勤劳机灵的小米雀找到葫芦眼，整整啄了九年，终于把葫芦啄开了，原来是人类在里面。史诗是这样描述的：

在很古很古的时候，
在很远很远的年代，
海水冲洗着星星，
浪花击打着蓝天。

遥远的天边，
漂来一只小船。
大海的中间，
有一叶孤舟。

颠簸啊颠簸，
船身是巨叶一片；
向前啊向前，
马鬃蛇用尾巴摆船。

船上有个葫芦，
葫芦金光闪闪；
船上有头黄牛，

黄牛多像风帆。

漂啊漂，
船儿漂了千万年；
划啊划，
船儿找寻绿草滩。

大海没有尽头，
海水没有深浅，
船儿像颗星星，
星星难落海岸。

黄牛渴了，
喝下湛蓝的海水；
黄牛饿了，
把葫芦舔了又舔。

舔啊舔，
葫芦更明亮；
舔啊舔，
金光映海面。

当葫芦被舔开的时候，
星星们开始眨眼，
葫芦籽落下大海，
海水中露出地面。

籽籽撒向大地，
籽籽飞上高山，
最高的山峰是西岗，
葫芦籽铺在西岗山。

当竹笋破土的时候，
葫芦苗钻出地面，
绿苗似翡翠，
苗苗长了九年。

当葫芦发叶的时候，
绿藤爬满山，
葫芦叶铺天盖地，
绿叶长了九年。

当鸟兽来到的时候，
大地挨着蓝天。
百兽探深谷，
百鸟飞高山。
它们寻找葫芦，
沿着蛛网般的藤蔓，
找遍座座高山，
整整找了九年。

找啊找，
花豹垂下尾巴；
找啊找，
箐鸡歇在深涧。

找啊找，
麻鸡收起翅膀；
找啊找，
老鼠往洞里钻。

只有美丽的孔雀，
展翅在蓝天深涧；
只有漂亮的孔雀，
真心找寻不畏难。

顺着青藤，
沿着绿蔓，
孔雀头被撞小，
有个葫芦大又圆。

金色的葫芦啊，

终于找到了你。
巨大的葫芦啊，
高山顶上的高山。

大地上有了葫芦，
肥沃的土地更好看。
葫芦生在西岗，
西岗山金光闪闪。

孔雀走遍深箐，
孔雀飞遍高山，
招来百鸟围着葫芦飞，
招来百兽绕着葫芦转。

大地敞怀笑开颜，
山山岭岭金灿灿。
星星从葫芦上滑落，
跌进深深的山涧。

百鸟为葫芦唱歌，
百兽伸出舌头舔，
神奇的怪物啊，
金色的疑团。

……

百鸟都来啄葫芦，
葫芦像山岩一样坚；
百兽都来抓葫芦，
一道爪印也不见。

勤劳的小米雀啊，
坚强不畏难；
机灵的小米雀啊，
找到葫芦眼。

小米雀喝饱了露水，
把小嘴磨尖；
小米雀扇动金翅膀，
啄开葫芦眼。

小米雀啄葫芦，
整整啄了九年。
葫芦开了洞，
洞口对蓝天。

百鸟飞来看，
是人类在里面；
百兽爬不上，
什么也看不见。

花豹蹲在洞口，
打着毒辣的算盘，
当人类跳下葫芦，
花豹猛扑上前……

小米雀心灵眼尖，
飞啄花豹的双眼，
花脸狗咬住尾巴，
花豹痛得打转转。

人从葫芦里出来，
把花豹撵进深山；
人从葫芦里出来，
站满了西岗山。

人类钻出葫芦，
百鸟是人类的朋友；
人类踏上大地，
百兽是人类的伙伴。

……

在《关于谷子的传说》中叙述了由小米雀引路，花脸狗作伴，佤族先民终于找到人类的食粮——谷子。史诗的描述充满了神奇的想象：

当人类吃葫芦叶的时候，
百草在大地上生长；
当人类吃芦苇根的时候，
百花在大地上开放。

葫芦叶吃光了，
芦苇根吃光了，
人类怎样生存?
招来鸟兽商量。

百鸟叽叽喳喳，
说不出个道理；
百兽长鸣吼叫，
讲不出个名堂。

小米雀啊小米雀，
朋友中的好朋友，
它愿意引路，
寻找人类的食粮。

花脸狗啊花脸狗，
伙伴中的好伙伴，
它愿意开路，
找寻富饶的地方。

人跟着花脸狗出发，
沿着小米雀飞去的方向。
鸟儿飞过九十九道深涧，
人越过九十九道山梁。

眼前有一个美丽的湖，
湖水清澈明亮，
是彩云歇脚的地方，

是星星洗澡的地方。

湖畔百草竞发，
湖畔鲜花开放，
小米雀找到谷子，
谷子睡在岩石旁。

人借来扇子鸟的口弦，
口弦发出迷人的声响，
谷子听也不听，
谷穗望也不望。

人借来云雀的银铃，
铃声清脆又响亮，
谷子听也不听，
谷穗望也不望。

人借来希洛鸟的芦笛，
笛音动人又悠扬，
谷子听也不听，
谷穗望也不望。

斑鸠送来葫芦笙，
美丽的芦笙闪金光，
有五根金竹管，
发十二种音响。

人吹葫芦笙，
咕哩咕哩多欢畅，
响彻了湖面，
震动了山冈。

金竹听了长一节，
花蕾听了起开放，
人类越吹越好听，
山泉停在湖水旁。

谷穗仰起头，
谷叶扇翅膀，
谷子跟人走，
搬家到远方。

花脸狗驮谷子，
小米雀放声唱，
山河都欢乐，
人类有食粮。

人类拔除杂草，
谷粒钻进土壤，
谷子怎么感谢呢？
谷穗越长越茁壮。

葫芦笙曲最动听，
人类美名传四方，
苞谷、甜荞、小红米……
都来为人献力量。

……

在《太阳和月亮》、《天空和彩云》、《夜空落下一颗星星》和《星星腿的故事》中，佤族先民以瑰丽的想象讲述了太阳和月亮、白天和黑夜、天空和彩云、江河和各种自然现象的来历，讲述了先民们如何开始计算日、月、年辰，如何分出了姓氏，如何有了火种的历史。关于天地的形成，史诗奇妙地解释说那是佤族祖先会种粮食以后，大家惊天动地舂新谷，“天空再也压不住群山，杵棒敲打它的筋骨，天空高高地升起，从此同大地分途”。史诗还对雷、雨、云、虹等自然现象的形成作了有趣的解释：天空舍不得大地，天空气嘟嘟，大雨是它的眼泪，雷鸣是它的愤怒……天空怒气不息，人类无法舂谷，人类向天空道歉，人类送去了礼物。金色的谷糠扬起……化成朵朵彩云，送给天空一件花衣服。五彩缤纷的彩虹，是镶在衣服上的花边，人类开拓了大地，人类打扮了蓝天。从此天空和人类和解，雷电听从人类的招呼；从此天空和人类合作，云雨滋润着大地上的万物。

接着史诗在《各民族是兄弟》和《花朵一样的文字》里生动地叙述人类逐渐繁殖增多，西岗山住不下，各兄弟民族只有分开居住，但又是那样的难舍难分：

人类有了火种，
大地无比宽广。
不能挤在西岗，
要分开过生活。

艾佤从葫芦里先出来，
佤族是大哥。
尼文跟着走出来，
景颇是二哥。
三木傣是老三，
傣族是三哥。
赛开排行第四，
汉族是四哥。

洛克缅是小弟弟，
拉祜族真快活，
天天吹着葫芦笙，
带着花脸狗和小雀。

兄弟们从葫芦里出来，
生活在一起多亲热，
一片谷子大家种，
一只花豹大家捉。

……

心像草排一样齐，
心像泉水一样清，
心像月亮一样亮，
心像太阳一样热。

如果不是人类众多，

如果不是大地广阔，
兄弟们舍不得离开，
各民族一定搭伙过。

终于到了最后分离的时候了：这是最难过的时刻，大哥为兄弟分籽种；这是最痛苦的时刻，二哥为兄弟分火种。三哥含泪分文字，文字要牢牢记住，今后各在一方，全靠文字联络。……佤族把文字画上牛皮，牛皮不怕风吹雨淋；景颇把文字画上麂皮，麂皮不怕挤压擦磨。傣族把文字画上贝叶，贝叶的花纹美丽不落；汉族把文字画上竹片，竹片上的花朵千载难脱；拉祜把文字画在大芒果上。各兄弟民族分开后，佤族还没有走出西岗，不慎将火种"落在干枯的茅草上，茅草燃起烈火"，将佤族的文字烧掉了。"阿佤扑向烈焰，浑身烧得精光；阿佤扑灭了火焰，蹲在烧焦的树桩旁。"……文字掉在哪里？知识丢在何方？牛皮啊，阿佤的宝中宝，牛皮已被烧得焦黄，那美丽得像花朵一样的文字消失了……不要把牛皮丢弃，吃了牛皮度饥荒，文字留在肚子里，知识记住心坎上。阿佤从此没有文字，阿佤不愿离开西岗，他们希望有一天，兄弟又回到身旁。

阿佤在西岗建寨、盖竹楼，阿佤在西岗努力摆脱苦难。终于迎来远方的一只银鸟，给阿佤驮回了从西岗走出去的亲兄弟，各族人民再度欢聚。"银鸟带来文字和希望，银鸟带来友谊和春光，银鸟带来团结和力量，银鸟带来欢乐和富强"，村村寨寨齐欢唱，人间有了新天堂。

关于阿佤的木鼓，史诗是这样叙述的：

姑娘是朵鲜花，
小伙子是棵金竹。
鲜花也有凋零的时候，
金竹也有弯曲的痛苦。

在天昏地暗的岁月，
小米雀的亮眼也会模糊；
在漆黑如夜的年代，
阿佤人也会走错道路。

那时候花草枯萎了，
山坡上露出黄土；

那时候鸟兽死去了，
饿死在深山峡谷。

树上没有鸟叫，
坡上没有五谷，
山泉不再欢腾，
泉水已经干枯。

相亲相爱的兄弟，
已经分了路。
花朵一样的文字，
已经吞下肚。

太阳啊，亲亲的三木洛，
你可听见阿佤在呼叫！
月亮啊，亲亲的娥并，
你可听见阿佤在痛哭！

他们祈求五谷，
砍掉自己的头颅，
他们含笑牺牲，
为了自己的民族。

他们立誓生存，
要找通天的巨树，
用巨树做成木鼓，
让木鼓把心里的话倾诉。

人人取片巨树皮，
统统把心交木鼓，
木鼓叙说心中话，
阿佤日夜敲木鼓。

木鼓声咚咚，
是阿佤向太阳和月亮高呼；
木鼓声咚咚，

是阿佤向大地和高山痛哭。

木鼓声咚咚，
是阿佤呼唤远方兄弟；
木鼓声咚咚，
是阿佤思念兄弟民族。

木鼓声咚咚，
是阿佤祈求丰收的五谷；
木鼓声咚咚，
是阿佤向往未来的幸福。

一朵花凋零了，
千万朵鲜花又盛开；
一根金竹弯曲了，
千万根金竹挺起来。

直到阿佤摆脱苦难，
直到阿佤迎来幸福，
那就敲碎木鼓吧，
让欢乐永远代替痛苦。

我们的树叶，
我们的达杜，
我们的树尖，
我们的祖先，
生活反反复复，
道路曲曲折折，
为友谊甘洒热血，
对仇敌拔刀相见。

他们年年岁岁成长在，
海角边上的深涧；
他们世世代代生活在，
天涯边上的高山。

大海对他们不屑一看，
大地对他们存有偏见，
他们要挣断毒藤，
他们要改地换天。

（作品节选自云南省少数民族古籍整理出版规划办公室编《云南少数民族古典史诗全集（中卷）》，昆明，云南出版集团公司，云南教育出版社，2009）

（三）《创世纪》

独龙族的创世史诗《创世纪》以“创世”过程为线索，不仅把短篇的、各自独立的神话贯串起来，而且熔神话、传说、歌谣、记事为一炉，曲折地反映了独龙族早期社会发展过程。《创世纪》为独龙族“根谱”，被视为“百科全书”。

独龙族创世史诗《创世纪》分为《人类的起源》、《人与鬼的斗争》、《洪水滔天》、《祭神的由来》、《娶媳妇》、《卡雀哇》等六个部分，共七百余行。

史诗第一部分从天地起源、天神造人唱起，接着讲述了人的死亡“那时的人不会死，一批一批冒出来，祖祖孙孙活一堆，就像蛇一样长生不老。后来还是死了一个人，所有的人都瞪大了眼，所有的人都围拢来……议论纷纷说：‘死去的人应该活转过来，就像蛇一样，蜕皮以后还会活。’四脚蛇也跑来议论：‘人死了还会有后代，死人应该用土埋。’”大家同意四脚蛇的意见，让四脚蛇背着死人去埋葬。从此，“人开始一代传一代，老的一辈死了，新的一代生出来。”史诗中关于天地的起源是这样描述的：

在很久很久以前，
见不到太阳，
也见不到月亮，
没有风，
也没有雨。
那个时候啊，
天和地是连在一起的。
九道土台垒成的梯，
拴住了天和地。

那个时候啊，
天上和地下，
人都可以自由走动。
那个时候啊，
天上和大地，
仅存一种人。

很久以前的有一天，
嘎姆朋上天造金银。
他踩着土台爬呀爬，
眼看就快到天边。
一只大蚂蚁拦在了路当中，
它冲着嘎姆朋说：
“嘎姆朋呀，
你看看我这两条腿，
又细又黑太难看，
你就给我一条美丽的腿箍吧。”
嘎姆朋不理不睬还嘴说：
“你这丑东西，
长得太难看，
给你腿箍也没用。”
大蚂蚁听了他的话，
气也不吭就走了。

当天夜里黑漆漆，
大蚂蚁招来许多小伙伴，
扒土的扒土，
抬土的抬土，
天梯全被咬断了。
只听轰隆一声响，
震得天地抖三抖，
土台倒塌了，

天梯折断了。
天往上飞呀飞，
升到了很高很高的地方；
地往下落呀落，
落到了很低很低的地方，
天地从此分开了。
正在天上的嘎姆朋，
没了上天的梯，
没有了下地的路，
再也无法回到地上了。
嘎姆朋呀，
从此变成了参菩朗（即天神）。

从此以后呀，
只要天神发怒，
人间就会灾祸横生。
从此以后呀，
人们不得不每年都来祭天神，
求他保佑大地上的人，
风调雨顺，
无病无灾。
史诗中关于天神造人是这样唱的：
在很久很久以前，
在很古很古的时候，
天上的大神嘎美和嘎莎，
来到了美丽的姆傣义，
来到了山清水秀的陇嘎。

他们坐在一块巨大的岩石上，
看不见劳动的人群，
听不到鸟雀的鸣叫。
地上没有生命，

地上死气沉沉。

两个天神呀，
闷得心里都发慌，
嘎美、嘎莎一商量，
决意造人种。
他们使劲地搓呀搓，
双手搓出好多稀泥巴；
他们使劲地揉呀揉，
又把泥巴揉成泥巴团。
他们使劲地捏呀捏，
又把泥巴团捏成了男人和女人。
他们使劲地捏呀捏，
又把泥巴团捏成了飞鸟和走兽。
……

（作品节选自云南省少数民族古籍整理出版规划办公室编《云南少数民族古典史诗全集（中卷）》，昆明，云南出版集团公司，云南教育出版社，2009）

史诗第二部分《人与鬼的斗争》反映了独龙族的原始宗教观念。史诗讲道：人多起来以后，鬼也很多。“人鬼混杂在一块，人鬼相互换换工。人的孩子鬼来养，鬼的孩子人来带。”可是，鬼却把人的孩子吃了。“鬼越来越多，人越来越少。”于是，人和鬼就分开来住。可是鬼仍旧在吃人，人就想方设法同鬼作斗争，巧妙地用毒汁把鬼的眼睛弄瞎，用树干将鬼的魂压死。

史诗第三部分《洪水滔天》与其他洪水神话不同的内容是对兄妹结婚后繁衍后代作了更为详尽的描写。兄妹成亲后，生了九对子女。在生子女的那天，兄妹俩在山上倒了九筒水，这九筒水流成了九条江。等子女长大后，父母叫九个子女射箭考本事。大哥和大姐一箭射中了，弟弟妹妹们一个也没有射中。于是，父母就让大哥和大姐住到察瓦隆江边，成了藏族；二哥和二姐住到怒江边，繁衍成怒族；三哥和三姐留在美丽的独龙河，成了独龙族。其他弟妹分别住到各条江边，成了各个民族。

《祭神的由来》讲述上天造金银的嘎姆朋在天地分开后在天上变成了天神，从此人间每年要祭一次天神。

《娶媳妇》是反映独龙族进入农业生产的神话，即天神嘎姆朋将女儿嫁到了人间，并送给他俩五谷种子，从此人间开始种庄稼。

《卡雀哇》讲述过年节时人兽同乐的情景：年节到了，大家杀猪宰鸡，煮好了米酒，一起唱歌跳舞。这时，“深山里的走兽来了，森林里的飞禽来了”，“菠萝鸟翘起漂亮的尾巴，麂子跳得像喝醉了酒”。

二、英雄史诗

英雄史诗产生的时代比创世史诗要晚一些，这是一种以历史上的重大历史事件和民族英雄人物的斗争故事为主要题材的长篇叙事诗。它的主要内容是反映民族之间频繁的战争和人们的生产生活。英雄史诗着力塑造民族英雄的形象，讴歌民族杰出英雄人物的丰功伟绩，表现波澜壮阔的社会生活，诗中充满尚武精神和壮烈色彩。英雄史诗所反映的是全部族的命运，因此也是民族精神的化身，同时它也具有比较实在的历史性。

（一）《格萨尔》

《格萨尔》又称作《格萨尔王传》，是我国藏族人民长期以来集体创作、口头和书面（手抄本）流传的一部规模宏大的英雄史诗。它在我国各少数民族发达的史诗群中，桂冠高挂，流传地区是相当广泛的。藏文的《格萨尔王传》流传在我国广大的藏族地区，青海的土族、云南的纳西族地区，尼泊尔、不丹、拉达克等国外地区也有流传。蒙文的《格萨尔王传》流传在我国的内蒙古、新疆、青海、甘肃等蒙古族居住地区，在蒙古人民共和国等国外地区也有流传。根据藏语、蒙古语、土族语的语言特点，它们在汉语里分别被译写为《格萨尔》、《格斯尔》、《格赛尔》。《格萨尔王传》至今已有了法文、英文、德文、俄文、印度文部分译本。这部史诗规模宏大，据青海、甘肃、四川等地搜集到的手抄本及部分目录，有的专家学者计算，大约有六十部，一百二十万行，这已算是世界最长的史诗了。随着搜集、整理工作的进一步深入，其长度还将有所增长。一部作品这样长，世界上是从未有过的。

《格萨尔王传》产生的时代难于确定，有说产生于十一世纪，有说产生于十二世纪，有说产生于十三至十五世纪，也有说最初可能产生于十五世纪或稍后。根据史诗的庞大体系来看，绝非一时、一地、一人之作，它是在长期的流传和演变过程中集中了集体的智慧所形成的。

《格萨尔王传》的结构有两种形式，一种是分章本，一种是分部本。分章本是把格萨尔的一生事迹，在一个说唱本里分若干章来叙述。如甘肃人民出版社出版的《格萨尔王传》贵德分章本，就是这一类型的本子。它共有五章，即《在天国里》、《投生下界》、《纳妃称王》、《降伏妖魔》、《征服霍尔》。有些分章本还有第六章《安定三界》。这种分章本把英雄格萨尔一生的主要行事都包括在内了。与分章本所不同的是，分部本往往取格萨尔事迹中的一个片段，敷衍成首尾完整、独立的一部，也有些分部本是新增加的情节，这样整个《格萨尔王传》分部本多达几十部，使史诗成为鸿篇巨制。

《格萨尔王传》以藏族古代神话式的英雄格萨尔大王南征北讨、杀敌降魔为主线，先后描写了几百个不同性格、不同特征的神仙魔怪和传奇式人物，表现了几十场使人惊心动魄的战争。藏文贵德本五章的故事梗概是：第一章《在天国里》叙述下界人间的妖魔鬼怪到处横行霸道，残害百姓。各个地方差不多都被他们霸占着，善良的百姓，没有一天好日子过。观世音菩萨同白梵天王商量，派一个儿子投生下界，去降妖伏魔，抑强扶弱，做黑头人的君长。白梵天王三个儿子比赛的结果是，小儿子顿珠尕尔保下界投生。他聪明英俊，膂力过人，诸般武艺样样精通。第二章《投生下界》叙述顿珠尕尔保在下界人间投生为一个弃妇之子，母亲叫尕擦拉毛，父亲叫僧唐饶杰，是一个小头人，他听信第三个妻子那提闷和三弟超同这个坏人的谗言，将已经怀孕六个月的妻子驱逐出去。于是顿珠尕尔保降生在一个又小又烂、四面透风的帐篷里。他一出世，超同又加害于他，把顿珠尕尔保埋在土坑里。但顿珠尕尔保一生下来就有神通，从土坑里跳了出来。此后十五年，他和母亲共同过着穷苦的生活。长大后的他，“身上穿一件难看的黑山羊皮破皮袄，脚上穿一双难看的红腰子破马靴，腰上扎一条难看的结六个疙瘩的麻绳腰带，头上戴一顶难看得像鹰翅膀一样的尖尖帽，背后插一个小旗儿，骑上小马驹，跑遍上沟下沟一切地方，去寻找吃的东西”。第三章《纳妃称王》叙述顿珠尕尔保向叔亲们要了一点财产，和一个小头人夹罗顿巴的女儿珠牡结了亲，并由天神的助力，做了黑头人的君长，当上了岭国的大王，尊称格萨尔王。他凭着超人的才智和出众的武艺，抑强扶弱，平定了周围的部落纷争，统治四方国家。同时，他又娶了十二个妃子。第四章《降伏妖魔》叙述了岭国国王格萨尔降伏北方妖魔长臂洽巴拉忍毒龙的一场战争故事。盘踞北方的老妖魔乘格萨尔王外出闭关之机，施妖法抢走了格萨尔的次妃梅萨绷吉。格萨尔不顾大妃珠牡的劝阻，遵照天母巩闷姐毛的指示，单枪匹马深入魔国，打败了魔王亲妹妹阿达拉毛，并纳她为妃，又结交了魔王大臣秦恩。由于他俩和梅萨绷吉的帮助，最后经过一场激烈的搏斗，射死了魔王，救出了梅萨绷吉。第五章《征服霍尔》叙述格萨尔降伏妖魔后，留在魔国。霍尔国的黄帐王欲抢珠牡为妃，乘机兴兵入侵岭国，内奸超同引霍尔大军直入岭国腹地，抢走了珠牡。珠牡被迫顺从了霍尔王，生了一个儿子，但她的心仍想念着格萨尔。格萨尔回国后，处罚了超同，只身进入霍尔国，杀死黄帐王，救出了珠牡。

这部英雄史诗的语言是韵散相间的说唱体，唱词常常极富诗意，如这样赞美珠牡的美，说她：

眼睛灵活如蝶飞，
双眸黑亮像墨珠，
眉儿弯弯似远山，
双齿晶莹如白玉……
冬天她比阳光暖，
夏天她比柳荫凉，
遍身犹如莲花散芳香，
蜜蜂粉蝶成群绕身旁。
一块黄金能值百匹马，
一串珍珠能值百头羊，
她前行一步可值千匹马，
她后退一步可值万头羊。

让我们再听听《降妖伏魔》中格萨尔出征前对珠牡的一段唱词，辞藻华美、深厚感人：

妃子珠牡你听着，
你快去开开仓库门的锁钥。
拿出我那胜利白额好头盔，
拿出我那世界披风好战袍。
把上边的灰抖呀抖三下，
再抖一下就把妖魔魂吓掉。
拿出我那朱砂降魔剑，
拿出我那水晶白把刀。

抽刀出鞘亮呀亮三下，
再亮一下就把妖魔魂吓掉。
拿出我那大鹏展翅好箭袋，
拿出我那红鸟七兄弟好神箭，
把箭头磨呀磨三下，
再磨一下就把妖魔魂吓掉。
拿出我那大星放光的挡箭牌，
拿出我那弯如牛角的好宝弓，
把灰尘抖呀抖三下，
再抖一下就把妖魔魂抖掉。
从中间的仓库里，
拿出我那红绒方垫的好鞍鞯，
拿出我那光辉灿烂的金鞍子，
把灰尘抖呀抖三下，
再抖一下就把老妖魔抖掉。

叫出马童白雪神，
拉出神智赤兔马，
要用金盆盛鲜奶给马喝，
要用玉盆盛草料给马吃。
垫上我的红绒方垫好鞍鞯，
备上我的光辉灿烂金鞍子。
我雄狮大王骑在骏马上，
上天入地谁能比？

格萨尔王即将出征，珠牡百般劝阻，格萨尔一怒之下扬鞭策马疾走，当他听到珠牡的哭声时，又顿生怜悯之情，回头看了又看，唱道：

哎呀呀，珠牡为啥这样怕我走，
珠牡为啥这样愁。
我现在决定离开岭尕，
就像石落大海不回头。
要降伏刺鬼般的恶敌人，

怎能领你珠牡走！

……

我远行不是私情是公事，
珠牡快快转回去，
恩爱的伴侣生病了，
我心如同百针刺。

心里惦着你，
吃饭没有味。
心里惦着你，
喝茶像白水。
心里惦着你，
马儿不抬腿。
珠牡妃子呵，
我哪会忘掉你。

再看描写英雄甲擦协尕尔的一段：岭国的八大英雄和七勇士，也大部分都战死了。这时，王妃珠牡亲自骑上快马，昼夜不停，去找正在闭关代理国政的哥哥甲擦协尕尔。她到石山雪山交界处，咚咚咚地叩甲擦协尕尔的门。甲擦协尕尔就问："是哪个呀？""是我，我要见你。"珠牡回答说。甲擦协尕尔开了门，一见珠牡这般张皇失措的神色，连忙问道："以前你来是欢天喜地，为何今天这般气色？这样焦急？是不是格萨尔大王没有降伏妖魔，妖魔反来攻打我们来了？请快明白地说！"珠牡唱道：

甲擦协尕尔哥哥呀！
请你仔细听我言。
祸事发生在前日，
正是初十那一天。
霍尔兵马无其数，
无缘无故来犯边。
十五又打倒蕨麻海，
马主马童被杀完。
八大英雄七勇士，

十有八九丧黄泉。
岭国出了这样事，
大王回来怎答言！
敌人一心要抢我，
哥哥呀，你说这事怎么办？

唱罢，就大哭起来。甲擦协尕尔唱道：

我的白盔甲，
挂在墙壁上。
本来没人穿，
它却唰唰响。
我的花战马，
拴在槽头上。
本来没人骑，
它却叫得慌。
我的白缨刀，
现在鞘里装。
本来没人用，
它却沙沙响。
不用再问为什么，
这事一定不吉祥。
格萨尔大王去北国，
降伏妖魔未还乡。
临行一切托给我，
让我保国护牛羊。
我俩这样讲说好，
现在一切都丢光，
王妃如再被人抢，
不如战死在沙场。

唱罢马上站起来，披上铁甲，拿起兵器，骑上了白背花战马，正待要走，甲擦协尕尔的妻子背着三岁的小孩子，慌慌张张地跑来，抓住马缰绳唱道：

甲擦协尕尔听我说，
霍尔的兵马比星星多。
一直冲进岭尕兑，
杀人如麻血成河。
劝你不要冒危险，
暂时在这里躲一躲。
甲擦你要是一定去，
孩子的父亲谁来做？
我的终身托给谁，
知心的话儿同谁说？
你若一定不听话，
我要死在你跟前。
甲擦甲擦好丈夫，
千万别去，听我言！
我话说三句口已干，
脚走三步心已乱。
上天神佛多保佑，
别让甲擦去冒险！
甲擦协尕尔唱道：
孩子的妈妈听我言，
岭国的英雄正大战。
只我一人躲清静，
贪生怕死太丢脸。
百姓有难不去救，
怎能算作英雄汉！
大王北去降妖魔，
国家大事本托我。
他在外边打敌人，
我在家中保岭国。
弟兄二人早讲好，
哪能在这把祸躲！

马上要到珠康去，
请你不要阻拦我！
我样样武艺会个全，
虎入羊群没困难。
霍尔兵马都杀尽，
收复京城再相见。
唱罢便纵马疾驰，回到岭地。

再引珠牡被困，巧骗黄帐王及黄帐王赞羡珠牡的一段唱词。这时，珠牡向着黄霍尔王唱道：

黄霍尔王在上边，
请听我把话说仔细！
我有福得做岭王妃，
没福现在被遗弃。
格萨尔大王往北方，
我再三留他不让去。
说破了嘴唇也不听，
一去至今无消息。
他把我托付给白雪神，
托付给错玛姐毛和山神。
这三位天神若不指示我，
到死也不从别人。
若是让我顺随你，
应当先供三位神。
我自己要在珠康住，
绝不接见任何人。

黄帐霍尔王唱道：

啊拉拉毛啊拉拉，
我心乐得开了花。
这样的美人儿哪里有，
真是天上仙女到凡家。

黑油油的青丝发，
齐整整的白螺牙。
脸上带着三分笑，
容颜好像红莲花。
你说你有福，
得作岭国大王妃。
现在福更多，
能和霍尔王成婚配。
鸳鸯生长碧湖里，
永远双双对对飞。
我要疼爱你，
就像孩子爱妈妈。
我要保护你，
就像亲娘护娃娃。
现在我供三位神，
你说啥呀我听啥。
请你住在珠康里，
不要伤心别害怕！

唱罢，就叫辛巴梅乳孜带着兵马，守护珠康叉毛的大门，让珠牡独自一人住在珠康叉毛的三层楼上。

（作品节选自毛星主编：《中国少数民族文学（上）》，长沙，湖南人民出版社，1983）

在全部史诗中，有上百的重要人物出场。他们不论是正面人物还是反面角色，不论是妇女还是男子，不论是老人还是青年，都性格鲜明，栩栩如生。例如，格萨尔神出鬼没、无敌于天下，珠牡美丽坚贞而富有正义感，甲擦勇猛刚烈、义无反顾，丹玛智勇双全、战无不胜等等，一个个跃然纸上，生动感人。另外，对超同可耻的叛徒面目和霍尔国黄帐王贪婪、暴虐、卑怯的性格也刻画得入木三分，使人憎恶。

（二）《玛纳斯》

柯尔克孜族的英雄史诗《玛纳斯》，根据本民族著名民间歌手（或称

"玛纳斯奇"）朱素甫·玛玛依（或译为吉素甫·玛玛依）演唱的记录稿本，共有八部二十多万行，通过英雄玛纳斯一家七代子孙的斗争事迹，叙述了柯尔克孜族人民英勇抗击准葛尔贵族集团的劫掠和统一零散的柯尔克孜部落的经历，表现了柯尔克孜族勤劳勇敢的品质和他们追求自由幸福生活的强烈愿望，并反映了他们的生活习俗、意识形态和民族的悲壮命运、精神历程。史诗是以第一代英雄玛纳斯的名字命名的。从广义上说，《玛纳斯》是这部英雄史诗的总名；从狭义上说，《玛纳斯》又是指该诗的第一部。其他各部都以该部主人公的名字命名。史诗的每一部既是独立的篇章，内容上又紧密相连、前后照应，从而形成了宏大的规模，组成鸿篇巨制。

这部史诗不仅再现了柯尔克孜族人民的历史发展、地理分布、社会生活、宗教信仰等各方面的重要内容，而且还涉及该民族人民的生老病死、婚丧嫁娶、生活禁忌、占卜医术、节日习俗等方面，是古代柯尔克孜族的一部百科全书。千百年来，史诗《玛纳斯》广泛流传在我国新疆的柯尔克孜族民间和中亚的吉尔吉斯斯坦、哈萨克斯坦以及阿富汗北部的柯尔克孜人中间。

史诗的第一部《玛纳斯》从英雄诞生写到英雄逝世。讲述了古代柯尔克孜族备受卡勒玛克统治者的奴役。在玛纳斯出生之前，他的父母为免遭虐杀，东躲西藏。玛纳斯从少年起便联合分散的柯尔克孜各部英勇反抗，取得显赫战功，先后被拥戴为汗王和统帅内外十四位汗王的大可汗。第二部《赛麦台依》叙述玛纳斯的儿子赛麦台依继承父业，与卡勒玛克人斗争，使玛纳斯的死敌受到惩治；叙事诗里还叙述了家庭内讧及赛麦台依与美女阿依曲莱克之间曲折动人的爱情故事。第三部《赛依台克》讲述第三代英雄赛麦台依的儿子赛依台克严惩叛徒，驱逐外敌，重新振兴柯尔克孜族的英雄业绩。第四部《凯耐尼木》讲述第四代英雄赛依台克的儿子凯耐尼木平息内乱，抵御外侮，为柯尔克孜人缔造和平生活的业绩。第五部《赛依特》写第五代英雄凯耐尼木的儿子赛依特，斩除七头妖魔，为民除害的英雄事迹。第六部《阿斯勒巴恰与别克巴恰》讲述赛依特的长子阿斯勒巴恰早年夭折，别克巴恰继承祖辈及父兄的事业，继续与卡勒玛克人斗争的业绩。第七部《索木毕莱克》唱的是第七代英雄别克巴恰的儿子索木毕莱克战胜卡勒玛克人，驱逐了外族掠夺者的英雄业绩。第八部《奇格台依》唱的是第八代英雄索木毕莱克的儿子奇格台依与再次前来侵犯的卡勒玛克掠夺者英勇斗争的英雄业绩。

史诗的开头朱素普·玛玛依是这样唱的：

奔流的河水，
有多少已经枯干；
绿色的河滩，
有多少已经变成了戈壁滩；
多少人迹罕到的荒野，
又变成了湖泊水滩；
平坦的大地冲成了深涧，
高耸的山崖变低塌陷。
从那时候起啊！
大地经历了多少变迁；
戈壁上留下了石头，
石滩又变成了林海，
绿的原野变成河滩，
山涧的岩石已经移迁。
一切都发生了巨大的变化啊！
唯有祖先留下的史诗，
仍在一代代地流传。

这种宏大的史诗气魄，从一开始就紧紧扣住了听众们的心弦。《玛纳斯》具有很强的艺术性和民族特色。第一部在描绘玛纳斯出世时是这样唱的：

他有饿狼般的胆量，
他有雄狮般的性格，
他有巨龙般的容颜，
他有不凡的相貌。
他会成为一个狮子般的英雄啊！
在叙述玛纳斯少年时期的情况时唱道：
他常在畜群里照料牲畜，
他骑着马巡游在草场上。
当乞丐来乞求的时候，
他总是施舍钱财；
他不管其父剩下多少牲畜，

他仍对乞丐说："你自己去拿吧！"
他只是在旁边看着。

在史诗中从头至尾贯穿着玛纳斯反抗异族侵略、维护家乡和柯尔克孜族人民的安宁生活这样一个主题。玛纳斯说：

我们的人民，我们的土地，
这正是我日夜思念的大事，
为了子孙万代的神圣事业，
我愿在战场上度过自己的一生。

史诗在描写玛纳斯派使臣阿吉拜去向卡拉汗王提亲，准备迎娶汗王的公主卡尼凯依时，其中的有些篇章是这样唱的：

……
阿吉拜接受了汗的命令，
要出使那遥远的地点，
他穿着水獭皮衣，
戴着海狸制成的帽盔。
红光焕发，笑容满面，
鬃一样的胡须显得潇洒俊美。
他朝着布哈拉催动了骏马，
向日落的西方驰骋如飞，
他乘骑的赭红色神驹，
疾奔得四蹄凑在一起。
马蹄扬起的尘土，
弥漫了天空随风卷扬，
它喘着鼻息张开大嘴，
喷出的泡沫像明亮的毡房。
马尾扬竖，鬃毛飘飞，
银制的鞍蹬闪烁着耀眼的光辉，
在那脑浆都要煮开的热天，
不倦地向前驰奔。
他餐风饮露，披星戴月，

有多少壮丽的山川和风光，
闪过了他的眼帘，
牧村已横亘在他的面前。
夏天过去秋天已降临，
住在夏牧场的牧民，
开始往其他牧场迁移。
布哈拉是宽阔的地方，
红色的鲜丽的花毡，
熊皮褥上围坐着最贵的宰伯克和头人，
像雄鹰飞来的阿吉巴依，
乘马向他驰近。
坐在房中的哈尼凯公主，
听见了疾驰的马蹄声。
……

像霞光中飞出一只孔雀，
卡尼凯依在勇士身后出现。
她飘动的绸衣像袅袅的云霭，
娉婷的腰身如同晨风中花枝微颤，
高高的鼻梁、颧骨，还有弯曲的黛眉，
苗条的身材托着苹果般的脸，
黝黑的长辫赛过两股溪水在背后的倾泻，
迷人的光彩在她的脸颊上放射；
她打量着阿吉拜的举动，
斜着身子在他的背后悄悄地跟随，
“这是哪儿来的客人？
我探听他来为了什么事情。”
她贴近帐篷的缝隙侧耳倾听，
阿吉拜跨进了帐篷。
……

勇士这样对汗王叙述：
“我的汗呵，你的身边有一只俊美的小鸭，

我的汗呵，我们那里有一只黑色的雕鹞，
你让你的小鸭飞走吧！
让我们的雕鹞去抓攫。
我的汗呵，你身边有一只洁白的天鹅，
我的汗呵，我们那里有一只勇猛的雄鹰，
你让你的小鹅飞走吧！
让我们的雄鹰去搜寻。
……
听完了阿吉拜含蓄的说亲，
卡拉汗已经明白了真情。
……

（作品节选自毛星主编：《中国少数民族文学（上）》，长沙，湖南人民出版社，1983）

（三）《江格尔》

《江格尔》是广泛流传于我国新疆卫拉特蒙古人和蒙古国西部阿尔泰地区、额尔齐勒河流的蒙古族聚居区的巨型英雄史诗，十七世纪的时候西迁的土尔扈特蒙古人把史诗《江格尔》的传统带到伏尔加河边去，因此卡尔梅克蒙古人中间也流传着《江格尔》。《江格尔》长十多万行，描写了宝木巴国同周围各汗国之间的多次战争和冲突，描述了江格尔、洪古尔等英雄的征战业绩，并宣扬了一种建立和平幸福的理想国的理想。该史诗由七十余部相对独立的篇章组成，各部由江格尔为首的英雄担任主角，可串连为统一的故事。《江格尔》也和《格萨尔》一样，很早就有了各种手抄本，不过主要还是靠世代《江格尔》史诗艺人“江格尔奇”的传唱才得以流传到现在。

《江格尔》的基本情节为：在古老的年代，江格尔两岁时，他的家乡宝木巴地方遭到了魔王蟒古斯的侵袭，父母被害，他成了孤儿，饱尝人间痛苦。但他自幼神勇不凡，三岁时就跨上战马出征，冲破三大堡垒，征服了恶魔。从此屡建战功，七岁时已英名远扬，威震四方，被宝木巴的臣民推举为圣主、可汗。他率领手下十二位“雄师”大将、八千个勇士、五百万部众，长期奋战，荡平了伺机进犯的蟒古斯，征服了周围四十二个可汗的国土，建立并保卫着天堂一样的宝木巴王国。《江格尔》在内容上和其他史诗的显著差别，是它描述了宝木巴理想国的灿烂图景和江格尔率领人民对这种理想社会的追求，表现了广大民众对和平、统一的美好生活的向往。史诗中这样描写理想的国度：“江格尔的宝木巴地方，是幸福的人间天堂。那里的人们永葆青春，永远像二十五岁的青年，不会衰老，不会死亡。”这里不但国家强盛，社会安定，生活富足，人人长生不老，就连天气也很理想：没有冬天和酷暑，永远像阳春和金秋一样温度适中，“微风习习，细雨绵绵”。

下面我们摘取史诗中的一些片段供大家欣赏：

在那古老的黄金世纪，
在佛法弘扬的初期，
孤儿江格尔，
诞生在宝木巴圣地。
江格尔是塔海兆拉可汗的后裔，
唐苏克·宝木巴可汗的孙子。
乌琼·阿拉达尔可汗的儿子。
江格尔刚刚两岁，
蟒古斯袭击了他的国土，
江格尔成了孤儿，
受尽了人间的痛苦。

江格尔刚刚三岁，
阿兰扎尔骏马也只有四岁，
小英雄跨上神驹，
冲破三大堡垒，
征服了最凶恶的蟒古斯——
高力金。

江格尔刚刚四岁，
冲破四大堡垒，
使那黄魔杜力栋改邪归正。

江格尔刚刚五岁，
活捉了塔海地方的五个魔鬼，
使他们不再作恶生非。

……

万有的至高主宰者，
是孤儿江格尔。
他坐在四十四条腿的宝座上，
光辉灿烂，好像十五的月亮。
江格尔披着黑短外衣，
这外衣是阿盖夫人用金剪细心剪裁，
众勇士的夫人精心缝制。
江格尔端坐在宝座上，
捻着燕翅般的胡须，
向勇士们讲述治国的哲理。

如果有人问：
江格尔的阿兰扎尔骏马
跑得飞快的时候，
江格尔的“阿拉牟”长枪
锋利无比的时候，
江格尔雄姿英发
正当青春年少，
他拒绝了周围四十九个可汗的美女，
从东南方聘娶的夫人——
诺敏·特古斯可汗的女儿，
永远像十六岁的少女般的
阿盖·莎布塔腊是什么模样？

阿盖向左看，左颊辉映，
照得左边的海水波光粼粼，
海里的小鱼欢乐地跳跃。
阿盖向右看，右颊辉映，
照得右边的海水浪花争艳，
海里的小鱼欢乐地跳跃。

阿盖的脸，白皙如雪，

阿盖的双颊，鲜红如血。
阿盖的帽子，洁白美丽，
巧手的“额吉”精心剪裁，
众大臣的夫人亲自缝制。

阿盖的长发，
乌黑、芬芳、光泽，
套着黑缎的“西伯日格勒”，
随着她的脸左右摇摆。
阿盖的银耳坠，
大如驼粪，在耳下闪烁。

阿盖的银胡，
有九十一根琴弦，
弹奏出十二支曲调。
琴声悦耳悠扬，
好似苇丛中生蛋的天鹅在欢唱，
好似湖畔生蛋的绒鸭在欢唱。
阿盖演奏银胡的时候，
世间又有谁能伴着琴声歌唱？
只有江格尔的“颂其”——
美男子明彦，
随着银胡唱出感人的诗章。

……

洪古尔是江格尔的手足，
是七十万大军的光荣；
洪古尔是宝木巴的擎天柱，
是千百万勇士的榜样。
洪古尔在战斗中，
从不知后退，如虎似狼！
洪古尔豁出宝贵的生命，
单人独马征服了七十个魔王。

……

……

江格尔看到洪古尔来临，
兴高采烈，热情欢呼：
“洪古尔，寒冷的时候，
你是我御寒的皮外套呵！
洪古尔，紧急的时候，
你是我嘹亮的海螺！

洪古尔，战斗的时候，
你是我坚固的盔甲！
洪古尔，奔驰的时候，
你是我飞快的骏马！
我要活捉的敌人，
你给我手到擒来呵！
我要降服的魔鬼，
你给我马到征服呵！

当我说起你的时候，
说得我舌焦口干呵！
我的好兄弟，
洪古尔来了！
人中的鹰隼，
铁臂力士萨布尔，
淳朴的雄狮，
高尚的洪古尔，
两位英雄相会，
看你们谁能胜利？”
江格尔这样叨念着的瞬间，
洪古尔跨着铁青马飞来。
洪古尔挥舞阴阳宝剑，
向萨布尔用力猛砍，却砍了空地。

萨布尔右手举起月牙斧，
左手勒住铁青马的偏缰
向高尚的洪古尔劈砍，
砍断了洪古尔肩上的甲环，
斧刃陷进肉里三指深。
洪古尔大声呼叫：
“玉石的阿尔泰山呵，
荣耀的江格尔可汗呵，
亲爱的各位勇士呵！”
洪古尔从铁青马背上，
拔出插在地上的三十三度长的金枪，
那是江格尔祖传的武器。

洪古尔挺枪跃马，
刺向铁臂力士萨布尔，
萨布尔躲过长枪。

洪古尔向左一闪，
揪住萨布尔的甲绦，
那甲绦上的三个铁环，
大如三岁的绵羊，
洪古尔把萨布尔拎过鞍鞒，
萨布尔的嘴角鲜血流淌。

洪古尔拎着萨布尔，
扔到金光灿灿的黄花旗旁。
他曾折磨得江格尔心神不安，
他曾把八千名宝通打得人仰马翻。
江格尔给萨布尔的伤口敷药，
涂上“威音”白药的伤口，
不到半天就愈合。
涂上“浩音”白药的伤口，
不过当夜就愈合。

江格尔又让那圣水般的甘霖降落，
把大地清洗，给人类带来快乐。

萨布尔立即苏醒起立，
八十一度长的巨斧，
闪射出十五道火光。
“我把生命交给你高尚的洪古尔，
我把力量奉献给荣耀的江格尔！”
萨布尔向江格尔说了三次誓言。

荣耀的江格尔说：
“高尚的洪古尔，
你也理当发誓！”

“把黄金的生命交给刀枪，
把赤诚献给江格尔可汗。
不怕那熊熊的烈火燎原，
不怕那咆哮的海洋波浪滔天，
我们永远团结向前！”
洪古尔庄严宣誓。
洪古尔和萨布尔结为兄弟，
江格尔率领八千名勇士凯旋。

荣耀的江格尔说：
“人中的鹰隼，
铁臂力士萨布尔，
坐在美男子明彦的下席！”
大宴进行了八十天，
那达慕举行了七十天，
幸福的酒宴又继续了六十天。

（作品节选自色道尔吉译：《江格尔》，北京，人民文学出版社，1983）

（四）《黑白之战》

纳西族的英雄史诗《黑白之战》共有二十章组成：《天地初始》、《争战起源》、《术主行盗》、《日月重归》、《术子用计》、《米委丧生》、《乌鸦挑唆》、《术主寻衅》、《遣兵侦察》、《初战白海》、《耿饶茨嫫》、《阿璐上钩》、《陷身魔窟》、《术兵犯境》、《宁死不屈》、《茨嫫忏悔》、《东主返世》、《祖孙相逢》、《东术决战》、《光明永存》，叙述始于开天辟地的创世神话，由白、绿、黄、红、黑五色之蛋衍生五种生存世界及其人民。随后展开的是以东部落的东主和西部落的术主为首的白、黑两世界间的争斗。争夺的主要对象有发光的太阳月亮以及海中神树。术主从东部落偷来太阳月亮，拴于铜柱铁柱之上，东地则陷入黑暗。东主设计夺回太阳月亮。术主派美貌女儿耿饶茨嫫引诱东主之子阿璐，将其俘获并杀害。美人耿饶茨嫫则在假婚姻中动了真情，为阿璐生下一双儿子，后自刎殉情。东主为儿子复仇展开大决战斩了术主的头，把西部落军队全部歼灭。从此，太阳月亮永照东部落，子孙昌盛，形成纳西族。下面选取茨嫫殉情一节：

凶信如冰风，
刮得茨嫫抖。
嫁时像儿戏，
死别情难舍：

“把我嫁阿璐，
为何杀阿璐？
要儿变遗孀？
要我当寡妇？

骗他是茨嫫，
骗我是父母，
相骗到头来，
噩梦做一场！”

茨嫫到海滨，
含泪瞟亲人。
面对刽子手，
忏悔放悲声：

“我爱阿璐脸，

美似日月圆；
我慕阿璐能，
巧工能开天。

曾是假夫妻，
对头会变亲，
假也会变真。

生儿同养育，
哪能不生情？
魔心也是肉，
哪能不动心？

骗他我有计，
救他我无能。
恨只恨父亲，
恨只恨自己。

你们要杀他，
我只求个愿：
莫使三滴血，
污染他的脸。

生难一同生，
死要一路行。
害他我有份，
他死我来陪！”

雷声轰一轰，
电光闪一闪，
茨嫫夺剑柄，
殉情在一旁。

黑海刮黑风，
黑海翻黑波，
黑风卷海波，

一片黑蒙蒙！

（作品节选自云南省少数民族古籍整理出版规划办公室编：《云南少数民族古典史诗全集（下卷）》，昆明，云南出版集团公司，云南教育出版社，2009）

三、迁徙史诗

迁徙史诗主要记述历史上因种种原因而迁徙的民族，在迁徙过程中的各种遭遇、磨难、艰辛以及各民族在迁居地的生产生活，表现了各民族坎坷的命运。

哈尼族迁徙史诗《哈尼阿培聪坡坡》长达两万余行，可以演唱数十天，是在红河两岸广大哈尼族群众中广泛流传的史诗。它以哈尼哈八（哈尼族酒歌）的形式系统地吟唱了哈尼族祖先曲折而漫长的迁徙历史。随着歌声，我们进入了哈尼族古老的历史深处，伴随着哈尼先祖们在高山、在江畔、在老林、在丛莽中跋涉、颠簸，力排困难，奋力前进。

哈尼族歌手在正式演唱史诗《哈尼阿培聪坡坡》之前，先要唱一个“歌头”作为引子，内容如下：

歌手：萨——依——

讲了，
亲亲的兄弟姐妹们！
唱了，
围坐在火塘边的哈尼人！
让我饮一口辣酒润润嗓门，
来把先祖的古今唱给你们！
先祖的古今啊，
比艾乐坡独根的药还好，
先祖的古今啊，
像哀牢山的竹子有枝有节有根。

瞧啊，
今晚的月光这样明亮，
蘑菇房里的人们像过六月年一样欢腾。
我们正合唱一唱，

先祖怎样出世，
我们正合讲一讲，
先祖走过什么路程，
每支歌都是先祖传下来的，
是先祖借我的舌头把它传给子孙！
众人：萨——依——萨！

接下来歌手就开始演唱史诗。第一章《远古的虎尼虎那高山》讲述天神地神杀翻查牛造下万物，牛骨造成虎尼虎那高山。虎尼虎那山险峻、富饶、生机勃勃，哈尼先祖就出生在这里。经过七十七万年三代人种，人类始祖二十四代塔婆出世了，从她的头发里、鼻根上、牙巴骨上、胳肢窝里、腰杆上、脚底板上生出许许多多人，“塔婆生出的孩子里，她最心疼的是哈尼，哈尼生在肚脐眼里，祖祖辈辈不受风霜”。虎尼虎那时代的先祖渐渐学会采集，学会用树叶做衣裳，并学着讲话；从住山洞到学会在树上搭“鸟窝房”；从吃生食到学会吃熟食；从“从不把父母挂在心上，阿哥认不得阿弟，阿妹不知阿姐的长相，阿舅是谁他们不管，阿婶是谁他们不想”到“一个见着一个会招呼，一个遇着一个会礼让”。力气最大的先祖惹斗“主意比蜂儿还多”，他领着哈尼先祖学会做弓箭、打猎、捕鱼。可是“仓里的红米撮一碗少一碗，撮到底半碗也不够装；两条大河里的鱼越捞越少，虎尼虎那不再是哈尼的家乡”，哈尼先祖开始了第一次迁徙。史诗中对虎尼虎那高山的描写极为精彩、雄浑：

歌手：萨——依——
先祖的古今是这样开头的啊，
一娘生的亲人们！
在那远古的年代，
天边有个叫虎尼虎那的地方，
红红的石头像天火燃烧，
黑黑的石头像黑夜笼罩，
奇怪的巨石成千上万，
垒成了神奇巍峨的高山。

世间原没有高山大河，

天上也不见星月闪光，
天神地神杀翻查牛造下万物，
粗大的牛骨造成这座大山。

虎尼虎那岩石一层高过一层，
凸凸凹凹像天狗的牙齿一样，
凸起的石头顶着天的脚掌，
凹下的石头压在地的头上。

虎尼虎那神奇又荒凉，
五彩云霞在岩石上飘荡，
最高的山峰天神也不敢歇脚，
那道山梁像巨人高高的鼻梁。

陪伴山梁的是两条大水，
滔滔波浪拍打着山冈，
好像大山也有伤心的眼泪，
两条河日夜向着东方流淌。

北边的大河叫厄地西耶，
它的脾气又野又犟，
粗大的身躯扭动翻滚，
搅起无数漩涡浊浪。
大河像一只下山的饿虎，
怒吼声震动四面八方。

南边的大河叫艾地戈耶，
像青色的宝剑劈开山岩，
滔滔流水像闪电一样，
常常惊落蹦跳的岩羊。
宽大的水帘如飞流直下，
雪样的泡沫像白云飞扬。

远古的虎尼虎那，
先祖的古今是这样讲：

双角的马鹿结队奔驰，
大嘴的老虎到处窥探，
麂子在剑麻丛里啃草，
刺猪在芭蕉林里游荡，
老熊把大树扳倒，
猴子把石块滚进波浪。
泉边的小树上，
画眉争着唱歌；
山边的木姜子林里，
龙子雀上下奔忙；
猫头鹰不停地鸣叫，
老鼠吓得慌慌张张。

虎尼虎那的飞禽走兽数不尽，
虎尼虎那的游鱼跳虾数不完，
绿色大地到处充满生气，
哈尼先祖就出生在这个地方。

众人：萨——依——萨！

第二章《从什虽湖到嘎鲁嘎则》叙述哈尼先祖经过艰难的跋涉，来到了水草丰茂、林木葱郁、鸟兽成群的什虽湖畔，他们在那里盖房、围猎，先祖奥遮的姑娘遮姒开始饲养家畜，遮努姑娘按节令种植出了玉麦、谷子和高粱，并用五谷酿出美酒。可是，好日子也不久长，什虽湖发生了山火，天地变了模样，哈尼先祖只好重新寻找休养生息的地方。“走走停停，停停走走，几百个人做一队，一个也不漏掉；停停走走，走走停停，几千个人做一群，一个也不走散；先祖走过的高山，七十七双手也数不清；先祖涉过的河滩，七十七张嘴也说不完。熬过多少干季和冷季，耐过多少雨天和热天，哈尼来到南方的群山，来到嘎鲁嘎则地方。”在嘎鲁嘎则，哈尼和竹林里住着的阿撮友好相处，互相学习，阿撮教哈尼破竹编篾、织帽子，哈尼把鸡鸭分给阿撮，教阿撮种五谷、酿酒。阿撮头人岩扎的女人突然死掉，他咒骂哈尼带来不祥，发誓要把哈尼撵走。哈尼先祖在嘎鲁嘎则住了两辈，灾难又落到哈尼身上，他们又要搬迁。“我们还是走吧，嘎鲁嘎则不是哈尼的家乡；我们还是搬吧，离开阿撮居住的地方；和和气气地来和和气气地走，不要把眯细的眼睛变成睁大的眼睛！喜喜欢欢地来喜喜欢欢地去，不要用抬酒碗的手去拾弓箭棍棒！哈尼要搬了，要到遥远的山冈；哈尼要走了，要到遥远的溪旁。挖一蓬龙竹带上啊，哈尼没有把阿撮的好意遗忘；挖一蓬龙竹背上啊，让哈尼不管走多远，都有嘎鲁嘎则的竹林遮太阳。”

第三章《惹罗普楚》：哈尼的先祖终于迁徙到了一块宝地，“高山罩在雾里，露气润着草场，山梁像马尾披下，下面是一片凹塘。……横横的山像骏马飞跑，身子是凹塘的屏障，躲进凹塘的哈尼，从此不怕风霜!”，他们用“惹罗”来称这个地方，这是哈尼头一回安寨定居的地方。先祖们推举西斗做头人，他拿出三颗贝壳选定寨基，于是先祖们盖起了座座新房——蘑菇房。西斗领着哈尼先祖砍树，烧山，种玉麦、荞子，两年后再打埂犁耙种稻，从此惹罗金谷满山。哈尼在惹罗安居乐业，哈尼人丁兴旺，哪怕汉族住在矮山上，哪怕傣族住在平坝里，也没有哈尼住的地方好。可是，管病的天神把病种撒遍惹罗的土壤，惹罗瘟疫横行。哈尼先祖不得不依依不舍地离开惹罗这片土地，强忍悲痛、携儿带女走向南方的万道山梁。史诗中尽情抒写了哈尼先祖对惹罗的深深眷恋：

歌手：……
不离不行了，
亲亲的惹罗大寨！
不走不行了，
生养哈尼的亲娘！
走过田坝，
舍不得田坝，
田坝是养活六千哈尼的田坝；
走过山冈，
舍不得山冈，
山冈是养活六千哈尼的山冈；
走过老林，
舍不得老林，
老林为我们把狂风暴雨阻挡；
走过凹塘，

舍不得凹塘，
凹塘是阿妈生下我们的地方！

哈尼头人走上神山，
要把寨石搬到别处安放。
他的手像大风吹抖的草叶，
他的脚跪倒在寨石上。
哈尼阿波来到畜圈，
要牵走圈里的牛羊；
牛羊也恋着老圈，
眼泪像滴水崖的水往下流淌。

最不愿走的是哈尼女人，
最不愿离的是哈尼姑娘。
她们的伤心大山也支不住，
听来句句断人肝肠：
……

第四章《好地诺马阿美》中讲头人派出七对人马去寻找像惹罗那样好的地方，其中一队在大雁的指引下找到了哈尼的新家园——诺马阿美。“诺马阿美又平又宽，抬眼四望见不着边，一处的山也没有这里的青，一处的水也没有这里的甜，鲜嫩的茅草像小树一样高，彩霞般的鲜花杂在中间。一窝窝野猪野牛来来去去，一群群竹鼠猴子吵闹游玩，野鸡野鸭走来和家鸡家鸭亲热，麂子马鹿走来和黄牛骡马撒欢。小娃爬上树顶，逮得着一窝窝喜鹊，大人去到水边，常常把大鱼抱还。好在的诺马阿美，哈尼认作新的家园。”头人阿波下令搬迁，“在那河水最大的七月，先祖来到诺马河边”，并且安全渡过了河，“猪羊牛马没有打失，老老小小个个平安”，可是管书的贝玛把先祖的文字丢失了，从此“哈尼成了会说不会写的可怜人”。按照惹罗的规矩，先祖在诺马阿美建起了四个大寨，选出四个头人轮流掌管。哈尼建房、平地、开荒、养殖，诺马富庶的美名传到东方，腊伯、摆夷头人派马帮、牛帮来做生意，“哈尼的客气和财富啊，被各路马帮越驮越远”。腊伯伙子心机很深，表面和哈尼友好亲密，内心却想当头人，取乌木而代之。哈尼头人乌木丝毫未察觉，先是准他把房子盖在寨边，接着分给他牛马，并把女儿扎密嫁给他，带去了最平最肥的良田，就连象征哈尼头人权力的权帽和绶带也给姑爷腊伯保管。几十年过去了，年轻的乌木接替了阿爸，一天天兴旺的腊伯要哈尼搬出诺马，“嚷闹打架的日子到了，诺马阿美像河水动荡”。到了扎纳头人这一代，哈尼和腊伯“结草划地界”，腊伯得寸进尺。等到扎纳头人年老之时，腊伯终于对哈尼发动了战争，多灾多难的哈尼不得不搬出诺马，再次离开了家乡。

哈尼的竹刀啊，
挑不破腊伯的肚皮；
哈尼的竹箭啊，
穿不透腊伯的胸膛。
腊伯的铁刀啊，
像剃头刀一样快，
把大树样的哈尼，
砍倒在山上！
腊伯的铁箭啊，
像尖刺一样硬，
把大象样的哈尼，
射翻在坝旁！

水急的诺马河，
漂起数不清的死人死马；
宽大的诺马坝，
哈尼人睡平倒光！
七千个女人变成寡妇，
七千个小娃望不见爹娘，
高高的秋房搡倒了，
三层的蘑菇房被烧光。

只怪忠厚的先祖乌木，
把田地牛马分给豺狼；
只怪老实的先祖乌木，
嫁出了不该出嫁的姑娘；

只怪昏头的先祖乌木，
不把权帽绶带珍藏！
……

走吧，亲亲的女人，
草结烧掉，
来年还会转青；
房子倒掉，
石脚还会在地上。
大山不会变心，
平坝不会变肠，
只要哈尼没有死光，
总有一天会回到诺马河旁！
……

第五章《色厄作娘》叙述腊伯穷追不舍，哈尼跋山涉水，终于找到另一个生息的地方——色厄作娘。那里有个海子，海边有九个坝子，最大的坝子住着哈厄，哈厄答应把最高的佐甸给哈尼做神山，哈厄和哈尼亲如一家。哈尼的庄稼满山，哈尼的牛羊满冈，哈尼的小娃一天天增多，可是哈厄头人却下了逐客令："不是哈厄变心变肝，做客也有散席的时候，哈尼歇饱了力气，应当去找自己的家乡；得威水里再没有你们的鱼虾，佐甸山脚你们再不得栽秧！"哈尼先祖又一次走在搬迁的路上：

听着吧，女人们，
争气的牛拿角来开路，
争气的人用手来开辟家乡，
不要怕磨通九层的脚板，
不要怕磨通七层的肩膀！

听着啊，
见多识广的阿波阿匹，
快快扶起不愿上路的姑娘媳妇；
听着啊，
一样也不怕的兄弟姊妹，

快快牵起不愿出圈的骡马牛羊。
走啊，跟着我年老的扎纳，
去寻找爱在的地方！
……

走了，哈尼的儿孙，
先祖离开了色厄作娘。
哈尼的先祖是硬气的先祖，
再深的大水也难把他们隔断；
哈尼的先祖是值价的先祖，
再高的大山也难把他们阻挡！

第六章《谷哈密查》："离开得威海水，离开佐甸田园"，走过大山千座万座，哈尼先祖终于到了一片肥美的土地，哈尼把它叫作——谷哈密查。谷哈坝子住着蒲尼，蒲尼的头人叫罗扎，要想和蒲尼同住，哈尼得做蒲尼罗扎的帮手，归罗扎来管，哈尼扎纳同意了。按照惹罗的古规，哈尼又一次建寨、开田、养殖，由扎密打出第一眼水井——谷哈出名的窝尼井，并向蒲尼学会了炼铁、造犁、铸剑。哈尼子孙一天天兴盛，又换了三代头人，这一代头人叫纳索。纳索娶了哈尼第二大寨厄戚头人的女儿戚姒作妻子，戚姒美丽、聪明、能干，帮助丈夫管理大事，丈夫对她佩服又喜欢，哈尼更是事事兴盛。这时，蒲尼头人罗扎也想把女儿马姒嫁给纳索为妻，戚姒怀疑罗扎居心叵测，极力劝阻，可纳索还是把美丽的马姒娶回了家，"从此哈尼人，不对纳索把腰弯；从此哈尼人，只对戚姒把头点"。日子一天天过去，哈尼祭祀祖先的日子终于到来，哈尼大寨热闹非凡。就在此时，罗扎带着一队人马来索回哈尼神山，纳索毫不犹疑地回绝了："哈尼是棵大树，神山是它的根！……你要神山哈尼坚决不给，任你把七层嘴皮说穿！"从此，哈尼和蒲尼起了冲突。哈尼吹响牛角和蒲尼开战了，在清水河边、叙纳罗坝子，纳索亲自吹号督战，大战七天七夜，最终难抵蒲尼，退进大寨里面，聪明的戚姒出了个最好的主意。第二天雾露浓浓的时候，哈尼把寨门打开。罗扎听到消息，召集几千人马杀进大寨。突然听见一阵吼叫，浓雾里亮起千百双怪眼，数不清的魔鬼冲到面前，哈尼跟在后边又杀又砍，结果罗扎大败而逃。原来是戚姒布下的火牛火羊阵，让哈尼大获全胜。从此，戚姒的美名世代流传。战败的蒲尼不服气，再次把哈尼大寨团团围住。这一次，他们有马姒作内应，终于重创哈尼。“蒲尼又多又恶，哈尼大难到来”，纳索决定要去木朵策果（山名），用祖传的本事造神奇的木人。造了七天七夜，七百个木人造成了，和真人难分难辨。哈尼蒲尼再次开战，七百个木人冲杀上前，就把蒲尼大队杀翻。罗扎再次大败，望见哈尼就躲得老远。马姒从纳索那里打听到木人的秘密，并把机密写在自己的花鞋里，悄悄传递给了父亲。这一次罗扎找到了对付哈尼的好办法，带领蒲尼杀进哈尼大寨，杀进木朵策果山，满坝哈尼被砍翻，满山木人被烧倒。戚姒见状劝说纳索把哈尼带出谷哈平原，另找新的家园。趁着天黑雾大，哈尼扛起不愿放弃的头人，悄悄离开了谷哈平原。

这部史诗的语言极富表现力，充满浓郁的生活气息。这部分中是这样描写谷哈平原的富饶美丽的：

脚下是一片宽平的大坝，
三个缅花戚哩（即一目所及的范围）也望不到边，
满坝土地腊肉样肥，
抓把尝尝蜂蜜样甜，
野桃野梨挤满平地，
树下生着野姜野蒜；
花尾的箐鸡见人不躲，
林边草地挤满白鹇，
青青草地深齐腰杆，
马鹿野羊到处望见。

六条大河哈哈笑着，
走在这片坝子中间，
大河纵横交错流淌，
好像巴掌上的纹线。

在那坝子的尽头，
碧绿的大水有一片，
白日望去太阳样亮，
黑夜望去天空样蓝，
三个得威不比它大，

七个得威不比它宽；
七十七斤的青鱼像沙子样多，
八十八斤的黄鱼像芭蕉成串；
长条的公鱼跳水喘气，
好像利箭划破水面；
滚圆的母鱼钻草摆子，
好像月亮浇水洗脸。
数不清的大鱼大虾，
像百花盛开在宽阔的水面。

又是这样描写戚姒和马姒的美丽：

戚姒扎密生在十五，
那晚月亮又白又圆，
戚姒的白脸就像满月，
她是月神来到人间。

戚姒长大越发好瞧，
一棵金竹栽在门前，
细长的脖颈像嫩白的竹节，
灵巧的双手像蝴蝶翩翩，
滑滑的辫子像黑蛇盘绕，
颤颤的腰肢像棉花样软。

……

罗扎的姑娘马姒，
美名到处流传，
一双手像嫩嫩的藕节，
圆圆的脸像绽开的红莲，
薄薄的嘴唇能说会唱，
斜斜的眼睛会悲会欢，
头上金钗太阳般亮，
两边耳环月亮般弯，

两只小小的绣花鞋上，
百花开出一片春天。

马姒扎密张开小嘴，
说话就像画眉婉转：
“宽眉大眼的纳索啊，
不要背对人家的笑脸！
瞧你宽厚的肩膀，
好像坚强的石岩，
瞧你明亮的眼睛，
发出神光一片；
和你一处吃饭，
干饭也比肉香，
和你一处喝水，
清水也比蜜甜；
听你说话暖人心房，
同你共处我老实心宽，
家中有女人也不要怕，
叫她阿姐我也心甘！”

其中的战斗描写也很激烈、精彩：

瞧啊，亲亲的兄弟，
瞧啊，亲亲的姐妹，
大刀长矛像蚱蜢乱跳，
快箭飞标像蜂子遮天！
人叫出了老虎的声音，
马吐出了老象的气喘。
谷哈密查抖起来了，
好像一个打摆子的人！

起头开战是清水河边，
那里就是划定的地界，
深深的界草已被点着，

长长的河岸像火龙升天，
青青的界石也被烧炸，
轰隆的声音传出很远。

……

号声像大雨铺天盖地：
“嗒嗒呜——嗒嗒呜——
冲上前！冲上前！
哈尼的好汉冲上前！
不要让麂子老熊跑掉，
要把老虎骨头敲断！
我哈尼的大头人领着你们，
万能的天神在我们中间！

冲啦！冲啦！
杀啦！杀啦！
哈尼的大刀砍朝前！
哈尼的长矛戳朝前！
哈尼的棍子打朝前！
哈尼的三尖叉刹朝前！
还有那哈尼的流星，
在敌人头上飞转！

亲亲的弟兄们，
先祖在叙纳罗打得老实硬气，
杀翻的敌人一片连着一片。
哈尼宽片的大刀，
砍断了敌人的手杆；
哈尼齐眉的棍子，
打断了敌人的脚杆；
哈尼的流星套住敌人的脖子，
拉到面前又拔刀砍翻；
哈尼三五拃的长矛，

挑得敌人的肠子花蛇一样乱钻！

第七章《森林密密的红河两岸》：哈尼终于找到了另一个山场——那妥(今通海)，可是年老的阿波认为那是个不祥的地方，于是哈尼决定离开，临走把最饱的烟种播在查尼阿的土地上。“先祖走过下方的九山九岭，哈尼涉过下方的大河大江”，来到了石七（今石屏），又找着新的家乡了，哈尼把大寨安在纳罗山旁，取名叫“纳罗普楚”。看到荒凉的石七现出片片金黄，看到纳罗不再穷苦贫瘠，“石七头人心不来了”，石七又变成了战场。哈尼先祖最后一次在纳罗山祭神，让子孙后代记住古规古矩，然后离开了石七，分头向四面八方迁徙。石七头人穷追不舍，为了保住哈尼，大头人纳索献出了自己的生命，死在建水山上。戚姒不计前嫌，和马姒一起带领哈尼渡过重重难关，终于又找到了一块好地——策打。戚姒把策打让给马姒和儿子卢策，又带着自己的儿子卢威继续前行，走遍了江外所有大山，在一只白鹇的引领下，找到了一个迷人的地方，那就是哈尼的另一家乡——尼阿多。在尼阿多哈尼又一次壮大，策打的儿孙也搬来了，“大寨生出小寨，小寨生出新寨”，“哈尼寨子布满哀牢山，像数不清的星星缀在天上”，“江外最清最甜的水边，哀牢最肥最软的土上，到处有哈尼的子孙，到处有哈八在唱”，“要问哪家祖先是哪一个，快把各人的家谱细背细讲！”从此，哈尼的子孙在哀牢山繁衍生息。

歌手：萨——依——

讲了，一娘生的兄弟姊妹！
唱了，亲亲的哈尼后人儿孙！
好听的哈八唱到今晚，
该唱的已经唱过，
该讲的已经讲完，
长长的路已经走到了头，
会唱的喉咙也不能再唱。

一寨的亲人啊，
碗里的米酒已经喝干，
变暗的火塘不能再向，
明天还有要紧的活计要干，

各人应当回到自己的蘑菇房，
多余的话我还有一句，
只是不能用哈八来唱。

（作品节选自云南省少数民族古籍整理出版规划办公室编：《云南少数民族古典史诗全集（下卷）》，昆明，云南出版集团公司，云南教育出版社，2009）

第六章　丰富隽永　荡气回肠的“咏叹调”

——中国少数民族民间叙事长诗

第一节　民间叙事长诗

民间叙事长诗，又称为长篇“故事诗”或“故事歌”，是各族民众口头创作和流传的长篇韵文作品。在我国各少数民族丰富多彩的文学中，民间叙事长诗是重要类别之一。

民间叙事长诗不同于一般的民间歌谣。它和短篇叙事民歌（如仪式歌、节令歌、生活歌）、抒情民歌（如情歌）相比，篇幅较长，少则数百行，多则数千行，以塑造人物形象为主，具有完整、曲折的故事情节。它也不同于史诗，在形成时期上晚于史诗，是阶级社会的产物，没有远古时期的生活内容，也没有史诗庄严的格调、宏大的规模以及总汇民族知识的功能。

民间叙事长诗多以歌唱形式流传，叙述曲折的悲欢离合故事，有极强的故事性，并在叙述中自然而然地融入歌者浓烈的情感，随着故事情节的展开，散发出浓郁的诗意。长诗的叙事语言、表现方法等，都体现出叙事与抒情相融合的特点。如彝族的《我的幺表妹》：“表妹煮的饭，像山顶的白雪；表妹舀的水，像蜂桶的蜜汁；表妹做的荞饼，比砂糖更甜；表妹推的燕麦炒面，比菜花还香；表妹绣的花，蝴蝶也会飞来；表妹织的围裙，像天空中的云彩……”民间叙事长诗中的“序歌”部分，往往表达了歌者对所叙述故事的一种特殊情感，营造出一种抒情的气氛。如维吾尔族的《艾里甫与赛里姆》的序歌：“这首长歌流自我智慧的源泉，像夜莺的悲鸣激荡在每人的心间。我放开歌喉歌唱艾里甫与赛里姆，为忠诚的恋人献上爱情的花环。”民间叙事长诗还擅长运用各种表现手法增强诗歌的艺术感染力，如苗族的《仰阿莎》中，一连用九个优美的比喻，描写女主人公的美丽，抒发了对她的赞美之情：“头发油亮像丝线，面庞白嫩像茶花，眉毛像瑙约，嘴唇像乜良，牙齿白如银，裙褶像菌褶，裙脚像瓦檐，腰带花儿像鱼鳞，身上的花衣哟，锦鸡的羽毛比不上。”其次，民间叙事长诗最引人注目和最具魅力之处是塑造了一系列体现了民族精神和民众美好理想追求的人物形象，如《阿诗玛》（彝族）中勤劳、勇敢、智慧、倔强的哥哥“阿黑”，《满斗莫日根》（赫哲族）中勇武、机智、宽厚、仁爱的英雄“满斗莫日根”，《仰阿莎》（苗族）中活泼、纯洁、勤劳、善良、坚定的姑娘“仰阿莎”，《黄黛琛》（裕固族）中聪明、美丽、善良、坚贞的姑娘“黄黛琛”，以及达稳、马五哥、锦鸡姑娘、阿诗玛、召树屯、娥并、桑洛、嘎达梅林等众多个性鲜明的人物形象。

我国各少数民族素有深厚的民间诗歌传统，差不多每个民族都有一批职业或半职业的民间歌手。民族神话与传说、民族历史、生活习俗、重大事件等，往往都靠唱歌诵诗的形式而得以代代相传。民间叙事长诗在我国各少数民族中是相当发达的，尚未完全被搜集整理出来。如云南傣族的叙事长诗，据说有五百五十部之多，目前已搜集到目录和流传本三百多部。云南、贵州、广西、新疆、甘肃、内蒙古等地的少数民族中，也都有叙事长诗流传。在我国少数民族文学宝库中，民间叙事长诗以其多民族的特色、可观的数量、丰富多彩的内容而具有特别的光彩和占有十分突出、重要的地位。新中国成立以来，特别是20世纪80年代以来，经过搜集整理，大量的少数民族民间叙事长诗得以问世，为我国民间文学宝库增添了新的光彩。其中，彝族的《阿诗玛》、傣族的《召树屯》、《娥并与桑洛》、蒙古族的《嘎达梅林》等叙事长诗，已列入世界优秀民间艺术之林，成为我国民族民间文学宝库中的珍品。

第二节　各少数民族的民间叙事长诗

我国各少数民族民间叙事长诗品种繁多、内容丰富，以爱情婚姻为题材的长诗数量可观，多反映青年男女追求真挚的爱情、反抗封建礼教、争取婚姻自主的斗争，或以爱情为引线，反映社会政治斗争的题材，表现反抗暴政和向往贤君的思想。另一类则是反映社会矛盾、民族矛盾引发的斗争与反抗，或者是歌唱民族英雄光辉业绩的。民间叙事长诗在各少数民族中流传广泛，家喻户晓，其中最著名的有彝族的《阿诗玛》、《呷蒙阿沙》、《骑虎勇士》、《妈妈的女儿》，傣族的《娥并与桑洛》、《召树屯》、《葫芦信》、《松柏敏和嘎西娜》、《金羚羊夫妇》、《朗鲸布》、《相勐》，白族的《青姑娘》，壮族的《达稳之歌》、《达备之歌》、《达七和六丘》、《特华之歌》、《马骨胡之歌》，苗族的《张秀眉之歌》、《仰阿莎》（即《清水姑娘》），布依族的《伍焕林》，土家族的《锦鸡》，土族的《拉仁布与且门索》，回族的《马五哥与尕豆妹》，东乡族的《米拉尕黑》，维吾尔族的《艾里甫与赛里姆》，哈萨克族的《萨里哈与萨曼》，蒙古族的《达那巴拉》、《成吉思汗的两匹骏马》、《陶克陶之歌》、《嘎达梅林》，以及傈僳族的《逃婚调》、《重逢调》、《求婚调》、《结婚调》等。这些只是各民族民间叙事长诗中极少的一部分，但已在我们面前展现出五彩缤纷的世界。

一、彝族叙事长诗

（一）《阿诗玛》

《阿诗玛》是流行于云南圭山一带彝族支系撒尼人中的长篇叙事诗，几乎人人会唱。在节日或婚礼晚会上、在各种群众场合，人们都会唱《阿诗玛》。自1954年译成汉文之后，《阿诗玛》受到广泛、热烈的欢迎，如今已译为多种外文。它的故事梗概是：

阿着底山上住着穷人格路日明家，阿着底山下住着大财主热布巴拉家。阿诗玛和阿黑两兄妹，就是格路日明家的孩子。阿诗玛聪明美丽，人人喜爱。她六七岁就坐在门槛上替阿妈捻麻线，八九岁时就背着背篼、拿着铲刀上山为阿妈挖苦菜，十二岁就“走路和水桶作伴，站着和锅庄作伴”，割草、放羊样样都能。她赶的羊群像秋天的白云，她戴着自己绣的花头巾和花围腰，看她的人都看花了眼。到了住进公房的年龄，她能歌善舞，她弹的口弦会说话。她成了小伙子们离不开的伙伴，小女伴们离不开的好姊妹。她在众人心中像一朵红艳艳的山茶，像一枝清香的石竹。她的德行和美名传到山下大财主热布巴拉的耳朵里。他一心想凭自己的财势讨阿诗玛做儿媳妇。不管媒人如何会说，阿诗玛都严词拒绝嫁给那像猴儿一样的财主儿子。财主软硬兼施都不行，就派了一批狗腿子来把她抢去，又把她关进土牢，日夜逼她允婚。

哥哥阿黑在高山放牧，听到这消息立刻背起弓箭，骑上快马，赶去救阿诗玛。热布巴拉知道阿黑武艺高强，就用种种手段对付他。经过许多次较量，阿黑用神箭射中了财主家那神圣不可侵犯的祖先灵牌。财主为阿黑的神力所慑服，不得不把阿诗玛从土牢放出来。但他并不甘心，又暗中用计串通岩神，在阿诗玛兄妹回家的路上用大水淹他们。不幸的阿诗玛虽然逃出了逼婚，却在洪水中淹死了。阿诗玛变成了回音，永远在撒尼的高山上、云雾里回响。

长诗着力刻画了阿诗玛这个艺术形象，她不仅外貌俊俏、心灵淳美、勤劳智慧，而且充满着反抗精神。阿诗玛选择对象的标准是：“会种田的人我才中意”，“真心的人我才喜欢”，她始终反对嫁给财主热布巴拉家的儿子阿支：

清水不愿和浑水在一起，
我绝不嫁热布巴拉家，
绵羊不愿和豺狼作伴，
我绝不嫁给热不巴拉家。

看阿诗玛对媒人海热的拒绝是多么斩钉截铁：

山又高，树又密，
海热对着阿诗玛吹大气：
“对面塘水亮晶晶，
热布巴拉家在这里洗金银。”
阿诗玛说：
“今后的事情我不知道，
过去的事情我道明了，
那是他家洗血手的池塘，
你不用嘴尖舌巧。”

长诗极具艺术性并富有浓厚的民族特色和生活气息。诗歌常常运用铺叙、比兴、反复、夸张等艺术表现手法以及大量修辞润色的语言，如渲染阿诗玛的诞生“天空闪出一朵花，天空处处现彩霞，鲜花落在阿着底的上边，阿诗玛就生下来啦”；阿诗玛出生后，要洗小姑娘了，“脸洗得像月亮白，身子洗得像鸡蛋白，手洗得像萝卜白，脚洗得像白菜白”；阿诗玛满月请客了，场面很热闹“请了九十九桌客，坐了一百二十桌，客人带来九十九坛酒，不够，又加到一百二十坛。全村杀了九十九头猪，不够，又增加到一百二十头，亲友预备了九十九盆疙瘩饭，不够，又加到一百二十盆”，等等。又如对格路日明和热布巴拉两家的对比，爱憎分明，蕴含着对人民的歌颂和赞扬：“格路日明家，花开蜜蜂来，蜜蜂嗡嗡叫，忙着把蜜采。热布巴拉家，有势有钱财，就是花开蜂不来，就是有蜜蜂不采”。长诗中还将阿诗玛比作桂花，把阿黑比作青松，将热布巴拉的儿子阿支比作树枝或猴子，用黄老鼠比巧嘴的媒人，这些都包含着浓厚的彝族生活气息，也符合彝族人民的审美习惯。诗中还采用了彝族人民的许多口语，如“泥土翻两旁，好像鸡鸭拍翅膀”，生动传神，更加显示了长诗的生活气息，散发着泥土的芬芳。

人们至今怀念着阿诗玛，在山野里，撒尼姑娘不住地唱：

> 荞子一年熟一回，
> 谷子一年收一回，
> 可爱的阿诗玛！
> 怎么不见你回来。

（作品节选自杨知勇等整理，《阿诗玛》，中国青年出版社，1979）

（二）《呷蒙阿沙》

《呷蒙阿沙》是流传于峨边、雷波一带的彝族叙事长诗，它的主要内容是：从前凉山地方有一个绝世美女，名叫呷蒙阿沙。她美得“眼睛像星星般的晶莹，眉毛像新月般的弯曲，脸庞像山茶花一样红艳”。她的美名传到远处，被一个汉族大土司知道了，想要娶她。被她拒绝后，土司十分恼怒，就派大批兵丁去抢。爱她的表哥请来九个家支的队伍保护她，但是失败了。土司的兵丁打进了寨子。呷蒙阿沙没法逃出去，只好用锅烟将脸抹黑，穿上褴褛的衣服，混在人群里躲着。土司派人到处搜索都没有找到。有一天她在锅庄石边做饭，火太猛了，熏得她一滴滴的汗水在脸上淌着，把涂的锅烟冲掉了，被土司认出来，就立刻把她掳掠走了。表哥带着人马去追，反被土司的队伍捉住，关进监狱。呷蒙阿沙坚决反抗，也被土司关在牢里。正在她日夜啼哭，不食不饮，性命垂危的时候，感动了善良的天神，差遣一匹神马下凡。它一身金光闪闪，飞驰到狱门前，用脚踢开了监狱的门，让呷蒙阿沙和她的表哥骑着，向黑沉沉的夜空飞跑了。相传呷蒙阿沙在路上担心自己的容貌变了，就从怀里取出一面镜子来照。哪知镜子一失手，落到地上，变成了一个大湖，就是现在雷波黄琅地方那座有名的风光秀丽的马湖。

二、傣族叙事长诗

（一）《召树屯》

傣族叙事长诗《召树屯》，又名《召树屯与喃婼娜》和《南兑罕》，是一部在我国傣族地区家喻户晓的作品。1956 年译成汉文并经整理，先后由作家出版社、人民文学出版社、云南人民出版社出版，后又被译成英文、俄文等。这部长诗流传广泛，在我国西藏名叫《诺桑王子》，在印度叫《树屯和曼婼娜》，泰国叫《树屯与婼娜》，老挝叫《树屯波别》。

由于这部长诗流传于不同的国家和民族，内容上有差异，人物也不尽相同，作品的主题也因此有很大的差异。譬如流传于印度的《树屯和曼婼娜》，讲的是哈斯金纳普国的国王舒巴胡的儿子树屯的故事。有一天，树屯奉父王之命去参加邻国的盛大祭祀活动，因为这个国家的风俗是要捕捉人间一切能见到的生物作为他们祭祀的牺牲品，结果鸟国公主曼婼娜也被捉来了。树屯见到了曼婼娜，立刻被她的美丽所吸引，曼婼娜也很喜欢仪表堂堂的树屯，两人一见钟情。树屯便用禁止杀生的佛教教义说服了国王，把所有百姓献来的生物都放了。树屯和曼婼娜相爱，并把她领回斯金纳普国。但是，国王舒巴胡非常生气，把树屯关了起来，又把曼婼娜撵出国门。曼婼娜飞回喜马拉雅山的途中遇见一个猎人，便把自己的不幸告诉了他。猎人很同情她，曼婼娜就把自己的戒指留下并告诉他，如果树屯来找她，请把戒指交给树屯，猎人同意了。不久，树屯果然来追赶曼婼娜，在猎人和隐士的帮助下，他到达了克来拉特山的尼拉季城市，见到了鸟王德鲁马。鸟王很高兴，便为他们举行了盛大庆宴，夫妻团聚，又回到了人间。这个作品虽以爱情为主线，但其中已注入了因果报应的佛教教义，染上了浓厚的佛教色彩。在泰国、老挝、缅甸，这个作品已成了佛教故事，不仅出了各种版本，而且还把故事画在佛寺的墙上，把召树屯画成是佛祖释迦牟尼的转世，成了纯粹的佛教文学。

在我国傣族地区流传的《召树屯》则通过召树屯和喃婼娜的爱情故事，歌颂了傣族人民对自由、幸福和美好理想的渴望和追求。长诗《召树屯》的基本故事情节是：

在茫茫的森林里，有一片古老的、出圣贤的国土，叫作勐板加。皇后玛茜娜做了个梦，梦见一只老鹰落在她的屋顶。十个月后，她生了一个男孩，算命先生摩古拉预言他是个勇敢的人，便给他取名召树屯。召树屯长大以后，很喜欢打猎，又长得十分英俊，勐板加的百姓都很喜欢他，都说王子会给他们带来幸福。

在遥远的天与地之间，云与雾之中，有另一个叫勐董板的孔雀国。国王叭团有七个美丽的孔雀公主，最美丽的要算第七个姑娘喃婼娜。她们生活得很美满，每隔七天，就要飞到大森林里的金湖去游水。有一天，一个诚实的猎人来到金湖边，发现了正在湖里嬉戏的孔雀姑娘，认为这是天仙，就把这件事告诉了他们的王子召树屯。

召树屯立刻带着人马来到金湖边，可是他惊动了七个孔雀公主，她们惊慌地飞回勐董板去了。召树屯十分苦恼，他去请教旁边佛寺里的野和尚，问他怎样才能获得她们的爱情？野和尚没有指点他什么。这时，他想起他的老朋友神龙，神龙把孔雀姑娘的秘密告诉了他。

七天以后，那七位孔雀姑娘又飞回到金湖，“她们轻轻地落在湖边，像花一样飘落到水面，笑声泛起波纹，花朵飘向湖心”。召树屯按照神龙的启示，取得了喃婼娜的孔雀衣，然后，他放声歌唱，六个姐姐穿着孔雀衣飞了，喃婼娜没有孔雀衣，只好躲在花丛中。“喃婼娜的手啊被谁轻轻牵动”，受惊的喃婼娜低头不语，召树屯见她光着身子发抖，就把自己的衣服披在她身上，并且不停地歌唱，激动地表达他的爱情。他道出他的名字，姑娘感到十分震惊，因为她的命运已决定要嫁一个勇敢的人。这时，她深情地低声歌唱：“热辣的太阳，会使鲜花枯萎，你过热的爱情啊，叫我的心跳荡……愿你像一棵椰子树，树高根深，我会天天坐在树下，觉得快活凉爽。”她接受了召树屯的爱情。一对情侣在金湖边“漫舞轻唱”。

举行傣族婚礼——拴线之后不久，爆发了战争。为了保卫国土，召树屯不得不穿上盔甲，离别新婚的妻子出去打仗。美丽而又贤惠的喃婼娜不仅没有阻拦丈夫去保卫祖国，反而深情地鼓舞丈夫，她低声唱道：

你的爱情像血液一样，
永远激荡着我的心房……
请你不要为我伤心，
你的妻子，
一万年都为你活着，

你要很好地带领勇士，
不要让他们斜着眼睛看你……
去啊，不要说时间长，
椰子要十年才会结果，
葵花总是向着太阳，
你一定会得胜
欢乐的日子会像青松一样。

正当召树屯节节胜利的时候，昏庸的国王做了个梦，梦见他的肠子离开他的身体，飞出来绕城三周，算命的摩古拉故意说这是灾难即将降临的征兆，他诬陷道：“一棵树结不出两种果子，喃婼娜生得再漂亮，也不能和人住在一起”。又说：“只有杀了喃婼娜，用她的血来祭百姓的神，才能消除百姓的灾难。”昏庸的国王果然依从了摩古拉的妄言，决定在龙日杀害喃婼娜。那一天，“勐板加一片阴暗、凄凉，百姓围在宫殿门前，眼睛都黯然无光”，喃婼娜诉说无效，在临死的时候，她向爹娘提出最后一个请求：“请求把我的羽衣还给我，让我最后跳一次舞，再享一次人生的欢乐，我会安心地离开人世。”当她穿起孔雀衣，便翩翩起舞，飞向天空，痛苦地向勐板加、向百姓、向国王和王后告别，飞向勐董板去了。

召树屯凯旋回来，急着要见到他的妻子，到处找寻喃婼娜，不幸的消息“像猎人的暗箭”，使“一只飞在空中的鸟突然跌落下来”。于是，他立刻决定去追赶妻子，任什么力量也阻止不了他的决心。“只要我还有一口气，我就要寻找喃婼娜。”他又来到金湖边，帕拉西把喃婼娜留给他的一只金手镯还给他，又送给他一只猴为他带路，他的老朋友神龙又给他两种灵药和一支神箭。

召树屯走了三百三十三天，被一条刀剑掉进去都会溶化的黑河所阻。他正在河边徘徊，河面上突然出现一条巨蟒，横跨黑河两岸，用身子搭成一座长桥，召树屯把神龙的药涂在脚板底，从巨蟒的身上走过了黑河。又走了三百三十三天，前面出现了三座奇怪的石山，正在旋转着互相撞击，他用神箭射向石山，只听一声巨响，黄尘飞腾，机智的召树屯立刻穿过石山，等他回头再看，那三座石山又在继续旋转着互相撞击。又走了三百三十三天，召树屯来到沸腾的砂石的海洋旁边，连飞鸟也飞不过去，召树屯绝望了，他羡慕起飘过的白云来：

白云呀，
请告诉喃婼娜，
要是我不能过去，
就让我死在这里，
我死了也会化为一阵风，
要是她的门朝北边开，
我就会吹进她的屋里。
要不然我会变为一朵白云，
飘到她的屋顶，
早上我看她梳妆，
白天我听她歌唱，
晚上啊，
我会感觉到，
她对我的怀想。

就在他绝望之时，他听见一对世界上最大的哈西林鸟正在谈论要去勐董板，叭团因为七公主归来，正在杀象庆贺。召树屯非常高兴，他用剑鞘削开鸟的毛孔，自己钻进去躲在里面。哈西林就把他带到了勐董板。

召树屯走了三年，终于到了勐董板。怎么才能见到喃婼娜呢？恰好遇到她的侍女婻新莎为了要给喃婼娜"洗福"，挑着金锅来到井边挑水，召树屯偷偷地把金镯放进金锅里。婻新莎为公主洗澡，公主刚举起手，金镯就套在她的手腕上。喃婼娜十分惊讶，因为这正是她留给丈夫的那只金镯。她便盘根问底，婻新莎描绘的那个青年正是召树屯的形象。她去告诉爹妈，爹妈不相信，便派人去接召树屯进宫。

召树屯来到勐董板宫廷，叭团不让他们夫妻相见，他要看看女婿的本领。他用铁和巨石堆成三层石墙，再钉上铁钉，对召树屯说："年轻人，你能打开这道石墙，喃婼娜就是你的妻子。"召树屯骑上马，只轻轻一箭，三道墙全部崩开。可是，叭团还要看看召树屯的智慧。他叫人搭起一个布棚，让许多姑娘躲在布幕后面，每一个人伸出一只手，他对召树屯说："年轻的人啊，如果你认不出喃婼娜的手指，就请你快点转回家，以后再也不要见喃婼娜了。"召树屯把一个个手指都看遍，发现在一只手指上闪烁着像萤火虫似的戒指，这就是喃婼娜对他的怀念，于是，他就紧紧地抓住了这个手指，夫妻终于团聚。

叭团很喜欢这个女婿，就把王位让给了召树屯，召树屯做了勐董板的国王。不久，他领着喃婼娜回到了勐板加，接替了他父王的职位，又成了勐板加的国王。

长诗具有浓郁的傣族特色和风格，描写了傣族地区的旖旎风光和傣族人民的丰富生活，散发着傣族的浓浓诗情。山的美，水的美，人的美，诗的美都从那神秘的茫茫森林里散发出来。长诗一开始就让我们看见那无垠的原始森林，接着是绿茵丛中的竹楼和菩提树。诗人并没有大段地描述森林，却在每一节里都透露出森林的芳香，处处洋溢出对森林的热爱，甚至把召树屯（傣语的意思即是山野的猎人）完全描绘成森林的儿子、勇敢的王子。长诗描绘森林的美不是用直接的表现手法，而是通过诗的意境、人物的活动和感情去体现的，这正是《召树屯》的美，也正是傣族诗歌的美，也体现了傣族诗歌艺术技巧的娴熟。下面，我们节录长诗开始的几节，让大家感受《召树屯》中散发出来的浓厚森林气息：

诗人的歌

太阳从树林里伸出头
呆呆地望着我写这个故事
公鸡也朝我扇开翅膀
我的故事正在金色的天空中飞翔

美丽的故事像一片艳丽的彩霞
纯洁的爱情就像并蒂开放的鲜花
真心相爱的青年人啊
请把这份礼物收下
我要用最诚实的心
描下他们的欢乐和痛苦
让我的歌啊
像一棵绿茵茵的菩提树

请四面八方飞来的鸟群
都停下翅膀
请会唱的“托朗”（即一种在夜里唱歌的鸟）

绕着菩提树歌唱

从远方来的客人
带来他们的歌声
使各村各寨来的男女
带来他们的爱情

常青的菩提树啊
每一片叶子都是有情人的心
那蒙蒙的大雾啊
它夜夜来滋润

王子召树屯

在古老的勐板加地方
住着皇后玛茜娜
她梦见老鹰落在屋顶上
过了十个月，生下了一个男孩

为了孩子的命运
国王请来了“摩古拉”（即傣族卜卦的人）
摩古拉翻开了历书
在四十六个格子里寻找幸福

天空中最能飞的是老鹰
地上跑得最快的是金鹿
孩子的名字啊
应该叫作“召树屯”

最好看的玉石常常有斑痕
生得最直的树容易遭受风吹雨淋
幸福的王子
他会遭到爱情的折腾

十六年的幼苗长成树
十六年的召树屯长成英俊的青年
他的容貌像熔金般闪光

他的心肠像麂子般善良

他像一条神龙
在勐板加地方造下湖水
勐板加的百姓
就像开在湖里的金莲
英俊的召树屯
常常骑着马带着弩箭
在森林里追逐金鹿
在高空中射落飞雁

他也按照风俗
领着百姓赕佛
祈求“灭巴拉”（即管理雨水的神）
给勐板加带来风调雨顺

七个姑娘

离勐板加很远很远
在那云雾缥缈之间
有一个奇妙的地方
它的名字叫勐董板

勐董板是个好地方
遍地开鲜花
满山是牛羊
来往的人都骑着大象

勐董板的国王叫作叭团
他有七个一般模样的姑娘
她们像七只飞雁
披上孔雀的羽毛
就能在天空飞翔

七个公主啊
七朵海棠

花中有花王
最鲜艳的花朵
要算喃婼娜第七个姑娘

密密丛丛的树林里
又一个镜子般的金湖碧波荡漾
美丽的凤凰在那里栖息
多情的金鹿来来往往

湖边有一座古寺
古寺里住着一个叭拉纳西（即在森林中修行的和尚）
他像蜜蜂一样日夜念经
古寺里的钟声悠悠扬扬

每隔七天
七个美丽的姑娘飞到湖旁
每隔七天
湖边的花都为她们开放
雀鸟悄悄飞来偷看
只见千万层白花花的水浪中
七朵鲜花一晃一晃
……

爱情

湖水一片平静
喃婼娜微微打颤
就像风雨飘到她的身上
她不知道猎人将对她怎样

召树屯轻轻脱下自己的衣裳
把它披在喃婼娜的身上
然后他跪在姑娘的面前
嘴里又轻轻歌唱

“美丽的姑娘啊

我像一只粗野的狼
我像无礼的暴君
我的心啊，却像金鹿一样善良”

“请雪白的云朵给我作证
请微风表白我的心情
粉团花啊
我只是一只平常的蜜蜂”

“请你不要用双手遮住脸
只求你轻轻看我一眼
我知道，只要你看我一眼
你就会看穿我的心”

喃婼娜依然一声不响
就像含羞草被人触动
但是她的眼睛
就像湖水一样波动

椰子树没有他英俊
天上的星星比不上他的眼睛
哪里来的小伙子呀
菠萝的滋味也比不上他的歌声

召树屯恨不得拔出长刀
掏出自己的心
他不知道该用什么方法
才能表白他的爱情

“多兰嘎（傣族传说中的爱神）啊
请你打开谷仓
请你把爱情的种子
播在姑娘的心上”

“姑娘啊
我不是狐狸

不会吃小鸡
我不是老虎
不会伤害人

我是勐板加的一只丑鸭
我是猎人的一支秃箭
我是田野上能望的鹭鸶
我的名字叫召树屯”

喃婼娜听见这个名字
不觉吃了一惊
摩古拉曾经预言
她将嫁给一个勇敢善良的人
她的心里暗暗喜欢
恰恰遇到了心上的人

召树屯目不转睛地望着喃婼娜
召树屯的嘴没有停止歌声
在喃婼娜没有对他回答之前
他决心一辈子歌唱不停

“可爱的姑娘啊
我爱你是真情
不管天崩地裂
鱼儿在水里才能生存

我只要每天看你一眼
没有吃的我也心甘
请你这朵花开在我的园里
让我变成浇花的水”

母鸡听见公鸡的叫唤
会扇开翅膀
召树屯的歌声
像一只蜜蜂落在喃婼娜的心上

她望着湖水
又羞又喜，低声歌唱

“热辣辣的太阳
会使鲜花枯黄
你过热的爱情啊
叫我的心跳荡
一棵芭蕉只结一次果
懂得修剪花蕊的人啊
芭蕉果会愈结愈多”

“一棵香瓜只抽一次藤
会种香瓜的人啊
一棵香瓜爬满瓜棚”

“愿你像一棵椰子树
树高根深
我会天天坐在树下
觉得快活凉爽”

召树屯的两颊发烫
心里像煮开的水一样
接着他站起身
继续放声歌唱

“姑娘啊
你的歌声像湖里的清水
让我洗了一次澡
我感到我是一个骄傲的国王
湖边的花为我们开放
林中的鸟也为我们歌唱”

召树屯轻轻拉起喃婼娜
像一对恩爱的凤凰

（作品节选自贾之主编：《中国新文艺大系民间文学集（1949—1966）》上卷，北京，中国文联出版社，1991）

（二）《娥并与桑洛》

《娥并与桑洛》是傣族人民集体创作的长篇叙事诗。它不仅在云南德宏州、西双版纳州、耿马等傣族地区广泛流传，家喻户晓，在佤族、德昂族地区也流传较广。很多傣族群众认为它是傣族最有名、最好的诗，年轻人的情歌中也常常提到娥并与桑洛的名字，足见这部长诗影响的深远程度。

长诗《娥并与桑洛》叙述了一个近似汉族梁祝悲剧的故事。桑洛出生在景多昂的一个富商之家，聪明能干，他像“春花一样开放”，“像一棵竹笋长在绿荫荫的竹林里”。桑洛的母亲从家世的利益出发，要他和景算地方的“沙铁”（即因商致富的大富翁），桑洛姨妈的女儿阿扁结婚。这个阿扁，是个“织的布像一朵枯萎的花，走进花园，嫩苗都会遭殃”的女人。要桑洛和阿扁结婚，等于硬是把宝石和“起锈的黄铜”相配。为了逃避包办婚姻，桑洛外出经商，在古老的猛根城遇见了美丽的姑娘娥并。她“比棉花还洁白，比彩云还要柔和，手指像竹笋，声音像口弦”。两人一见面，就感受到了爱情的强烈震撼，“像金色的藤，攀在一棵树上，扭得比丝线还紧”。但是，桑洛的母亲嫌娥并家庭贫寒，反对这门婚事。已有身孕的娥并远道赶来寻找桑洛，桑洛的母亲借故支开儿子，用毒计将娥并赶走。娥并在森林里生下孩子，孩子生下来就死了。娥并回到家只剩下最后一口气，闻讯赶来的桑洛只看到娥并的最后一次微笑，他自己也抽出长刀，自刎倒在姑娘身边。长诗用幻想的形式寄托了人们对男女主人公的美好祝愿：两人的坟头长出了根根相连的芦苇，芦苇被桑洛的母亲烧毁后，两颗星从熊熊燃烧的大火中升腾而起，一晨一昏照耀人间。年年傣历三月三，两颗星星便在天上相会，发出耀眼而美丽的光芒。

下面是《娥并与桑洛》中《桑洛殉情》一节：

桑洛还在撒网，
这天真不顺利，
没有网到一条鱼，
中午才回到家里。

走到门前楼梯下，
看见一缕缕的血渍，
桑洛问母亲：

“地上怎么会有血?
是哪家孩子割破了手指?”

“儿呀!
今天我煮红皮树,
想给你的娥并染布,
染水倒在地上,
到处都染红了。

你妈妈煮了紫胶,
装在罐子里,
被娃娃们打泼在楼梯上,
看起来好像人的血渍。”

母亲的话是在骗他,
桑洛心里一片惊疑,
他赶忙去问邻居,
邻近的人讲了实话:

“桑洛呀!
今天真是好日子,
喜事来到你家。
大象自己走到你家,
你家没有把它拴起来,
它又回到森林去了。

一只羽毛闪亮的金孔雀,
已经飞上了你家的凉台。
可惜啊!
被你妈用箭射伤了,
金孔雀流着血飞走了……”

桑洛的心像着了火,
他跳上马就往寨外奔跑,
鞭子不停地把马抽打,

心里像有一盆火正在烧烤。

只见路上的血渍，
不见娥并的影子，
沙地上有一群小孩，
桑洛向他们打听：

“孩子们呀！
在热辣辣的太阳下，
这里有没有人走过？
是男是女快告诉我。”

“骑马的哥哥呀！
我们什么也没有看见，
只有三个姑娘，
扶着一个姑娘走过。

四个姑娘都漂亮，
她们来时头上戴着鲜花，
她们去时哭声响遍树林。
最漂亮的姑娘周身流血，
像只受伤的金孔雀。”

“她们过去多久了？
能不能追得上？”
“只要你的马跑得快，
不久就能赶上。”

她们走过的河，
河水还是浑的，
河水还没有变清，
岸上还有她们的脚印。

桑洛催打着马，
又跑了一段路。
前面有个老大爹，

肩上扛着锄头。

“老伯呀，
你种田的时候，
看见有什么人走过？
请快告诉我。”

“不见，不见！
只有一朵鲜荷花，
去景多昂时开得正茂，
回来却被太阳晒焦，
花和叶子都变黄了。”

桑洛听了这些话，
心里更加难过。
他抽打着马，
使完了所有的力气，
来到树林里。

一只小鸟在树上不停地叫：
“桑洛父亲，
桑洛父亲，
你来迟了！
你来迟了！”

小鸟是桑洛的血肉，
小鸟的叫声使桑洛伤心。
他在树下呆呆望着，
眼泪像夏天的雨水。

这是娥并生孩子的地方，
地上的树叶还是绿油油的；
小鸟在树上啼叫，
只是不见娥并。

“亲爱的姑娘！

等我一下吧，
再大的痛苦，
你也不要死去。

你要等着你的桑洛，
我在马上像火烧，
痛苦无论多大，
你也要活着。”

桑洛抽打着马，
眼泪不停地流，
来到勐根，
泪水已浸湿了鞍头。

跑进寨子什么也看不见，
只见娥并家门口挤满了人。
姑娘们正在舂米，
姑娘们正在劈柴。

桑洛下马就问：
“姑娘们为什么舂米？
姑娘们为什么劈柴？”

“我们舂米不是为了别的，
是为了桑洛的娥并；
我们劈柴不是拿去卖，
是为了你的娥并。

她前脚踏进门，
后脚还没进，
就倒下地死去了。”

桑洛听见这些话，
天地都黑暗了。
他冲进娥并的屋子，
冲开挡路的人，

就像钻进了蜂房，
人们的哭声比打雷还响。

娥并的母亲坐在屋角流泪，
娥并静静地睡着，
还像活时一样美丽。
桑洛一下扑上去，
他抱起娥并，
痛苦地呼唤：

“醒醒吧！醒醒吧！
快伸开你的双手，
抱住你的桑洛，
快接住我的手帕，
擦去脸上的泪珠。

我的好娥并！
你为什么紧紧闭着眼睛，
桑洛在和你说话，
你为什么不回答？

你像天上栽的荷花，
芳香的荷花怎能凋谢？
你的哥哥啊！
没有修一个竹篷，
挡住夏天的雷雨。

黑黑的头发，
黑黑的眉毛，
像棉花一样柔和的娥并呀！
即使你不能原谅我，
也要等一等我。

像山一样的爱情，
被狂风吹倒；

留下桑洛一个人，
活着也不再有生命！

如果你不能等待，
那就让我们的爱情，
像大青树的根子，
在深深的泥土里生存。”

娥并的眼睛，
微微张了三下，
看到了自己心爱的桑洛，
微笑着死在桑洛手上。

桑洛痛苦地呼唤，
双手紧紧把娥并拥抱：
“心爱的娥并啊，
你等等我吧！”
桑洛抽出了长刀。

大家慌忙拉他的手，
他抓出衣袋里的银子，
撒了满屋满地。
人们拥着去捡，
桑洛举起了刀……
倒在娥并身边。

（作品节选自《民间文学》1959 年第 7 期，云南民间文学德宏调查队搜集整理）

《娥并与桑洛》之所以能跨越时间和空间的界限，经历数百年后还能在各族人民中引起强烈共鸣，很重要的一个原因就是它给读者传递了一种特殊的艺术感染力，甚至不妨说是艺术震撼力。它不仅塑造了桑洛这一个性鲜明的人物，而且继承和发展了傣族文学独特的表现方法，保持了傣族文学的风格，使之委婉细腻、耐人寻味。桑洛也成为傣族人民心中的理想人物和美的化身。

三、景颇族叙事长诗

景颇族的长篇叙事诗，大致有两个方面的内容：一是反映人和自然界的斗争，反映善与恶的斗争，歌颂人的英雄气概和战斗精神，如《凯诺和凯刚》；二是反映青年男女婚姻不能自主和对美好爱情的追求，如《腊必毛垂与羌退必波》、《恩戈弄与洛培马扎堆》、《丁冬拉玛石布朗与桑章盆楠》等。

（一）《凯诺和凯刚》

《凯诺和凯刚》原是歌颂景颇族人民理想中的英雄人物凯诺的故事。这故事在景颇地区流传很广，产生时间较早，大都以散文形式讲述，但在盈江县却搜集到一部长达千余行的长诗。长诗由歌头、诞生、成长、打刀、激战、恋歌、寻找、风洞、重逢、拉弓、歌尾等十一个章节组成。这部长诗，许多歌手都能用木占调子演唱。

长诗以极具浪漫色彩的笔调描写了凯诺和凯刚这对孪生兄弟诞生的情景：“突然有一天早上，天不亮林中的鸟就欢唱，天刚亮寨里就有阳光，火塘里不加柴火火苗旺。就在这个时候，恩退木章生下了一对双胞胎，哥哥长得又白又胖，弟弟长得非常漂亮。”紧接着“成长”一章，描述两弟兄的差别。弟弟凯诺的歌声能飞过高山顶，使奔跑的马鹿停下脚；能把老虎打翻在地，把正在奔跑的马鹿的鼻子穿起来；“他到地里劳动，旱谷长得又绿又壮，他到田里使牛，笨牛也会长上翅膀”。哥哥凯刚则“打猎他怕累，劳动他怕脏，又笨又懒又胆小，爱吃爱喝爱逛地方。老人见了皱眉摇头，姑娘见了捂嘴发笑。”

景颇人有个规矩，“不学会打长刀，算不得真正的景颇人”。凯诺和凯刚到迈立开江边打刀的时候，铁锤声震动了水底龙宫，“叮当，叮当，震得山摇地动；叮当，叮当，惊跑了虎豹豺狼！两兄弟打铁的声音，把龙宫震得摇摇晃晃”！龙王掀起巨大的波浪并吹起大风来威胁他们。当凯刚看见风刮浪涌，看见龙王张着大口冲来的时候，就吓得浑身发抖，紧紧抱住凯诺的腰。凯诺却镇定自若，用三磅重的钳子钳住龙王的耳朵，用三拃长的铁链子把龙王拴在神山上，直到龙王的老婆拿出三件宝贝——金担箩、大弩弓以及祭鬼用的恩洞刀，才把它放掉。

在回家的路上，两兄弟乘着芭蕉船在河中漂游，龙王来报仇，凯诺挥起恩洞刀猛地砍去，一刀把龙王劈成两半，但因用力过猛，把他们乘的芭蕉船也劈成两半，就连又黑又深的大河，也被恩洞刀劈成两段。背着金担箩的凯刚向上游漂去，背着弩弓和恩洞刀的凯诺向下游漂去。

凯诺来到一个寨子，这里正遭受猛虎、毒蛇和老鹰的危害，听不见姑娘的歌声，看不见竹楼上冒青烟。为了救出虎口中的百姓，凯诺驱毒蛇、杀虎豹、战恶鹰："他左手拉弓射恶鹰，一眨眼射出的箭如雨一样；他右手甩动恩洞刀，能抵挡百人掷来的标枪！勇敢的凯诺呀，不怕天上的老鹰飞扑；勇敢的凯诺呀，不怕地上的老虎乱窜！"经过三天三夜的搏斗，凯诺杀死了猛虎、毒蛇和老鹰，全寨人民得救了。全村人民万分感激他，为他跳了一次"木脑"，称他是"天上掉下来的星星，太阳公公派来的勇士，世上最机灵的人，天下最勇敢的小伙子"。在跳木脑时，村里最漂亮的姑娘扎英与他相爱，并成为生死相依的恩爱夫妻。凯刚则不愿劳动，在森林里和猴子结为夫妻，猴子出去觅食，他却成天躲在树枝桠上的草房里。凯诺和扎英找到了他，看到弟媳扎英长得漂亮，便想占为已有。回家后，竟利用打猎的机会，设下毒计，把凯诺推下风洞的最底层。

凯刚利用景颇族实行的转房制，逼迫扎英做他的妻子，扎英用"三年祭天鬼，九年祭地鬼"的老规矩拖延，答应在九年之后若凯诺仍不回来，才和他"重盖新房另找地"。扎英愤怒地谴责凯刚："是谁把凯诺害，我心里最分明。刺竹长不出龙竹笋，水獭猫哪配吃蜂蜜？有主的花不能采，偷来的果子吃着不甜蜜！"忠贞不渝的扎英，九天九夜不吃一口饭，不喝一口茶，她用泪水使昏了的凯诺醒过来。她丢下风洞的糯米饭让凯诺吃了九年才吃完。到了第九年，藤子长到了风洞边，凯诺攀着藤子爬出洞口。凯诺来到寨外泉水边，为了和扎英会面，故意在源头上把水搅浑。这一节写得很有情趣："扎英背着竹筒来取水，看见了浑水心沉闷，为什么清清泉水变了样，莫不是泉水充当了送信人？"当扎英拾到顺水漂下来的梳子时，沿着溪水跑到水源头，找到了凯诺，她告诉凯诺："凯刚长了颗野兽心，九年来天天逼扎英，逼婚不成生毒计，决定今晚要抢亲。"

于是，凯诺和扎英商量决定，在今晚凯刚举行的舞会上，进行拉弓比赛，谁能拉开龙王献的大弩弓，扎英就嫁给谁。凯刚准备在跳了"木脑"之后就抢亲，扎英拿出大弩弓宣布："谁能拉开这个弩，大家来比赛！"小伙子们都拉不开，凯刚两手挣出血丝丝，也还是拉不开。扎英走到场边，拉出个长发人（凯诺），要他拉弓弩。凯诺走上前，喝干了酒筒里的米酒，拿起了弩弓，他的弩弓朝着东边射，弩箭却向西边飞。狠毒的凯刚正在西边站，弩箭飞来把他的心射穿。人们感到奇怪，凯诺的回答很富哲理：

东边尽是善良的人，
弩箭怎能把人伤？
弩箭要射豹子的心，
恶人自有恶下场！

当人们知道他是“死而复生”的凯诺后，高兴地唱道：

我们的凯诺呀！
你的心地最善良，
善良的人不会死，
天鬼地鬼也不能把你伤！

人们把大铓大锣重新击响，把象脚鼓重新敲响，重新跳起欢乐的“木脑”，为凯诺和扎英再贺新房。长诗这样结束：

勤劳的蜜蜂呀，
飞到花丛中来采蜜，
蜂蜜酿成一筒筒，
滋润着寨里的景颇人。
伶俐的蜜蜂呀，
飞到花丛中来传粉，
花粉催开花万朵，
给景颇山带来一片春。
勇敢的凯诺，
美丽的扎英，
像一对蜜蜂飞在花丛中，
又采蜜来又传粉。
我的“木占”歌，
再唱也唱不完，
凯诺和扎英的故事，

代代往下传！

（作品见段胜鸥等的整理本：《凯诺和凯刚》，发表于《山茶》1981 年第 3 期）

（二）《腊必毛垂与羌退必波》

《腊必毛垂与羌退必波》，是流传在景颇族中的一部群众喜爱的叙事长诗。长诗叙述：

在景颇地方，有个美丽的姑娘羌退必波，她能歌善舞，聪明能干。周围几十个山头，没有哪个姑娘比她更漂亮。“她唱起歌来，那最能唱歌的斑斑鸟，也害羞得停住了口；她跳起舞来，那最威严的大青树，也会动情地跟着她轻轻摇晃。”周围几十个山头，没有哪个小伙子不为她动情。可是她的父亲诺羌瓦是个势利的山官，看不起那些虽然能干，但家境贫穷的小伙子，却看上了有钱人家的儿子阿罕毛棉。阿罕毛棉又丑又懒又刁钻，成天围着羌退必波转，羌退必波连看都不看他一眼。为了女儿的婚事，诺羌瓦决定举行一次选女婿的“总戈”舞会，想让阿罕毛棉在舞会上一显身手，来赢得羌退必波的欢心。听说要跳总戈，羌退必波向父亲要求，让她到迈立开江边去捞些鱼，吃一顿丰盛的晚饭，再热热闹闹地去跳总戈，选女婿，诺羌瓦同意了。

羌退必波来到江边，用鱼笼关住了两条活蹦乱跳的大鱼，可是她没有马上回家，像在等待什么似的，站在江边眺望。这时，远远地从江对岸传来了一个小伙子的歌声：

江对面是谁呀，你是个漂亮的姑娘，还是一篷斑色花？请你快回答。

羌退必波向对岸望去，见走来一个身披兽皮的小伙子，头上戴着野猫皮的帽子，手里拿着打猎用的弩弓，结实得像一头野牛，她的眼睛立刻明亮起来，便放开歌喉对起了歌。于是她知道他的名字叫腊必毛垂，是个勇敢的猎手，就偷偷爱上了他。小伙子见了羌退必波，也十分喜欢。他砍了些树枝和竹子，做成竹筏，撑着竹筏，来到姑娘身边。姑娘邀请小伙子去参加今晚的总戈舞会，告诉他，要在舞会上选女婿，小伙子高兴地答应了。

晚上，总戈舞会开始了。小伙子们举着银光闪闪的长刀，拿着各种美丽的花环和羽毛；姑娘们穿上最艳丽的筒裙，尽情地跳舞。见羌退必波紧紧地围着腊必毛垂跳舞，阿罕毛棉嫉妒得两眼发红。舞会跳得正热闹，腊必毛垂头上的梳子掉下来了，羌退必波连忙悄悄地把梳子捡起来，装在筒帕里。按照景颇人的规矩，梳子是爱情的信物，只有相好的人，才能把梳子送给她。晚会结束后，腊必毛垂找不到梳子，就拉开弩弓，朝天放了一箭，让箭去寻找拾梳子的姑娘。羌退必波回到家中，装作织筒裙，眼睛却在腊必毛垂的梳子上。突然，一支弩箭从天上飞来，射在她织筒裙的纬杆上，腊必毛垂跟着弩箭进来了，见羌退必波拿着他的梳子，心里像吃了蜂蜜一样甜。从此，两颗心紧紧地连在一起，再也分不开了。

他俩的爱情，使阿罕毛棉恨得咬牙切齿，他告诉诺羌瓦说，腊必毛垂是个孤儿，羌退必波要跟他穷一辈子。诺羌瓦想了个主意，把阿罕毛棉和腊必毛垂找来，让他们到山上去，找一种能把鸡鸭鸽子吓得满天飞的枇杷果浆，谁找到了，就把女儿嫁给他。等腊必毛垂走后，诺羌瓦告诉阿罕毛棉说，这种枇杷果浆就是老虎奶。这话被羌退必波听见了，她立刻跑去告诉腊必毛垂。勇敢的腊必毛垂，穿起虎皮衣，戴上野猫帽，躲进老虎窝。当小老虎吃奶时，他去接奶汁。胆小的阿罕毛棉，不敢进老虎窝，拿回了臭的枇杷果浆，家禽一点也不害怕。当腊必毛垂把老虎奶倒出来时，家禽吓得乱飞乱叫，腊必毛垂胜利了，羌退必波笑开了。

可是，诺羌瓦却变卦了，他说还要再找回一节没有节的竹子（大黑蛇）。腊必毛垂又胜利了。可是，诺羌瓦又变卦了，他说：“只拿回大黑蛇还不行，谁敢到山上挖个野猪窝，我的女儿就嫁给他。”等腊必毛垂走后，诺羌瓦又告诉阿罕毛棉：“野猪窝在风洞口，挖的时候只能挖一步退一步，不能挖一步进一步。”这一次，羌退必波在织筒裙，没有听到他们的谈话。第二天，腊必毛垂去挖野猪窝，挖一步进一步，一脚踩空，掉进风洞里去了。这风洞太深，人掉进去，永远出不来。阿罕毛棉洋洋得意，回来对羌退必波说：“腊必毛垂没本事，掉进风洞里永远回不来了，你还是嫁我吧！”羌退必波忙往风洞口跑去，坐在风洞口哭起来。突然，一支弩箭从风洞里飞出来，羌退必波知道腊必毛垂没有死，立刻上山去采来九箩火拉果，倒进风洞里，希望总有一天火拉果藤会爬到地面来，腊必毛垂也就可以顺藤爬出洞来。怀着这一希望，她每天朝风洞里丢一包饭，让腊必毛垂天天有饭吃。

九年后，火拉果藤爬出了地面，腊必毛垂也爬上来了。在松鼠、豪猪、斑斑鸟的指引下，腊必毛垂找到了正在砍柴的羌退必波，激动地唱起来："我看不见蓝已九年，我看不见太阳已九年，羌退必波呀，我的斑色花，你还是和从前一样鲜艳！"羌退必波也激动地唱道："真是你吗？腊必毛垂呀！你过了九年的苦生活，我吃了九年的苦树果，再深的洞关不住你，再宽的河拦不住我……"久别重逢的一对情人，诉不完的衷情。羌退必波想了个办法把腊必毛垂藏在柴堆里，背回家去，再设法说服父亲诺羌瓦，请他同意他俩结婚。

回到家以后，羌退必波一面把柴放在火塘边，一面小声对柴堆里的腊必毛垂说："悄悄地爬到火塘头上的熏篾棚上去。"不料腊必毛垂露出了一只脚，引起诺羌瓦的疑心。他找来一堆辣椒倒在火塘里，一股呛人的熏烟不断往腊必毛垂鼻孔里钻，腊必毛垂实在受不了，只好从熏篾棚上下来。诺羌瓦一见腊必毛垂，转身就去找长矛，要刺腊必毛垂。诺羌瓦把长矛刺过去，腊必毛垂转手把长矛一接，立刻夹在腋下，翻身倒地。羌退必波吓得哭着扑向腊必毛垂，当她扑在他身上时，见腊必毛垂睁开眼睛向她挤了挤，羌退必波先是转哭为笑，一想，又放声大哭起来。她哭着对诺羌瓦说："阿瓦呀，腊必毛垂被你刺死啦，杀死人官家要追查，我马上把他埋了吧！"诺羌瓦连连点头说："快，快去埋掉吧！埋掉吧！"

于是，羌退必波立刻去拿了一床毡子，把腊必毛垂裹好，背出了寨子，他俩就手牵手，谈笑着，逃到很远很远的地方去了。

（作品选自毛星主编：《中国少数民族文学（下）》，长沙，湖南人民出版社，1983）

四、回族叙事长诗

回族民间叙事长诗流传最早的有《歌唱英雄白彦虎》。白彦虎是1862年陕西回民起义十八大营的领袖之一，他率领的义军曾多次打败清政府派来镇压起义的官军。后来，白彦虎率领的一支义军从陕西转战甘肃、青海，又经过长途跋涉，于1874年退往新疆，最后流亡国外。这篇叙事诗，主要叙述白彦虎率领起义军离开陕西之后，经甘肃转战新疆的情况。此外，反映爱情题材的著名叙事长诗有流传于宁夏六盘山的《吆骡子》和流传于甘肃、青海、宁夏等地的《马五哥与尕豆妹》等。

《马五哥与尕豆妹》，这部长诗是根据清朝末年发生的一个真实的故事，由回族群众口头集体创作并流传下来的。河州莫泥沟回族青年马五和尕豆同为孤苦伶仃的穷苦人，两人相爱交换信物私定终身。但是，恶霸地主马七五看上了年轻美貌的尕豆，强娶给十岁的儿子为妻。尕豆不甘忍受非人道的婚姻，敢于继续与马五相爱。两人在泉边不期而遇，倾诉衷肠并约定深夜在尕豆家相会。不料两人正处热恋之际，却惊醒了床上熟睡的小丈夫尕西木，为怕事情败露，二人失手杀了尕西木。马七五买通官府，将过失杀人的“花案”判成“命案”，马五和尕豆双双被绑缚刑场斩首。这首长诗格调悲壮，叙事凄婉动人，既是对至死不渝的爱情的赞颂，也是对封建邪恶势力的控诉。

《马五哥和尕豆妹》仅在甘肃、青海、宁夏等地搜集整理出的不同版本就有七八种之多。整理本共三百余行，分序曲、初恋、婚变、相约、热恋、逼杀、一告、错斩、尾声等九部分，通篇采用了两句一节的“花儿”形式，成为“西北高原的绝唱”，长期以来，在西北地区回族民间广泛传播，几乎家喻户晓。

序曲是歌头，交代了故事发生的时间、地点及这首长诗产生的原因：“光绪七年年成怪，莫泥沟出了个大事情。有心人编成花儿曲，唱到了各州府县里。曲儿未唱泪淌干。”接着，从初恋开始展开故事情节：

河州城里九道街，莫泥沟出了一对好人才。阳洼山上羊吃草，马五哥好比杨宗保，天上的星宿星对星，尕豆妹赛过穆桂英。大夏河水儿四季清，少年里马五哥是英雄。一片青草万花儿开，女子中的尕豆妹是好人才。马五哥牧羊（者）高山上，尕豆妹担水河边里过。“马五阿哥你站下，你的模样儿我看上。”马五阿哥站下了，尕豆妹把模样看下了。天上的雀儿飞着过，马五阿哥是麻子哥。麻是麻在皮外哩，心肠好（者）人爱哩。“你没有老子我没有娘，姻缘自个儿来商量。”“世上的男子千千万，只有马五哥我喜欢。”“川里的牡丹开不败，只有尕豆妹马五哥爱。”“你把我疼来我把你爱，指甲连肉是分不开!”对着胡大把誓发:“活不分手死一搭!”

长诗在后面各部分里，生动地展现了尕豆妹被强娶到马七五家以后的种种情景，叙述了尕豆妹约马五哥私会，共叙知心的话儿，以及捂死尕西木，官司打不赢，双双被解押兰州城的过程。在最后“错斩”一章里，开堂审讯和问斩尕豆马五的描写尤为感人：

大老爷堂上一声吼，六班的衙役齐动手。竹板子打来，夹扛夹，“谁叫你把女婿娃杀?!”“杀人的死罪我承担，是谁叫我俩人把祸闯?!叫一声胡大你睁开眼，我俩的冤枉谁评判?”“马五哥豁出了五尺身，要救尕豆娃娃的身。”“大老爷把我的头割下，尕豆的身子你不要糟蹋。你把尕豆放给（者）回，天大的罪名我一人背。”“我俩一搭来了一搭回，死了是这辈子不后悔!”“我和尕豆妹一搭里走，胡大的跟前诉冤走!”“大老爷他把钱吃上，活罪断在个死罪上。大老爷判决下来了，尕豆和马五要斩了。前打锣鼓后吹号，兰州城里吵红了。南山里黑云绾疙瘩，雷响电闪白雨发。南山的白雨下来了，兰州城里的人们看来了。一搭儿唱来一搭儿走，没见过这么一对好连手，尕豆妹和马五哥实可怜，一搭儿杀在了华林山。”

（作品见高天星搜集整理：《马五哥与尕豆妹》，见《中国民间长诗选》第2集，上海，上海文艺出版社，1980）

五、蒙古族叙事长诗

蒙古族诗人和民间歌手创作了大量美不胜收的叙事长诗，它们具有鲜明的民族特色和浓郁的生活气息，在群众中广为流传，经久不衰。比较著名的有以手抄本形式长期流传的寓言体叙事长诗《成吉思汗的两匹骏马》，反抗封建礼教、婚姻制度的《诺丽格尔玛》、《达那巴拉》、《韩秀英》，反映人民的起义斗争、歌唱英雄的《嘎达梅林》、《陶克陶》、《席尼喇嘛》、《嘎瓦桑布》、《英格与勒城》、《孟和巴雅尔》等，其中的《嘎达梅林》便是一首在内蒙古广泛流传并具有全国性影响力的蒙古族叙事长诗佳作。根据长诗创作而成的其他文艺作品也在各地相继出现，如歌剧、晋剧、电影文学剧本、连环画以及交响乐《嘎达梅林交响诗》等，这些都说明长诗也具有极高的艺术价值。

《嘎达梅林》是以真实的历史事件为依据创作而成的。主人公嘎达梅林是真实的人物，1892 年出生于哲里木盟达尔汗旗（今科左中旗）塔木格日满都日咔村。蒙古名那达木德，汉名孟青山，乳名嘎达（东北地区称幼子为“嘎达”）。因他成年之后，在旗王府任官职梅林，故称他为嘎达梅林。

嘎达梅林是反对帝国主义、封建军阀、王公，举行武装起义的人民英雄。东北军阀张作霖，为了进行内战，勾结科尔沁的达尔罕王的宠妾刘福晋，在牧场开荒，大肆掠夺内蒙古草原的土地，牧民无处放牧，流离失所的牧民四处逃亡，一部分贵族上层的利益也受到威胁，从而激起了广大牧民的极端愤慨和一部分贵族上层的不满。达尔罕王手下管理民兵的梅林嘎达目睹了这些惨状，向达尔罕王提出禁止开荒的要求。达尔罕王不听劝告，革了嘎达的职务。嘎达梅林联合自己的好友联名上书，后又呈上万人签名书，亲自去奉天（今沈阳）再次面见王爷，恳请收回成命，终止出卖土地。这使张作霖和刘福晋大为恼火，将嘎达等人逮捕，并押回王府准备处决。嘎达梅林的妻子牡丹听到消息后，为救丈夫首先斩断牵累，亲手枪杀了自己的女儿天吉良，然后联合农民起义军首领天胡、高山劫狱，救出了自己的丈夫。嘎达出狱后，高举反对开荒的旗帜，举行武装起义。起义队伍发展迅速，由数十人扩大到数千人，他们捣毁屯垦局，打击屯垦军。但是，蒙古民族中的败类勾结封建军阀，里应外合，围追堵截起义军。1931 年在新开河一战中，嘎达梅林及其队伍误入圈套，嘎达梅林不幸在泅渡到河中心时中弹牺牲。科尔沁草原的人民为了寄托哀思创作了长达两千余行的叙事诗《嘎达梅林》，反映了以嘎达梅林为首的蒙古族人民反抗军阀张作霖勾结日本侵略者吞并内蒙古地区的斗争经历，热情洋溢地歌颂了蒙古族人民反抗阶级压迫、民族压迫的大无畏精神，是一首悲壮、雄浑的蒙古族革命英雄的赞歌。

长诗以充满怀念之情的“序歌”开篇，把人们带到了那遥远的血与火的年代：

南方飞来的小鸿雁哪，
不落辽河不起飞；
要说起义的嘎达梅林，
是为了蒙古人民的土地。

北方飞来的海力色雁哪，

不落辽河不起飞；
要说造反的嘎达梅林，
是为了蒙古人民的土地。

滚滚的西拉木伦河岸旁，
达尔汗旗啊，富饶宽广；
美丽的浩林毛道九间房啊，
就是嘎达生长的地方。

阴森森的达尔汗旗王府，
是一座充满血腥的魔窟，
嘎达就在这吃人的虎口，
当差做事日夜地忙碌。

鸿雁飞往遥远的天南，
忘不掉西拉木伦河河畔；
嘎达虽是王府的梅林，
热爱家乡的无边草原。
鸿雁飞往遥远的地北，
忘不掉哈拉木伦河流水；
嘎达虽是官兵的梅林，
热爱家乡的父老乡亲。

执政的达尔汗王淫逸成性，
把张作霖的妹妹娶做福晋；
自从新福晋迎进了王府，
达尔汗旗就落得日益贫困。

掌权的达尔汗王残暴成性，
和军阀狼狈勾结任意横行；
自从新福晋迎进了王府，
达尔汗旗就落得灾难重重。

要说宽广辽阔的地方啊，
一望无际就数科尔沁草原，

腐败的达尔汗王公贵族啊，
一片一片把它典尽卖完。

要说富饶美丽的地方啊，
遍地珍宝就数达尔汗旗牧场，
万恶的军阀张作霖啊，
一块一块把它霸占侵吞。

天上的鸿雁从北往南飞啊，
是为了寻求太阳的温暖；
要说起义的嘎达梅林啊，
是为了蒙古人民的草原。

天上的鸿雁从南往北飞啊，
是为了迎接春天的降临；
要说造反的嘎达梅林啊，
是为了蒙古人民的利益。
……

序歌部分反复回旋的唱段，揭开了全诗的主题，让人们沉浸在悲壮激越的气氛之中，紧接其后的十二章则以浓重的抒情笔调展现波澜壮阔的画面，展开丰富多彩的故事，刻画形形色色的人物。长诗对嘎达置生死于度外，去奉天面见达尔罕王和军阀张作霖慷慨陈词、大义凛然的英雄气概以及英勇就义的场面都写得昂扬激越、雄浑悲壮。面对军阀张作霖的飞扬跋扈，嘎达梅林巍然屹立：

在你面前站着的，
我的名字叫嘎达。
世世代代耿直刚正，
我是旗里的梅林。
美丽的达尔罕旗，
被你霸占屯垦，
我才来到衙门的官厅，
要和你当官的讲理诉讼！

……

张作霖恼羞成怒，将嘎达梅林定成死罪。嘎达梅林自知已落入敌手，决心死也要死在自己家乡，遂对达尔罕王唱道：

达尔罕的王爷啊，
你好比尊贵的金龙降世，
从奉天娶的福晋啊，
是一个花花的狐狸精！

为了百姓而来，
嘎达我死也无怨，
难道王爷你，
就把我送给奉天的衙门？
……
黄金白银的威力无比的时代啊，
你上了妖孽的福晋的圈套了，啊，王爷！
代表人民而来，
虽然有了死罪，啊，王爷，
在父母之乡的达尔罕旗，
你恩赐我一掌的地方吧！

财富金银的魅力胜过一切的时代啊，
你中了狐狸精福晋的诡计了，啊，王爷！
代表群众而来，
纵然有了死罪，
难道没有回到父母之乡，
死在达尔罕旗的权力吗？

长诗中牡丹下决心去劫狱之前，忍痛枪杀女儿时，有这样的描写：

前辈子要是无缘哪，孩子，
为什么给这无恩德的父母做儿女？
前辈子要是有缘哪，
为什么一家团聚得这样短促？

前辈子要是无缘哪，孩子，
为什么给这无福分的父母做儿女？
前辈子要是有缘哟，孩子，
为什么一家大小这样命苦？
……
心想把你带去哟，孩子，
怎能从虎口里救你爸爸？
看你死在仇人的手中，孩子，
还不如死在妈妈的手中。
心想把你带去哟，孩子，
怎能在战场上和敌人厮杀？
看你落在敌人的手中哟，孩子，
还不如死在亲娘的手中。
……

长诗第十三章尾声照应序歌部分，表达对英雄的崇敬悼念之情，渴望春天的来临：

天上的鸿雁从南往北飞啊，
是为了迎接春天的来临；
反抗王爷的嘎达梅林啊，
是为了蒙古人民的利益。

天上的鸿雁从北往南飞啊，
是为了寻求太阳的温暖；
反抗军阀的嘎达梅林啊，
是为了蒙古人民的草原。

乌蒙蒙的云雾啊，
遮住了升起的太阳；
残暴的达尔汗王啊，
夺去了嘎达的生命。

呼啦啦的风暴啊，

刮昏了晴朗的天空；
凶恶的军阀刽子手啊，
杀害了嘎达的性命。

严冬的草原虽然寒冷，
接着就是温暖的春天；
嘎达梅林啊，虽然倒下了，
他的英名永传人间。

隆冬的草原虽然阴沉，
跟着就是明媚的春天；
嘎达梅林啊，虽然死去了，
坏人的天下不会久远。

（作品选自陈清漳等翻译整理：《嘎达梅林》，《中国民间长诗选》，上海，上海文艺出版社，1980）

在内蒙古大草原，蒙古人至今还满怀深情地传唱《嘎达梅林》，缅怀民族英雄嘎达梅林的英勇事迹。

六、苗族叙事长诗

苗族的叙事长诗丰富而多姿多彩，较古老的是轮回问答体，在一问一答中展开故事情节，如《打杀蜈蚣》。这是一首长达千行的赞美古人生产劳动的叙事长诗，流传在沅江上游的清江两岸。后来，苗族叙事长诗逐步摆脱了轮回问答体的形式，用直接叙事和抒情展开故事情节和描绘社会生活，流利而自然，畅达不羁。作为过渡形式出现的，是通过一定的故事情节反映生产劳动和劳动欢乐的歌，如黔东南的《药酒歌》、《求雨歌》，黔西北、滇东北的《原卯老人备牛草》等。影响较大的爱情叙事诗有《仰阿莎》、《娥娇与金丹》、《久宜和欧金》、《哈迈》、《雄当与配莉》、《友蓉伴依》、《阿荣和略刚》等。

（一）《仰阿莎》

《仰阿莎》是苗族最优美的爱情叙事长诗，被誉为“最美丽的歌”，流传在风光旖旎的苗族聚居区黔东南清水江两岸。这首叙事长诗，在苗族人民中享有崇高的声誉并且影响深远。《仰阿莎》是苗语译音，“仰”是姑娘的名字，“阿莎”在苗语里是“凉水”的意思，“仰阿莎”的意思即“清水姑娘”。

苗族人民称《仰阿莎》是“最美丽的歌”是很有道理的。它反映了仰阿莎对真挚爱情和美满生活的热烈追求，歌颂了自由恋爱，谴责包办婚姻，表达了苗族人民的思想感情和生活愿望，是一篇具有深刻含义和强烈美感的优秀作品。同时，长诗的想象丰富瑰丽，比喻、拟人也极为巧妙，具有浓郁的神话色彩，散发着浪漫主义的芳香。这首长诗的主要内容是：

> 螃蟹挖了井，百鸟扛来彩虹搭桥，仰阿莎才从水井里生出来。仰阿莎生在清凉的井水里，也跟清凉的井水一样美。她刚生下三天就能上山采野菜，听了她的歌声，山上的树木都开满了花。美丽的樱桃花，勤劳的蜜蜂，善歌的画眉都喜欢仰阿莎，争着和她游方（即谈情说爱）。乌云看见仰阿莎要找情哥哥了，就跑到天上太阳家，劝太阳娶她。太阳站在楼脚往下一看，一下就被仰阿莎的姿色惊住了，忙问要怎样才能娶到仰阿莎。乌云说：“我的话会使你们成双。”乌云悄悄靠近正在绣花的仰阿莎：“地下最美的算是你，天上最富的数太阳。他用银子砌墙，他用金子铺路……嫁给他吧，仰阿莎！”仰阿莎说：“七百挑田我不爱，一挑田我不嫌，只要人勤快，只要心肠好，才能快快活活共到老。”乌云说：“他就是这样的人！”年轻不懂事的仰阿莎被谎言所骗，跟随乌云出嫁太阳家。樱桃花来劝她，画眉鸟来劝她，蜜蜂也来劝她。他们向她揭露乌云的谎言，请她别忘过去的感情，请求和她成家。仰阿莎停步不想走了，乌云着急了，抱起仰阿莎飞到了太阳家。太阳第一天和仰阿莎同桌吃饭；第二天同仰阿莎烤火谈天；第三天他找来贫穷的月亮当长工，丢下新婚的妻子，到东海边当理老（即断案的官）和做生意去了。太阳去的时候枫叶正发青，可是枫叶已经红了三次，仰阿莎还守着空房。仰阿莎问东方来的人：“太阳几时才回来？”人家说：“他在东海边讲道理、做生意，桌上捡银子，桌下捡牛腿，只顾争名利，哪里还记得起你！”蝉儿在树上为仰阿莎悲鸣，仰阿莎听得好伤心。她请蝉儿把她的心带到东方去，把太阳叫回来。好心的蝉儿掏空了自己的心肝，身轻如羽飞到了东方，停在太阳的理片（据说是理老断案的竹片）上，求太阳快回家，被太阳一理片打死了。仰阿莎嫁

给太阳，却守了六年空房。她的心像泉水一样冰凉，寂寞又悲伤。有谁替仰阿莎舂米呢？是那少说话的月亮；有谁帮仰阿莎挑水呢？是那心肠好的月亮。于是，仰阿莎给月亮送午饭，给月亮烧洗脚水，和月亮在河边游方。贫穷的月亮不敢爱仰阿莎，仰阿莎却爱上了贫穷的月亮。他们逃出了太阳家，在天边安了家。当太阳得到这个消息后，像老虎一样暴跳，赶回家来见猫打猫，见狗打狗，拿着弓箭就要到天边去射月亮和仰阿莎。仰阿莎的哥哥将他劝住，和他一起到天边找到仰阿莎。太阳又花言巧语骗道："我对你心没变，快快跟我转回家。"仰阿莎早就恨透了他："青草已沤成泥巴，我实在寒心你。"于是，双方请理老讲理断案。月亮割了江山，得到仰阿莎。太阳哈哈大笑说："我宁愿要江山，不要仰阿莎！"据说原来白天也是月亮掌管的，自那以后，月亮就只能掌管晚上了。可是月亮却得到了无价之宝——美满的爱情。

（作品节选自《中国民间长诗选》，上海，上海文艺出版社，1980）

（二）《友蓉伴依》

《友蓉伴依》是流传在广西大苗山地区的八大苗歌之一，在民间一直很有影响。现在，友蓉和迭功这两个名字，已成为了爱情坚贞的代名词。这是一首反抗地主陷害良民、强占民妻的爱情叙事长诗。它的故事情节是这样的：

在一个年节的歌舞场上，美丽的姑娘友蓉悄悄把红绒球挂在情人迭功的芦笙上。地主的儿子抵皆企图抢走红绒球，强占友蓉，遭到可耻的失败，因而怀恨在心。后来，抵皆乘迭功放木排去柳州备办婚礼的时候，买通土官，强加给迭功罪名，将他打入牢狱。迭功怀揣着爱情的信物——半边金竹，在狱中受苦七年。七年中，友蓉顽强地击退了抵皆的六次威胁利诱。最后，抵皆竟劫走友蓉，威逼成亲。幸得迭功越狱逃回，救出友蓉，双双逃入深山，过着自由幸福的生活。

《友蓉伴依》语言丰富，表现手法多种多样，刻画人物也比较成功。长诗中描绘友蓉等人物的形态就十分巧妙：

友蓉像一只美丽的孔雀，
从树林里飞出来了，
飞过九个山林，

九个山林都有了光彩；
友蓉像一朵鲜艳的彩霞，
从天边飘出来了，
飘了九个山冈，
九个山冈都亮光光……
八千九百个男子都不会吹芦笙了，
八千九百双眼睛朝着她望。

迭功像一头美丽的花鹿，
从山林里跑出来了，
跑过九个山梁，
九个山梁都有光彩；
迭功像一道光亮的闪电，
从云缝里闪出来了，
闪过九个山冈，
九个山冈都亮堂堂……
九万八千个姑娘不会踩堂，
九万八千双眼睛朝着他望。

抵皆像一个癞蛤蟆，
从山沟里跳出来了，
跳过九个山沟，
九个山沟都沾了污水；
抵皆像一头黑熊，
从荒林里爬出来了，
爬过九个山冈，
九个山冈都染黑了……
九万八千个姑娘吐口水，
九万八千个姑娘捂眼睛。

（作品选自毛星主编：《中国少数民族文学（中）》，长沙，湖南人民出版社，1983）

第七章　采撷百花酿成蜜

——中国少数民族戏曲

第一节　民族戏曲

戏曲是包含了剧本作者、导演、演员、歌唱、念白、舞蹈、乐队伴奏等种种因素的艺术形式，也是一种有剧情的、以歌舞表演故事的综合艺术形式。

我国各少数民族的戏曲丰富多彩，有彝剧、壮戏、蒙戏、满戏、傣戏、白戏、苗戏、侗戏、藏戏、布依戏、门巴戏等。其中，在壮族地区流行的戏曲，基本上可分为两大类，一为以壮语进行演唱的民族戏曲，包括壮剧和师公戏，另一类是在壮族民间歌舞基础上形成的民间歌舞剧，这类戏基本上是以汉语进行演唱。壮戏有广西的师公戏、隆林壮戏、田林壮戏、德保壮戏、云南沙戏等。壮戏经过长期演变，已经成为角色众多、行当齐全、有多种唱腔和曲牌、具有程式化特点的戏曲品种，既可以演出许多大型剧目，同时也可以演出角色少、场景小、载歌载舞的小型剧目。此外，白族还有大本曲剧，傣族有赞哈剧，蒙古族有好力宝等。

少数民族说唱形式的民间艺术，有的是戏曲的前身。但戏曲成熟后，说唱艺术并未消失，因其本身特点而独立存在，并拥有广泛的群众基础。如白族大本曲及后来形成演唱的大本曲剧，傣族的赞哈剧，蒙古族的说唱好力宝等，都与各民族的民歌、小调有着极为密切的关系。

各少数民族戏曲善于将汉族传统历史剧民族化，各民族戏曲剧目中有许多汉族剧目，如傣剧中有《三国演义》、《白蛇传》、《梁山伯与祝英台》、《杨家将》、《穆桂英挂帅》等，是根据汉族的滇剧、川剧改编的。白族的大本曲中也有《白蛇传》、《梁山伯与祝英台》、《西厢记》、《秦香莲》、《唐僧取经》、《孔明借箭》等汉族剧目。更多的各少数民族戏曲主要以反映本民族社会生活为内容，往往把本民族的长诗、神话、故事等改编为戏曲，并且大多用本民族语言演唱、在本民族聚居区流传，具有很明显的地域性和民族特点。

说起中国戏曲，大家耳熟能详的大约就是宋元南戏、元杂剧、明清传奇和京剧、越剧、粤剧、豫剧、川剧、秦腔等。其实，我国各少数民族的戏曲是中国戏曲的重要组成部分，只是一直以来不如古典戏曲和地方大戏受舆论关注罢了。

民间戏曲通常又被称作民间小戏，主要是指多数民间戏曲情节单纯，角色设置比较简单。一般民间戏曲演出班子不过十来人，走村串乡，就地演出，道具简陋，化妆简单，演员一般也是非职业化的。它的演出舞台也非常简便，或临时搭建简易的戏台，或在地势较高的地方用布幔围成象征性的舞台，或者就直接摆地摊演出，既没有灯光，也没有布景，而这样也往往拉近了观众和演员的距离，增强了演出的现场效果。

第二节　各少数民族的戏曲

一、藏戏

藏族的戏曲是以歌舞形式表现故事内容的综合表演艺术，是在广大藏族地区普遍流行的民间娱乐形式。藏戏是我国比较古老的少数民族剧种之一，它的藏语名叫“阿吉拉姆”，意为“仙女姐妹”。据传藏戏最早由七姐妹演出，剧目内容又多是佛经中的神话故事，故而得名。藏戏主要分布在山南、日喀则、拉萨三地，在发展过程中，形成了“白面具派”和“蓝面具派”。其中，“白面具派”形成较早，艺术形式较简单；“蓝面具派”形成较晚，艺术形式较完善。

藏戏起源于八世纪藏族的宗教艺术，至十四世纪时，噶举派僧人唐东吉博（公元1385—1465年）融合民间歌舞、佛教敬神仪式创立了最早的藏戏，并被奉为藏戏始祖。早期的藏戏是表演简单故事的舞蹈哑剧，与跳神活动有密切的关系，具有浓厚的宗教色彩。至迟到十七世纪——五世达赖阿旺罗桑加措（公元1617—1682年）时，藏戏才从寺院宗教仪式里分离出来，产生了职业剧团，并逐渐形成以唱为主，唱、诵、舞、表、白和技等基本程式相结合的生活化的表演艺术。

藏戏为广场戏，演员戴面具表演，随着音乐伴奏起舞，演唱时有后场演员帮腔。幕间另有人用“快板”向观众介绍剧情。

藏戏用藏语演唱，有比较完备的唱腔，角色不同，唱腔也不同，总共约有唱腔二十余种，唱腔高亢雄浑，腔调因人定调。藏戏里的舞蹈多来自藏族民间，与唱词、剧情密切配合，动作粗犷豪迈而夸张。传统藏戏表演只用一鼓一镲作伴奏。在每个角色的每句唱腔结尾，加进由同台的其他演员或专门的伴唱伴舞队的帮腔。演出一般分为三个部分，第一部分为“顿”，主要是开场表演祭神歌舞；第二部分为“雄”，主要表演正戏传奇；第三部分为“扎西”，意为祝福迎祥。

藏戏的传统剧目有十多种，这些剧目都以一种说唱形式的底本流传，经常演出的剧目有七八种，内容有佛经故事、民间故事、传说和历史故事，后面将给大家介绍几出有代表性的剧作。

此外，还有安多藏戏。它形成于十八世纪初，流传于青海、甘肃、四川藏语安多方言地区。安多藏戏是由藏戏吸收了本地多种艺术成分，经融合而形成的。表演形式多吸收当地民间舞蹈、说唱和民间跳神的一些表现方法，也吸收了京剧的表演因素。音乐来自当地牧歌和山歌曲调，演出题材多是民间故事、历史传说和古典小说。

《汉妃和尼妃》（又叫《文成公主》）的故事梗概：

藏王松赞干布是一位杰出的政治家，他统一了青藏高原，建立起奴隶制的吐蕃王朝。为了发展吐蕃的政治、经济和文化，他立志要和中央的唐王朝、临邦尼泊尔发展亲密友好的关系。他听说唐王朝太宗皇帝有个女儿叫文成公主，尼泊尔国王有个女儿叫赤尊公主，她们都很美丽贤惠而且有学问。松赞干布想娶来做自己的妃子。便和手下大臣商量，大臣们也很同意。松赞干布先派吞朱桑布扎到尼泊尔去迎娶赤尊公主。尼泊尔国王嫌吐蕃落后，不肯答应，提出三个难题让婚使解答。婚使依次拿出临来时松赞干布授给的三封信，照信中的指示回答了尼泊尔国王的问题。尼王见松赞干布如此英明，便答应把女儿嫁给他。之后，他又派大臣噶尔哇·东赞率领求婚使团前去长安向唐太宗请婚。这时，恰巧霍尔、大食、印度和格萨尔等国也派请婚使来长安，求娶文成公主。唐太宗决定让五国使者比赛智慧，胜者便可将公主迎回。因此展开了一连串比巧斗智的场面。就是所传的“穿珠”、“辨马”、“认鸟”、“分木”、“宰羊饮酒”、“夜宴归宿”等项赛智活动。这些都被东赞以超人的智慧取得胜利。最后一次，当从五百名美丽姑娘中挑选文成公主时，东赞在旅店女主人的指点下，认出了真正的公主，终于迎回了公主，完成了求婚使命。文成公主带着汉族的各行工匠、医生和佛像等嫁到西藏，成为历史上著名的“汉藏联姻”佳话。剧中唐太宗在鼓励文成公主时唱到：

……
汉文的天算，经典三百卷，
还有指示善恶的宝鉴，
都陪嫁给美丽的女儿你。
善巧手艺精制的，
可心的殊胜装饰品，
与各种手工技艺整六十，
全都陪送给美丽的女儿你。
能治四百零四种病的药材，
百种验方针灸医术和风水书，
四种制药方法等等都给你。
……

歌颂了汉藏人民的友爱团结与亲密合作，特别是满足了藏族人民学习先进，争取繁荣，发展文明的心愿。

《白玛文巴》一戏可分为两大段落：前段讲商人诺布桑保为国王经商，使国王致富，反遭国王忌恨，强迫诺桑入海取宝，阴谋借恶龙之手杀害他。诺桑被迫乘船入海，船被恶龙掀翻，落入海中，又陷入变为仙女的妖魔手中。最后，诺桑被马王救往仙界。后段讲诺桑之子白玛文巴三岁时，便能帮助妈妈打柴纺织，非常能干。国王知道后，怕他为父报仇，便用同样的手段，想把白玛文巴也葬入大海。不料白玛文巴从大海将宝贝取回。这使国王更加恐惧，于是又命他到罗刹国去取金锅铜匙。他经过不少困难和周折，取得金锅铜匙，并将罗刹女王及四个女罗刹点化成仙女，娶为妻子，乘金锅飞回家乡。国王知道后，把他叫去，夺走金锅匙和仙女，烧死白玛文巴。后来仙女把他救活，反将国王送往罗刹国喂了罗刹。

《诺桑王子》的内容是：诺桑王子得到一个猎人奉献的仙女意抄拉姆，封为妃子，二人十分恩爱，因而遭到其他嫔妃的妒忌。她们勾结宫廷巫师，逼诺桑远征异地，进而谋杀意抄拉姆。意抄拉姆在母后帮助下飞回天宫。诺桑王子回来后，为了寻找意抄拉姆，抛弃王位，历尽千辛万苦，到达天宫。意抄拉姆的父亲，不准诺桑王子与意抄拉姆再度团聚。诺桑王子用武艺折服了意抄拉姆的父亲，与意抄拉姆又重新回到人间，过美好幸福的生活。下面，列举出本剧的几个片段：

诺桑王子对母亲行礼辞行，接着走到了第二个送行地，这里是意抄拉姆给王子设酒饯行的地方。王子走到意抄拉姆身边，意抄拉姆举起满斟美酒的银杯，唱道：

仁慈的人主大王子，
请听薄福的意抄拉姆说几句。
王子你马上要远行，
夫妻眼看着要分离。
在你远征未回前，
愿你健康保玉体！
祝你把敌人全消灭，
为黎民百姓增福利。
你随心所欲胜利后，
把我意抄拉姆别忘记！

唱罢，满眼流着眼泪，把满斟美酒的银杯，献给王子。王子右手接过酒杯，左手握住意抄拉姆的玉腕唱道：

心肝一般的姑娘啊，
请你听我说几句。
姑娘你不要太悲伤，
要听从母命做好家中事。
无谓的闲话不要信，
敬供三宝，自他（指自己和家人）都有利。
我此去消灭敌人后，

很快就能回故里，
心爱的意抄拉姆这杯酒，
是永葆健康的甘露我要喝下去。
我青年现在不能留，
就要去北方杀凶敌。

唱罢，一口喝下了美酒，正要掉转马头，纵辔前行。意抄拉姆说道："哎呀呀呀呀！我心里怎么这样难过呀！怎么想也不忍分离呀！"于是她从右边抓住了诺桑王子箭袋上的白绳，泪流满面。王子也唱道：

哎呀呀呀呀！
我这个青年的心哪，
怎么也一样地焦急！
我奉父命讨敌人，
意抄抓住箭袋不让去。
顺娘娘心违父亲，
左右为难无计可施！
姑娘不要这样要懂事，
要好好想一想来思一思！
意抄拉姆唱道：
心一般的大王子呵，
也请听我说几句。
我是思又思来想又想，
怎么样也不忍两分离。
你看大小马分开尚连棚，
想念时可嘶鸣表情意。
我们分离隔山岭，
看也看不见呵喊也不知。
你看牛和牛犊分开只隔圈，
想念时可哞叫表情意。
我们今天一分别，
远隔千里与万里。

畜类母子尚念情，
你我怎忍两分离。
死了我也不留下，
请你把我领了去！
你看海子里的金鸟成双对，
谁见它们独身两分离。
你看山岩上的雄鹰成双对，
谁见它们孤零零一只只。
你看柳林中的画眉成双对，
谁见它们独身两分居。
死别万物同一样，
生离偏由我经历。
茫茫中无人欺的三宝呵，
请看一看我这造孽人的遭遇！

这段唱词，细致生动地写出了意抄拉姆对诺桑王子的真挚爱情。又如下面一段描写诺桑对爱情的坚贞：

当诺桑王子远征归来，他父王给他接风时，他不入座，把宝马拴在地上，唱道：

尊敬的大父王，
请你倾耳听。
我遵命外出讨敌人，
已获全胜立大功。
不知父王在朝中，
政治是否是清明？
以前北去时父亲许诺的话，
现在是否承认不变更，
意抄拉姆在何处？
为何不见她出迎？
父王诺钦答唱道：
意抄拉姆，已归宁父母回天上，

诺桑儿子不必心烦恼！
后宫以前已娶妃五百，
如仍需要可再选俊俏。
赐名就叫“美天女”，
让她遍身珠翠绕。
你可安心先入座，
我的话说到就做到。
诺桑王子答唱道：
儿临行曾把心事托父王，
请求把意抄拉姆时刻记心里。
没有意抄玛，
貌似天仙的美女我不娶。
没有意抄玛，
尊贵的王位我舍弃。
寻不到意抄玛，
我愿天涯海角流浪去。
唱罢，也不进入王宫，口口声声只说去找意抄玛。

（作品节选自毛星主编：《中国少数民族文学（上）》，长沙，湖南人民出版社，1983）

《囊萨姑娘》这出戏在西藏影响很大，内容讲的是：后藏娘兑地方，有个美丽、善良、勤劳、聪明的农家姑娘名叫囊萨。在一次庙会上，她被当地统治者扎钦巴霸占为儿媳。囊萨在扎钦巴家终日辛勤劳作，受到扎钦巴父子的信任。后因小姑的挑拨以及囊萨召请僧人入房讲法等事由，被扎钦巴父子毒打致死。死后还魂，出家说经讲法。最后扎钦巴父子也受她的教化，皈依正法。

《智美滚登》通过王子智美滚登一系列“乐善好施”的行为，宣传了佛教的“布施”、“积德”、“极应”等宿命论思想。《顿月顿珠》表现宫廷内部争权夺利及兄弟友爱的故事。《卓娃桑姆》描写“魔妃”迫害王妃母子三人，最后王子杀死“魔妃”的故事。《苏吉尼玛》讲宫廷中嫔妃争宠，妃子苏吉尼玛被迫害而信佛传法，后来感化迫害她的王妃和国王的故事。

以上八出剧，一般称为“八大藏戏”。此外，还有《云乘王子》、《日琼娃》、《敬巴钦保》、《代巴登巴》、《絮北旺丘》等剧目。

二、白戏

（一）大本曲

大本曲是白族人民喜闻乐见的一种曲艺形式，已经在白族人民中间流传了很多年代，究竟产生于何时，目前有不同说法，有的说起源于唐代，有的说起源于明朝。大本曲主要盛行于大理，其他如邓川、洱源、宾川、凤仪、剑川、云龙等地也有。大本曲在大理地区流行最广，也最发达最丰富，有着极深厚坚实的群众基础。大本曲的演唱形式比较简单，容易掌握，所以群众性的演唱活动较普遍。但另一方面，又由于大本曲演唱的大都是故事情节比较复杂的曲本，对唱腔音乐的要求也越来越高和复杂，于是就出现了一些专业或半专业的艺人，逐渐形成了自己一套完整的说唱形式，并在唱词、唱腔、乐器、表演等方面具有鲜明的民族特色和艺术特点。大本曲的结构形式，是由唱词和说白组成，以唱词为主，说白次之。唱词的基本格式是七七七五。演唱时，一人演唱，一人用三弦伴奏。大都在绕三灵、火把节、三月街、中秋节和本主会时演唱。大本曲的音韵，分为“花上花”、“油鲁油”、“捞利捞”、“翠茵茵”四个大韵，大韵下分若干小韵，并有成套的唱腔。大本曲虽然还不是戏曲，还属于说唱形式的曲艺，但在民众生活中长期流传，积累了丰富的艺术宝藏，在唱腔方面尤为丰富。它的唱腔，以大理城为中心，分为“南腔”和“北腔”。“九板”是大本曲最基本的唱腔，不管抒情、叙事、对话都用这一部分。“十八调”和“十三腔”是大本曲唱腔中的小调，在传统曲本中主要是作插曲使用，是可以不断从民歌中吸收新的曲调的。

大本曲的传统唱本很丰富，总数达一百一十六个。这些唱本，有的是把汉族的一些地方戏曲剧目移植过来，形成自己的曲目；有的是过去长期流传于白族地区民间的曲目；还有的是取材于白族民众的生活、历史、传说及故事，这是大本曲曲本中最富有特色的部分。现把曲目笔录如下：

《白王的故事》、《松明楼》、《杜文秀起义》、《李自成进京》（又名《山海关》）、《绿桃的故事》、《安南亡国史》、《磨房记》（又名《血汗衫》、《兰季子会大歌》）、《蟒蛇记》、《双猫记》、《凤凰记》、《辽东记》、《耳环记》、《白扇记》、《摇钱树》（又名《张四姐下凡》）、《双丁记》、《桥头记》（又名《蔡状元起盖洛阳桥》）、《双槐记》、《卖水记》、《卖花记》（又名《张四姐卖花》)、《宝串记》(又名《姚四龙上坟》)、《金钗记》(又名《李翠莲上吊》)、《西厢记》、《琵琶记》(又名《赵五娘寻夫》)、《秦香莲》(又名《陈世美不认前妻》、《铡美案》)、《白蛇传》、《柳荫记》(又名《梁山伯与祝英台》)、《槐荫记》(又名《董永卖身》)、《胡妻杀娘》、《黄氏女对金刚经》、《泼水记》(又名《崔氏逼夫》)、《八仙图》(只见后本)、《祭东风》、《纱灯记》、《访白袍》、《四下河南》、《滴水成珠》、《香山了愿》、《报恩记》(又名《傅罗白寻母》)、《灵台守孝》(是《报恩记》的前本)、《曹安杀子》、《夜明珠》(又名《进宝状元》)、《山伯访友》(《柳荫记》后本，又名《三妻两状元》)、《鹦哥记》(又名《白鹦哥行孝》)、《红灯记》(又名《双插柳》)、《金箱记》(又名《陈光远上任》)、《门楼赏雪》(又名《张忠认亲》)、《火烧白雀寺》、《高彦珍下科》、《闹书房》、《近宝宫状元》、《流(刘)音拜寿》、《招魂祭江》(又名《王石朋祭江》)、《司马茂判断三分》、《血手印》(又名《苍蝇护脖》)、《孟中哭竹》、《王祥卧冰》、《丁郎刻木》、《杀苟(狗)劝夫》、《杀狗劝妻》、《小道童上寿》、《三下阴曹》(又名《王树贞观灯》)、《大舜耕田》、《唐王游地府》、《安安送米》、《寿八仙》、《吕布戏貂蝉》、《封金挂印》、《斩三妖》、《太公落魄》、《苏武牧羊》、《唐王过历家山》、《薛刚反唐》、《雷神渡》、《狄青盗二宝》、《天门阵》、《乌盆记》、《精忠说岳》、《刘全进白瓜》、《大祭游山河》、《唐僧取经》、《洪州渡》、《六郎告御状》、《杨六郎招亲》、《五郎出家》、《二度梅》(分上下两集)、《牛头山招亲》、《东吴招亲》、《三孝记》(又名《三添香》)、《孟姜女寻夫》、《金铃记》、《郭巨埋儿》、《孔明借箭》、《薛平贵投军别窑》、《仁宗认母》(是《乌盆记》续本)、《王化买亲》、《张元庆敬宝》、《上坟记》(又名《武材春敬宝》)、《碧游宫》、《花灯记》、《秦雪梅吊孝》、《孟月红寻夫》、《打龙袍》、《风波亭赶子》、《薛丁山征西》、《平贵回窑》、《花田认妻》、《杨志卖宝刀》、《青霜剑》、《花瓶记》、《龙串宝珠》、《登台拜将》、《胯下之辱》、《黄香扇枕》、《老莱娱亲》、《庄周试妻》、《杀子报》等。

大本曲剧《磨房记》(又名《血汗衫》、《蓝季子会大哥》)，无论是思想性还是艺术性都是大本曲曲本中的上乘之作。故事讲，相传蓝钟灵、蓝钟秀是蓝芳草的儿子，陕西渭南县人，母亲早死，后娘乔氏生的弟弟叫蓝季子。一年，渭南县遭灾，蓝家很穷，两兄弟说，在家受饥寒不如投军去。后来两人带兵攻下大理，战胜了白王，因有军功，就封在大理做官。后娘乔氏心肠毒辣，两兄弟投军后，乔氏就把蓝钟灵的妻子王氏赶出去，叫她一个人守仓房，什么都不给，只给她一只公鸡作伴。以后，蓝季子决定出去找两个哥哥，临走时去向嫂嫂辞行，嫂嫂就要去杀那只公鸡给季子饯行。季子见嫂嫂很可怜，不要她杀，两人就抢起来，结果鸡血溅了季子一身，溅在白汗衫上面。饭后，季子把白汗衫脱下丢在嫂嫂处就走了，一路讨饭到云南。他临走时不敢对母亲乔氏说。所以他走后，乔氏到处找不着他了，后来在王氏处找到了血衣，就说王氏害了季子。告到官府，王氏有理说不清，就被问成死罪。蓝季子到了云南昆明，和叫花子一起住在四牌坊，每天靠打莲花落糊口。后来到了大理，一直到教场去找到了哥哥。在大理没住多久，他挂念家乡，就带着两个哥哥给他的一份公文和嫂嫂的官诰回去了。谁知回到渭南，正遇着嫂嫂被问成死罪马上就要处斩，他就到县里拿出公文，把王氏救出。回到家乔氏大惊，蓝季子把她责备了一顿。后来季子把嫂嫂送到大理，一家团圆。

解放后的大本曲，由说唱到舞台，朝着戏剧的方向发展，在继续演唱传统曲目的同时，创作出一大批取材于白族民众现实生活的大本曲及大本曲新剧。如《施上泽入社》（大本曲剧）、《恩仇难忘》、《血泪恨》、《翻身记》、《两愿新婚》、《开箱记》、《幸福树》、《腊梅》、《破除迷信》、《八十年代新苍洱》、《社会主义门》、《喜事一桩又一桩》、《夫妻竞赛》（大本曲剧）、《朝珠花》（大本曲剧）、《苍洱新歌》、《搬家》（大本曲剧）、《喜讯》（大本曲剧）、《军民联防》、《今朝更比往昔新》、《试验田中金花开》、《苍山雪绿》等。一些优秀的汉族文学戏剧作品，如《夺印》、《白毛女》、《送肥记》、《水牢记》、《江姐进山》、《双枪老太婆》、《洪湖赤卫队》、《唱雷锋》等，也成为大本曲演唱的内容。

《朝珠花》（又名《朝珠树》、《上关花》）是大本曲艺人黑明星根据白族民间传说改编，大理文化馆整理的一出大本曲剧。主要剧情是：相传若干年前，太和（大理）县令到上关赏朝珠花，偶遇农民丁桂生的妻子刘玉珍，见刘貌美，即下令手下狗腿将她抢入当地贡府，囚于暗室，欲强占为妾。后幸赖贡爷家人李贵的帮助，丁桂生在晚上潜入贡爷府，砍到奇花，救出玉珍，双双逃走。全剧分四场：第一场观花，第二场逼亲，第三场订计，第四场逃走。

（二）吹吹腔

吹吹腔是白族民众自己创造的一个古老剧种，具有白族鲜明的民族风格和地方色彩，是白族民众最喜闻乐见的戏曲之花，流传于大理州白族聚居区，尤以白族较多的大理、洱源、邓川、剑川、鹤庆、云龙等地为盛。过去，这些地方的白族逢年过节要唱吹吹腔，栽秧时节要唱吹吹腔，新娘入门头天晚上要唱吹吹腔，办丧事时也要用吹吹腔唱哀歌，读白语祭文。作为一个古老的戏曲剧种，吹吹腔戏有着相当悠久的发展历史，在行当、唱腔、音乐、表演、行头等方面都有较完整的一套。由于流行地区广泛，各地的吹吹腔戏又大同小异。

吹吹腔的角色分为生、旦、净、丑四大行。各行根据不同年龄、身份、性格又有更细的区分，如“生角”有小生、老生、须生、英雄生、花生，“旦角”有老旦、正旦、花旦、武旦、苦旦和摇旦，“净角”有黑净、红脸、黑脸、大花脸、二花脸。唱腔有三十余种，高亢激越，富于表现力，以唢呐、板鼓、钹、锣等伴奏，有相应曲牌。表演程式化，例如武将出场的程式是三步亮相、跳场、引、诗、呼威、自报家门、传令、带马抬枪、大摆队、对阵、比势、骂阵、杀场、凯旋、收兵下场。龙套配合主将，也有一定程式，如“一条枪挖开”等。舞蹈有“跳场”、“杀场”等不同行当的固定程式，舞蹈都统一在唢呐的节奏中。每当唢呐吹奏过门时，主将和士兵人人都就地起舞。舞蹈节奏鲜明，饶有古典风味。吹吹腔也很讲究武功，乾隆年间艺人杨永桐在下关演出《双猴挂印》还能翻到屋梁上去。吹吹腔戏的行头，历来都是讲究的，一般都是蟒、靠、褶子等服装和盔头、纱帽、五绺须、杂白须等道具，没有特殊的民族服装。但因吹吹腔多为农村业余演出，财力有限，有时演民间小戏中的妇女，也借群众日常衣服代用。吹吹腔戏的脸谱和一般古典戏曲基本相同。

吹吹腔剧的剧目大部分流散在群众中，有的保存有剧本，有的只保存在艺人的记忆里。传统剧目绝大多数是根据汉族历史故事和传说，如《三国》、《杨家将》、《说岳》、《狄青》、《红楼梦》、《水浒》、《白蛇传》、《梁山伯与祝英台》、《木兰从军》等编写和移植的，剧目的名称和滇剧大致相同。反映白族民众生活或根据白族的历史、神话、传说、民间故事编写的剧目，只有少数几种，如《血汗衫》（或为《蓝季子会大哥》）、《渔樵耕读》、《牟伽陀开辟鹤庆》、《火烧松明楼》等。无固定朝代、剧名反映白族民众生活内容的有《瞎子洗澡》、《石三告状》、《赵龙观灯》、《刘五成搬板凳》、《蔡雄过年》等。《云南兄弟民族戏剧概况》中搜集的云龙吹吹腔传统剧目有136个，鹤庆吹吹腔传统剧目有 83 个。

解放后，吹吹腔主要流行于大理、邓川、云龙、鹤庆、洱源、剑川等市县，深受白族民众的热爱，群众不仅爱看、爱听，也爱演、爱唱。在这些地区，除了日常的演出活动外，几乎每逢过年过节，都要大演大唱。地方党委和政府很重视吹吹腔的继承与革新，发掘和抢救了《花木兰从军》、《战潼关》等快要失传的优秀传统剧目，整理了《血汗衫》、《竹林拣子》、《南山薅豆》、《十二洋雀叫》等传统剧目，以新面貌进行展演，并大力提倡编演吹吹腔新剧目，反映白族民众丰富多彩的新生活，如《赶三月街》、《石匠与篾匠》、《两个好社员》、《花甸坝》、《劈开云弄峰》、《龙王搬家》、《人勤花茂》、《勤俭持家》等。

《花甸坝》是大理业余文工团根据大理人民开发花甸坝的真实事迹编写的。花甸坝在大理苍山十九峰之一的云弄峰后面，海拔两千多米，山高岭险，气候严寒，多少年来，这里都是野兽出没、土匪潜藏的荒野。但这里土地肥沃，物产丰富。解放了的白族人民，决心把它开发出来为社会主义建设作出贡献。在党委的领导下，组织一支垦荒队，经过与霜雪、野兽及各种自然灾害的搏斗，和各种错误思想的斗争，克服了种种困难，终于在这块人迹罕至的“禁地”上，开出了数百亩荒地，办起了畜牧场。

《赶三月街》是大理州歌舞团集体创作的吹吹腔现代剧。白族姑娘杨金花是花甸公社的生产能手，被评为劳动模范。在三月街期间，她骑着心爱的白马去赶三月街，路上巧遇段阿松。这个英武的白族青年也是生产上的英雄，多次受到表扬。他们曾在县群英会上相识，早有相爱之意。他们一道驱马而行，触景生情，相互试探，倾吐了彼此的爱情。最后，“年年都有三月街，风吹春暖百花开，阿松金花巧相逢，相逢不愿再分开”，遂订百年之好。

《人勤花茂》作者赵瑜，创作于党的十一届三中全会以后，反映白族山村的新气象。过去，在“左”的思想影响下，在农村大割资本主义的尾巴，不准搞按劳分配，把这些正确的东西当作资本主义来批，结果，使陈耀富所在的生产队，吃粮靠回销，用钱靠救济。守着金山银山，日子却越过越穷，生活越来越差。自从贯彻党的十一届三中全会精神以来，纠正了穷过渡，给白族山区农村带来了巨大变化。陈耀富一家粮多、钱多、猪多，一年来个大翻身，真是“脚踏楼梯步步高，倒吃甘蔗节节甜”，政策对头，人欢畜旺。《喜逢春》主要写粉碎“四人帮”以后，党的十一届三中全会精神给农民带来了希望，犹如久旱遇甘霖，表达了与《人勤花茂》同样的主题。

（三）白剧

随着白族地区经济的发展，人民生活不断提高，艺术形式也有了进一步的发展和创新。经过艺人的努力，在继承传统的基础上，大本曲由原来的曲艺，逐步向戏剧方向发展，第一个大本曲剧《施上泽入社》应运而生，吹吹腔也从如何真实反映现代生活方面进行了一些艺术改革。随着这两门深受白族民众喜爱的姐妹艺术改革的深入，大本曲和吹吹腔终于携起手来，共同发展，产生了一门白族的新型剧种——白剧。

白剧博采白族丰富的民间艺术的精华，注意吸收大本曲和吹吹腔的优点，因此，一诞生就为白族民众所喜爱。大理州白剧团编演了许多白剧，其中的优秀剧目有《红色三弦》、《苍山红梅》、《望夫云》等。

《红色三弦》由杨元寿、李晴海、薛子言、陈兴编剧。最初创作于 1963 年，是白剧的一个优秀剧目。剧情是：女共青团员、虹山公社文艺组长腊梅，积极开展农村业余文艺活动，她接过她爹去世后留下的三弦，编唱新的大本曲。在水利工地上，她把工地上涌现出来的抗洪英雄可歌可泣的事迹，自编自唱了《颜阿雄深夜保堤坝》的大本曲，鼓舞了群众的革命干劲，掀起了一个学颜阿雄、赶颜阿雄的热潮，效果很好。与此同时，她姑爹董晋才，一个大本曲老艺人，却墨守成规，抱着大本曲的老本子不放，到处去演唱，收人钱财。他到了水利工地上，还唱《本主龙王下凡记》、《鸳鸯配》等，一唱就是大半宿，影响了工作。他的这种行为，受到腊梅的抵制。他认为这是腊梅和他争地盘，决计要和腊梅较量一番，也编起新曲本来，叫《夫妻团圆》。结果，由于换汤不换药，还是老一套，闹了很多笑话。过去，他只要三弦一响，就能吃遍八方，现在，是门庭冷落，无人请了。因此，他忌恨腊梅，是腊梅夺了他的“金饭碗”。但是，经过党的教育，他有了觉悟，参加了腊梅的文艺组，编了《铁龙颂》、《腊梅赞》等好曲目，用手中的三弦，为社会主义而歌唱。

《苍山红梅》写于 1975 年，署名大理白族自治州《苍山红梅》创作组，由薛子言、张继成执笔。1976 年 12 月，北京人民文学出版社出版。全剧共七场：第一场迎风挡车，第二场依靠群众，第三场阶级情深，第四场坚持斗争，第五场团结前进，第六场赤脚红心，第七场（尾声）春风杨柳。剧情主要写：二十岁的白族女共产党员、碧溪大队合作医疗站领导小组副组长阿梅，积极在彩凤河畔灭钉螺，虚心向民间老中医学习，采用中西医结合的办法，给晚期病人赵大嫂治病，但受到大队党支部书记段凌云的阻挠和反对，其中又穿插暗藏的阶级敌人的破坏，经过斗争，医好了病人，揭露了敌人，教育了同志，巩固了合作医疗。

大型白剧《望夫云》，取材于白族民间传说，由杨明、陈兴、张继成编剧，1980 年演出，共分九场。第一场宫怨，第二场选婿，第三场定情，第四场逼婚，第五场赠翅，第六场双飞，第七场雪困，第八场坠海，第九场化云。本剧把浪漫主义的神话色彩和苍山洱海绚丽的风光结合起来，渲染了一个美的世界，赞颂了阿凤公主和猎人阿龙不贪图荣华富贵，不向恶势力妥协屈服，追求忠贞不渝的爱情的崇高精神，鞭挞了这一爱情悲剧的制造者南诏王、罗荃法师的凶残狠毒。其中三月街靶场“选婚”，绕三灵对歌“定情”两场，充满了大理古代民间浓郁的生活情趣，又与阿凤公主在深宫的幽禁生活作了鲜明的对照，衬托出公主“恨不生民间”的思想。在绕三灵的对歌中，阿凤和阿龙的一问一答，历数大理风情掌故，暗示两人都是在寻访意中人，寓深情于民族风情画之中。

三、壮戏

壮戏历史很悠久，大约在宋代就有所谓“土戏”，至迟在雍正、乾隆年间已有壮戏手抄本流传，如目前所见壮戏古壮字抄本《山伯访友》为雍正四年（1726 年）、《二下南唐》为乾隆三年（1738 年）、《卖猪》为乾隆五十一年（1786 年）、《侬智高》嘉庆五年（1800 年）。

壮戏是在壮族民间文学、民间歌舞和民间说唱的基础上形成发展起来的。由于地域环境、方言土语、音乐唱腔、表演风格及伴奏乐器的差异，壮戏产生了不同分支。壮戏经过长期发展演变，已经成为角色众多、行当齐全、有多种唱腔和曲牌、具有程式化特点的大戏，可以演出许多大型剧目，同时也演出角色少、场景小、载歌载舞的小戏。

（一）师公戏

壮族地区流行的师公戏，起源于民间的“师公调”和“师公舞”。“师公”又名“巫公”，在古代，他是代表着鬼神发言的。巫公和鬼神“交往”时，主要是通过咒语。这咒语就是歌唱，就是最早的“师公调”。起初的师公调内容很简单，以后才逐步复杂起来，由一般祈祷、祝颂之辞发展为念唱一个故事，产生了师公调的说唱文学。壮族诗歌中的许多长篇叙事诗《布伯》、《唱秀英》等，就是这类师公调说唱文学的唱本。师公戏正是直接从这种师公调说唱文学中发展起来的。它的剧目多，而固定剧本少，因为大部分剧目都是演员临时编排上演的。剧本的题材大部分与宗教有关，如《三元》、《九郎》、《二十四孝》之类，也有不少移植自汉族，如取材于刘文龙、吕蒙正、高文举、薛丁山、何文秀等人的故事，其中尤以刘文龙、何文秀的故事编演的师公戏流传最广。此外，师公戏里，也有一定数量的自己创编的传统剧目，如《莫一大王》、《顺知帛海》、《白马姑娘》等。据宜山师公戏的剧目调查，在全部三百余出传统戏中，取材于壮族民间传说的剧目就有八十八本，占总数三分之一左右。

（二）歌舞剧

壮族民间歌舞剧，是1958年新出现的一个民族剧种。它是在壮族民歌的基础上，又大量采用了壮族的民间舞蹈而形成的一种新的歌舞剧，是用桂林话和柳州话两地方言相结合的广西普通话来演唱的。壮族民间歌舞剧的著名剧目是《刘三姐》，它不仅是一部山歌汇集，而且是一部广西民间曲调的汇编。

刘三姐，是民间传说中的一位歌仙。宜山一带传说：她是宜山下涧村人，兄妹二人靠打柴、织布为生。三姐性爱唱歌，每年中秋赛歌时，所有的人都赛不过她，因此声名远扬。刘三姐爱上了同村一个卖柴的青年歌手李小牛，两人经常一起唱歌，而且互送过礼物。这事被当地的财主莫海仁知道了，认为有伤风化，便叫人把他俩绑了，丢下河去。小牛被淹死，三姐有幸抓到一块木板，漂流到柳州，被一个老渔翁救起，收为义女。在柳州，三姐继续唱歌，又享盛名。莫海仁为了压倒三姐，专门请了三个著名歌手，来找三姐对歌。谁知这三个歌手也不是三姐的对手，对歌失败，狼狈逃走了。莫海仁恼羞成怒，收买了两个打手，再次将三姐绑起来，丢进了柳江。这次人们把她捞起来时，三姐已经救不活了。那天正是中秋佳节，人们把她打扮起来，安葬在柳江边，并在坟前供祭两条鲤鱼。正献供时，忽然坟墓开裂，鲤鱼复活了。三姐跨上鲤鱼飞上了天。另一条鲤鱼因不得飞升，变成一座小山，立在江边，这就是柳州“鱼峰山”的来历。

歌舞剧《刘三姐》，就是根据宜山的这个传说创作的。它删除了莫海仁两次把刘三姐丢到河里去的情节，也没有让小牛死去，而是以她俩的爱情为主要线索，贯穿全剧，并把传说的三个歌手改成了三个秀才。对歌失败后，莫海仁采取“禀呈官府，禁唱山歌”一策，于是“禁歌”便成为全剧的另一个高潮了。最后，刘三姐和小牛在群众的掩护下，双双出走，外出传歌。《刘三姐》中“对歌”是全剧脍炙人口的一场好戏，下面是其中的序曲：

（陶秀才唱）牛角不尖不过界，
马尾不长不扫街，
我若不是画眉鸟，
怎敢飞往这里来？
（刘三姐唱）你是山中画眉鸟，
我是游山打猎人，
利箭扣在弓弦上，
叫你有翅难飞行。
（李秀才唱）没有肚才我不来，
千里乘船上歌台，
腹内藏书千万卷，
叫你呜呼又哀哉！
（刘三姐唱）死读诗书也白费，
你会腾云我会飞；
黄蜂歇在乌龟背，
你敢伸头我敢锥。
（罗秀才唱）你莫恶来你莫恶，
你歌哪有我歌多，
不信你到船上看，
船头船尾都是歌！
（刘三姐唱）不懂唱歌你莫来，
看你一样无肚才。
山歌从来心中出，
哪有船装水运来。

紧接着是“盘歌”。下面是盘歌中的高潮：

（陶秀才唱）你莫狂来你莫狂，

孔子面前卖文章，
麻雀怎与凤凰比，
种田哪比读书郎？
（刘三姐唱）真好笑，
关公面前耍大刀。
我们不把五谷种，
要你饿得硬条条。
（李秀才唱）你发疯来你发狂，
开口敢骂读书郎。
惹得圣人生了气，
从此天下无文章！
（刘三姐唱）笑死人！
蠢才自称是圣人，
问你几时种麦子，
问你几时种花生。
（三秀才目瞪口呆。兰芬催：“快答、快答。”）
（陶秀才只好信口开河，唱）
你发昏来你发昏，
这点小事问我们。
阳春三月种麦子，
八月十五种花生。
（众人大笑）
（韦老奶唱）笑死人，
哪有八月十五种花生？
若还三月种麦子，
要你狗屎吃不成。
（刘三姐唱）秀才只会吃白米，
手脚哪曾沾过泥。
一块大田交给你，
怎样耙来怎样犁？
（三秀才唱）听我言来听我言，

我家田地宽无边。
耙田犁地我也懂，
牛走后来我走先。

（作品节选自毛星主编：《中国少数民族文学（中）》，长沙，湖南人民出版社，1983）

四、傣戏

傣戏萌芽于明代，是在民间坐唱的基础上，接受中原地区戏曲影响而产生的。傣族历来有民间歌舞的传统，大批的歌手活跃在民间，他们把民间传说、叙事长诗及生活中的故事编成唱词进行演唱。后来，这种演唱形式发展成为男女数人手摇纸扇，相对而坐的对唱形式，同时还有一些简单的表演动作。此后，又吸收了傣族歌舞《双白马》、《银海》（意即赶牛人）、《喊嘎光》及孔雀舞、象脚舞之长，形成了初期的戏曲艺术。傣戏在明末清初开始得到发展，十九世纪初形成于德宏盈江县的盏西和干崖。1901 年左右，傣戏有了第一个由三十多人组成的专业班社，并吸收有女演员，从此使傣戏的演出走上了舞台。1906 年，傣族首领刀安仁促成芒市十二斋戏班会演，成为傣戏发展史上的一件大事，真正的傣戏是从刀安仁开始的。

刀安仁，是今盈江干崖地区倒数第二代干崖土司，他酷爱诗歌与戏剧。据许多傣族老人讲，他们演出的第一个反映傣族人民生活的戏《相勐》，就是刀安仁根据当时一部在傣族群众中流传很广的同名叙事长诗编演的。他不仅组织了第一个专业性的傣戏班，而且主持编写了一本叫《喊千庄》（又叫《唱千种》）的书，至今在民间流传。

《喊千庄》根据傣戏的特点，把舞台上出现的人物，根据所处地位、性格特征，编出适合的唱词，然后，再根据某个剧目中故事情节的发展，随机改动各自的唱词。有“穷人调”、“懒人调”、“小姐调”、“村姑调”、“老人调”、“老妇调”、“国王调”、“大臣调”、“农夫调”、“土匪调”、“天神调”、“小鸟调”等，三十六行，行行有调，一千种人，人人有唱词。其中的《奸臣调》别具风格：

我是一个好心的大臣
日日夜夜为国为民

不仅会招摇撞骗
还会像毒蛇一样陷害别人
要是有人送礼送钱
就是罪恶滔天的案子
也像风吹谷糠
谁说我没本领
我能强迫、哄骗老虎豹子为我犁田
……

《穷人调》是这样唱的：

好心的人啊一年到头穷得慌
房屋东歪西倒
漏雨用斗笠来挡
平时床上明月光
冬天寒风吹破竹篾巴
一夜冻通宵
苦命的人啊
一心指望一只老母鸡
没有吃的到处扒来到处搜
已经要孵蛋又被野猫偷
田头乌鸦又把鸡蛋啄走
要想到山上砍点毛毛柴讨生活
世上的虎豹又多
要想去帮工度日
人间嫌你衣裳烂
又怕你会偷……

（作品节选自毛星主编：《中国少数民族文学（下）》，长沙，湖南人民出版社，1983）

傣戏的剧目大约有二百五十多个。反映傣族社会生活的戏剧有《十二马》、《布腾那》、《相勐》、《帕罕》、《三牙象》等。根据汉族故事改编、移植的剧目有《王昭君》、《八仙过海》、《大闹天宫》、《庄子试妻》等。解放后，傣戏有了新发展，产生了我们所熟知的新的傣剧剧目《娥并与桑洛》、《千瓣莲花》、《海罕》、《召树屯》等等。

傣戏的舞台语言为傣语，所唱曲调也完全是傣族化的，其唱腔以戏调为主，又分“羽调式”、“徵调式”两类。声腔包括小生腔、老生腔、草王腔等，曲调包括十二马调、赶摆调、孔雀调等。伴奏乐器为打击乐器，最初采用傣族象脚鼓的节奏，后来吸收了滇戏锣鼓的节拍，多由堂鼓（领奏乐器）、大锣、大钹、碗锣（即滇剧中的咚字锣）等组成，也有采用滇剧打击乐和象脚鼓、锣等傣族民间乐器混合组成。傣戏的角色分为生、旦、净、丑。傣戏的传统剧目多以唱为主，喜怒哀乐等有简单的表演动作，或进三步，退三步，骑马，打斗，行船等，也有一些表演程式。

五、侗戏

侗族地区在明末清初出现汉戏，侗语称作“戏嘎”。侗戏最早形成于贵州的黎平、从江、榕江一带，后流传到广西的三江、湖南的通道等侗族聚居地区。侗戏最早的创始人，是黎平县腊洞寨人吴文彩（1798—1854 年）。他曾读过私塾，悉通经史，从小喜爱侗歌，二十岁就开始习编情歌，在侗族中享有盛名。他在编歌的同时，对戏剧也产生了浓厚兴趣，经过多年呕心沥血的努力，终于根据汉族传书和说唱本《二度梅》、《薛刚反唐》中的故事情节翻译改编为侗族最早的两本侗戏《梅良玉》和《凤娇李旦》。

每逢节日或喜庆日子，侗族寨子都要演出传统的侗戏。侗戏开始时先由一个演员以剧外人的身份作开场白，然后开始正剧。常以两个角色演出，唱完一句，过门时两人交叉走“8”字形，如果演员在三人以上，过门时只有唱的和接唱的演员走“8”字形，其他演员原地不动。主要腔调有平板（嘎信）、哭板（嘎丢）、大歌（嘎麻）。侗戏吸收了侗族叙事大歌“嘎节卜”的唱腔。在演出时，唱词尾音有“哟荷伊”的尾腔，这时后台演员帮唱，与嘎节卜相似。有的唱腔直接吸收侗戏民歌如“嘎节卜”、“嘎莎困”等。伴奏乐器主要有二胡，辅之以琵琶、牛腿琴，打击乐器有大锣、小锣、钹、边鼓、铃等。侗戏的代表剧目有《珠郎娘美》、《门龙绍女》、《金汉烈美》等，其中在国内影响较大的是《珠郎娘美》。它是根据民间叙事长诗改编的，1921 年，老戏师梁绍华、梁跃庭把它改编为侗戏，既在本寨上演，又赴各寨巡回演出。直到解放，该戏班连续演出达十五年之久。解放后，《珠郎娘美》经过了两次整理、改编，成为一出优秀的侗戏保留剧目，后又拍成黔剧舞台艺术片，在全国公开放映。

经过贵州省文化局、省剧协、省音协整理的侗戏《珠郎娘美》剧本共有十七场。剧情梗概是：

榕江县三宝地方，有个姑娘叫娘美，她不顾必须嫁给舅家的旧礼规束缚，通过行歌坐月，结识了珠郎，产生了爱情，和情人珠郎破钱盟誓订了终身。母亲和舅舅察觉此事后，立即合谋逼她嫁给表兄。在逼婚的情况下，为了争取婚姻自由，娘美和珠郎在好友兰笃的帮助下，毅然出走，逃到从江县的贯洞结为夫妻。当地大财主银宜看中了娘美的美貌，顿起歹心，想霸占娘美为妾，便假意热情接待他夫妻俩到他家里落脚，给他当长工。为达到霸占娘美的目的，银宜使出拉入房族、赠地耕种、将珠郎支派远出等手段，一再寻机逼诱，遭到娘美坚决抗拒。于是，银宜用金钱买通了当地款首（款是当时侗族村寨的政治组织，款首是其头目）蛮松设计，散布谣言，说是即将有异族从下河入侵贯洞，胁迫全寨男子在江箭坡上参加“款会”（为应付紧急事态而发起的议事会议），勒令众人吞食“枪尖肉”，以明心志。银宜趁珠郎前来口含“枪尖肉”之际，刺死珠郎，并诬珠郎为“下河人派来的探子”，威胁全寨人不得将此事泄露；一面又派人散布谣言，反说“珠郎已被下河人杀死了”。经过数月探访，娘美获悉珠郎已被杀死在江箭坡后，悲痛欲绝，只身上坡寻尸，决心替夫报仇。她毅然进入鼓楼，击鼓传寨宣布“谁人肯帮助我将珠郎尸骨殓埋，我就做谁的妻子……”，银宜表示帮埋葬。当晚，娘美把银宜一步一步诱到江箭坡上珠郎遇害处，杀死了银宜，为丈夫报了血仇，也为贯洞除了一害。

《珠郎娘美》一剧中的唱词和道白都散发着浓郁的生活气息，并且都很优美。在第一场《坐月破钱》中罗汉（侗族对未婚男青年的称呼）们唱道：

我们罗汉和姑娘，
是秧田里才出水的嫩秧。
等到叶子长满了田，
各人都要找栽秧的地方，

趁现在你们在月堂里，
我们还能来说说唱唱；
二天你们嫁去别人家了，
是燕子也飞不到你们身旁。

姑娘们回唱道：

桃树开花，
等着蜜蜂飞来。
水凌凌，
等着鱼儿游来，
要是你们星星不走动，
我们月亮也长久等待。
你们星星落下对门坡了，
我们月亮还要追上来。

剧本第七场《收账》中地主银宜阴谋支使珠郎去远方收账，娘美不放心。珠郎对她说："我们两人就像那水车舍不得河水一样。水车舍不得河水，它就转来转去。我舍不得你呵，过几天我就要转回来。"老贫农大苦在珠郎走后去探望娘美，说："娘美，自从你们来到贯洞，我这个孤单单的老者，就像淋湿了的鸡遇着太阳，一身都暖和了。"娘美回答说："苦瓜攀苦藤，我们是一家人。"

（作品节选自《中国少数民族文学作品选（第四分册）》，上海，上海文艺出版社）

六、蒙戏

蒙戏中的"二人台"历史较悠久，是以"小曲坐腔"为基础，吸收了蒙古族民歌和汉族歌舞而形成，开始时是一旦一丑，载歌载舞，受京戏、晋戏的影响，逐步形成完整的艺术表演形式。这个剧种是蒙汉两族民众共同创造的，剧目大多反映汉族地区生活，如《走西口》、《打樱桃》、《打秋千》等。

七、满戏

满戏是在满族"八角鼓"的基础上，吸收了汉族的诸宫调、杂剧及各地民歌和小令散曲形成的“牌子曲剧”。“八角鼓”既是满族乐器，又是艺术表演形式。满族民众用八角鼓庆祝、歌唱狩猎的胜利，唱腔有“马头调”、“岭儿调”、“西调”、“岔调”等，后来又分为“越调”、“正调”。伴奏乐器除八角鼓外，还加单弦、擦锅、四块瓦，舞蹈时加“霸王鞭”。1955 年在内蒙古自治区第一届民间音乐、舞蹈、戏剧观摩演出会上，正式命名为“满族戏”。

八、布依戏

布依戏有的地方叫“地戏”，有的地方叫“土戏”。贵阳、安顺等地流行的布依戏叫地戏，演员额上戴一小块木刻面具，唱腔近似山歌调，曲调不多，有帮腔，音乐只有打击乐。表演有“转场子”、“糠包舞”、“打�舞”、“织布舞”、“花裙舞”、“马刀舞”等。册亨、兴义、安龙、安顺、贵阳等地的布依戏又各具特色。

九、彝剧

彝剧是解放后才产生的新兴剧种。云南楚雄大姚一带，在农业合作化高潮中为了表现和反映彝族民众的现实生活和新人、新事，在本民族传统艺术的基础上，以歌、舞、剧相结合，创作和演出了一些有故事情节的歌舞剧《狼来拖羊》、《猩猩吃人》、《牧羊在山中》（后来又改编为《半夜羊叫》）。彝族支系撒尼人将著名叙事长诗《阿诗玛》也改编为彝剧。剧本以长诗为基础，吸收了撒尼民间音乐、曲调、三鼓舞、三弦舞，在伴奏方面运用了口弦、月琴等，以表现人物内心的感情，甚至把生活中撒尼小伙子热情的呼唤、姑娘爽朗的笑声都巧妙地在剧中加以运用，收到较好的艺术效果。

十、门巴戏

门巴族民间戏曲的表演形式和所反映的内容，更多地保留了民间戏曲发展的初期形态。它同其他民间戏曲一样，演出时都带动物假面具，身披动物服饰，如皮革、羽毛等。门巴戏以跳为主，以锣、钹伴奏，一般是二人奏锣、钹，人物道白很少，跳和唱不同时进行，唱词采用的是散体民歌的形式，音节、句数都比较自由。

《阿拉卡教父子》是一部流传较广泛的门巴戏，共分为五场。第一场《降魔》主要表现大鹏降伏妖魔的斗争。创纪之初，魔鬼猖獗，灾难横溢，力大无比的神鹏降伏了妖魔，平息了灾难。这场戏和第二场完全是舞蹈表演，没有说、唱。第二场《兴旺》主要表现猪、牛驱赶妖魔入地府的过程。门巴族认为地狱是猪、牛把大地上的妖魔驱赶到地府后形成的，有了地狱，大地才安宁、兴旺。第三场《人间》主要表现人间的世俗生活。通过老猎人阿拉卡教为自己的两个儿子热那凌巴和才旺扎巴求亲、成婚，两个王子前来夺亲，并和阿拉卡教父子发生激烈冲突，最终导致战争，反映了人间的爱与恨、善与恶、和平与战争等纷繁复杂的现实世界。这场戏和后面的两场戏，都是舞蹈、道白、歌唱三者错落穿插，紧密结合。第四场《出猎》主要表现狩猎的过程和场面，并细致入微地揭示了猎人们在狩猎过程中悲喜交加的心理活动。阿拉卡教父子在山谷里下套，却一无所获，从而悲伤地唱道：

噢……
山谷里下猎套，
猎套下了三年又三月，
三年又三月啊，
噢……
又过了三年三月又三天啊！
悲伤的猎人，
朝着山谷望啊，
噢……
鹿啊，为什么
总是套不上你啊？
悲伤的猎人，
朝着山谷望啊，
噢……
金色的太阳，
已经落山冈啊！
悲伤的猎人，
朝着山谷望啊，
噢……
老父送来的食品，
已经吃光了啊！

噢……
悲伤的猎人啊，
哎呀哎呀……

当他们终于捕获到一只花鹿以后，又欢快地唱起了《喜歌》：

鹿肉嚼在嘴里，
多味美啊，
多欢畅啊！
咱格凌，咱格凌。

鹿肠放进火塘，
多喷香啊，
多欢畅啊！
咱格凌，咱格凌。

鹿皮披到身上，
多威风啊，
多欢畅啊！
咱格凌，咱格凌。

鹿头挂在腰间，
多雄壮啊，
多欢畅啊！
咱格凌，咱格凌。

第五场《地狱》主要反映猎人因“杀生”而被当作“罪人”，在地狱里所遭到的惩罚。

（作品节选自毛星主编：《中国少数民族文学（上）》，长沙，湖南人民出版社，1983）

除以上所列举的各少数民族戏曲外，撒拉族传统戏曲中唯一保存下来的剧目是《对依委纳》，即骆驼舞。在婚礼日由四人进行表演，其中二人翻穿皮袄扮骆驼，一人扮蒙古人，一人扮阿訇。阿訇身穿长袍，头缠白巾，手持拐杖，牵着骆驼。前半部为二人对话，一问一答，叙述长途跋涉的经过。后半部由扮阿訇的人用撒拉语的韵文，以朗诵语句吟唱，叙述撒拉族祖先如何迁来循化的经过。

在阿昌族地区也有流行极广的民间戏曲，其中都包含着祭祀的内容。如《鲁班调》中出场人物便有大仙、童子、土地、神女等，里边的一段诵词是这样的："土地土地，腰里有点仙气，仙风一吹，扫天刮地。一扫风调雨顺，二扫国泰民安，三扫家家清洁，四扫马放南山，五扫五谷丰登，六扫禄位高升。"这些剧作适应了阿昌族风俗和祭祀活动的需要，得以在阿昌族地区广泛流传。

后　记

当我画下最后一个句号时，心里悄悄涌上一丝轻松，经过不短时间的努力，一项工作终于可以告一段落了。这时，恰巧暮色自远及近，慢慢袭来，黄昏将至，窗外的那棵小树依然在对我凝眸。回想坐在窗前写作的日日夜夜，心里颇有感触。这只是一本不起眼的小册子，可是在这段时间里，我倾注了自己几乎所有的心血，写作也差不多填满了我所有闲暇的时光，而窗外这株不知名的小树也伴我一起苦恼，一起欢愉，一起阅读，一起书写，树叶竟不知不觉中，由青翠而变为老碧色了。昆明的冬天，树大多是不落叶的，只是在碧绿中略微平添了几分老成。

我的研究方向不是中国少数民族文学，深知自己没有扎实的学术功底，有的只是对民族文学的一腔热爱，以及对普及民族文学的一份赤子之情。由于作品数量众多和本书篇幅有限，阅读和选择的过程是辛苦而繁复的，个中滋味恐怕非亲历难以体会，但同时这也是一个令人心情愉悦的过程，它让我时时沉浸在各族民众的灵魂独白与生命咏叹之中，它也让我终于找出一段相对完整的时光，得以较为系统地研读了我国各少数民族的各类文学文本，让一直在中国古典文学和少数民族文学之间游走的我，得以更深地走进少数民族文学的世界，并且受益良多。

我是少数民族中的一分子，能为民族文化工作尽一点微薄之力是自己的责任，也是自己一直以来的梦想与追求。特别感谢唐廷友先生给了我这样一个机会。也特别感谢中国少数民族文学的各位研究者和文本的搜集者、整理者，没有你们的辛勤付出和耕耘，我的工作将寸步难行。感谢我的朋友和同事们，是你们慨然给我提供了不少图书资料。同时也感谢我的亲人的理解与支持，感谢生活给我的所有馈赠。

由于自己各方面的欠缺，本书很多地方未能尽如人意，恳请多方指教。

最后，聊以此书作为陪伴儿子走过高中阶段艰辛备考之路的纪念。

2013 年 12 月 27 日于昆明万景园